Esperando por Você

SUSANE COLASANTI

Esperando por Você

Dois meninos. Duas paixões.
Uma garota indecisa.

Tradução
Luis Gonzaga Fragoso

Editora Novo Conceito

Esta edição foi publicada sob acordo com **Viking Children's Books**, uma divisão de Penguin Young Readers Group, membro de Penguin Group (USA) Inc.

1ª Impressão — 2013

Edição: Edgar Costa Silva
Produção Editorial: Alline Salles, Lívia Fernandes, Tamires Cianci
Preparação de Texto: Ana Issa
Revisão de Texto: Silmara Beletti, Erika Sá
Diagramação: Vanúcia Santos
Impressão e Acabamento: Geográfica Editora

Este livro segue as regras da Nova Ortografia da Língua Portuguesa.

Dados Internacionais de Catalogação na Publicação (CIP)
(Câmara Brasileira do Livro, SP, Brasil)

Colasanti, Susane
Esperando por você / Susane Colasanti; tradução Luis Gonzaga Fragoso. -- Ribeirão Preto, SP : Novo Conceito Editora, 2013.

Título original: Waiting for you.
ISBN 978-85-8163-047-2

1. Ficção norte-americana I. Título.

12-14589 CDD-813

Índices para catálogo sistemático:
1. Ficção : Literatura norte-americana 813

Editora Novo Conceito

Rua Dr. Hugo Fortes, 1.885 — Parque Industrial Lagoinha
14095-260 — Ribeirão Preto — SP
www.editoranovoconceito.com.br

Para todos os que ainda estão à espera

Agosto ⁂ Outubro

1

A melhor coisa num acampamento de verão é o último dia. É o dia em que você pode finalmente ir para casa e viver de novo como uma pessoa normal.

Não me leve a mal. O acampamento foi demais. Passei o verão inteiro em Maine, num acampamento especialmente voltado à área de artes. No ano passado, meu pai me deu sua velha câmera Nikon e me ensinou a revelar fotos. Desde então, eu sou apaixonada por fotografia. As câmeras *vintage* são capazes de captar o "agora" de um modo que as digitais não conseguem. As cores todas ficam mais atenuadas. Sem contar que o tradicional método de revelar as próprias fotos, exatamente como queremos, é bem legal.

É verdade, no acampamento eu aprendi muito sobre fotografia, e deu para praticar bastante. Venho tocando violino desde o 8º ano, por isso tive umas aulas de violino ali também. Chegamos a apresentar um concerto ontem à noite.

Faz, tipo, umas três horas que cheguei em casa. Mas depois do acampamento já fiz algumas coisas essenciais:

- Tomei um banho de verdade. Num chuveiro com um superjato. Eu me senti realmente limpa.

- Relembrei a sensação de um ar-condicionado. Fiz uma dancinha discreta, fazendo compras no supermercado.
- Usei roupas que não tinham cheiro de bolor. Nem de mofo.
- Me sentei no sofá para assistir à TV.
- Peguei uma bebida da geladeira. Refri é tudo de bom.

A única coisa que falta fazer em minha lista é voltar a encontrar com Sterling, que não vejo desde que nos separamos em junho, o que me deixa superanimada. Não vejo a hora de reencontrá-la. Não só porque ela é minha melhor amiga, mas porque as aulas começam daqui a uma semana e nós duas estamos eufóricas com isso.

Eu adoro o início das aulas. É uma época de renovação, de reinventar a si mesma, transformar-se na pessoa que sempre quis ser. Você pode voltar para a escola como uma pessoa completamente nova e viver experiências totalmente diferentes. A cada ano, eu fico toda entusiasmada, pensando em como tudo vai ser diferente, mas isso nunca acontece. Estou cansada de me decepcionar sempre. Este tem que ser o nosso ano.

Dá uma sensação boa bater à porta da casa de Sterling com a melodia de "Wheel" na cabeça. É como se eu estivesse voltando à mesma situação do passado depois de uma longa viagem, mesmo que eu tenha ficado num acampamento longe de casa só por dois meses. Mas este momento tem tudo a ver com "Wheel"! Essa música é demais. A melhor parte é aquela em que John Mayer fala como nossas ligações são permanentes: quando você se afasta de uma pessoa, há sempre a chance de fazer parte da vida dela novamente. Como tudo volta ao princípio. Minha teoria é que as perguntas para todas as grandes questões da vida podem ser encontradas numa música de John Mayer.

Sterling abre a porta com tudo. O cabelo dela não é mais castanho. Ela ficou loira.

— Meu Deus... o seu cabelo! — grito.

Então, ela me agarra, a gente se abraça, começa a dar gritinhos e pulinhos.

— Não é demais? — diz ela. — Era pra ficar mais parecido com o seu, mas a cabeleireira disse que esta sua cor é meio complicada.

— Por que você não me falou que ia tingir?

— Queria fazer uma surpresa.

— E conseguiu.

— Então, o que achou? — Sterling se vira de um lado e de outro pra eu olhar seu cabelo de todos os ângulos. Ficou com um tom mais loiro do que o meu, porque meu cabelo tem diferentes tons de loiro misturados. Não sei se o tingimento dela funcionou muito bem.

— Ficou sexy — respondo. Acho que o que preciso é me acostumar com ele.

Ela aponta para o banquinho onde normalmente me sento.

— Senta — diz ela.

Sterling começou a se virar na cozinha quando tinha 12 anos, já que sua mãe não sabe cozinhar. Sem contar que ela nunca está em casa. E Sterling não aguentava mais comer coisas como cachorro-quente e *Tater Tots*, e aquele macarrão tipo instantâneo, toda noite, no jantar. Então, um belo dia, Sterling avisou que começaria a preparar todas as refeições. Está tendo aulas de culinária e tudo o mais. A mãe dela achou o máximo. O acordo entre as duas é que Sterling faz uma lista de tudo o que precisa do mercado para a semana e sua mãe faz as compras.

Quatro panelas estão no fogo. Legumes de todas as cores competem por espaço na bancada. Há dois jogos americanos, dispostos um de frente para o outro, na outra bancada onde sempre nos sentamos, com guardanapos de pano e objetos de prata extravagantes.

— Não precisava fazer isso tudo — digo.

— Claro que precisava. Ou você achou que eu ia preparar um jantar de boas-vindas sem graça?

— OK, mas... tem tanta coisa! — Tive que implorar aos meus pais para me deixarem vir jantar com Sterling, já que é o primeiro dia desde que voltei e tal, mas, no fim, eles deixaram. E depois nós vamos a uma festa no píer.

— Tudo de melhor pra você, amiga.

— Uau! — Tem alguma coisa borbulhando dentro de uma das panelas. O cheiro é delicioso. — Obrigada por ter preparado tudo isso.

— Ora, você é que está me fazendo um favor. Ninguém ainda experimentou um desses. Eu fui a única que provou, mas sou meio suspeita para opinar. — Sterling apanha algo de uma tigela e coloca na boca. — Não consigo parar de comer isso — diz ela. — Experimenta um.

Reparo numa tigela de salgadinhos com um formato estranho, como se fossem objetos de papelão recortado.

— O que é isso?

— Biscoitinhos de arroz feng shui. — Quando eu perguntava a Sterling o que era algo, ela usava este tom, tipo: "Como é que você não conhece isso?". Mas ela já se acostumou à minha ignorância culinária. Minha família pertence, basicamente, à categoria "carne + batatas".

Devagar, estico a mão até alcançar a tigela, como se o biscoitinho de arroz fosse me dar uma dentada. Eles parecem meio grudentos. Mas não quero ofender Sterling, então dou uma mordidinha no meu biscoito.

— Hum.

— Não são uma delícia?

Acho que não sou muito fã de biscoitinho de arroz.

— Eles são... diferentes — digo a ela. Sei que isso vai deixá-la contente. Isso, tipo, é o maior elogio que você pode fazer à Sterling em relação a qualquer coisa que ela cozinhe. Ela é chegada em comidas exóticas.

— São mesmo! — Ela dá uma mordida em mais um biscoito. — Já cheguei a comer, tipo, um saquinho inteiro deles.

É difícil não sentir inveja de Sterling. Ela é pequenininha, mas come o tempo todo. Já eu, só de olhar para um *donut*, imediatamente engordo dois quilos.

Sterling corre até o fogão e cuida, ao mesmo tempo, de duas panelas e um caldeirão imenso.

— O que você está preparando? — pergunto.

— Risoto. Espera, preciso me concentrar nesta parte. Aqui, o tempo exato é tudo.

Enquanto comemos, Sterling me conta sobre seus planos para um novo estilo de vida. Ela começou um período de autoaperfeiçoamento no primeiro dia das férias de verão e vai continuar até o segundo ano da escola.

— OK. Então... — Ela põe o garfo na mesa. — Quer mais molho?

— Não, pra mim está bom. — Os pratos têm um gosto incrível. Sterling já poderia estar trabalhando como chef profissional; os fregueses de seu restaurante nem desconfiariam de que ela só tem 15 anos. Claro, se ela ficasse, tipo assim, escondida na cozinha.

— Então — diz ela. — Você sabe que não consigo parar quieta, né?

— Sei muito bem.

— Adivinha qual é meu interesse mais recente?

— Hã... competição de pingue-pongue?

— Não.

— Mecânica de automóveis?

— Não! Tenta adivinhar com coisas mais reais.

— Desisto.

Sterling coloca as mãos para cima, tipo "espere pra ver". Então anuncia:

— Ioga!

— E isso é legal ou não?

Estou mais inclinada a achar que não. Se fosse para qualquer outro, com exceção de Sterling, eu diria que é legal. Mas ela é a pessoa mais hiperativa que eu conheço. A menos que se trate de uma receita de cozinha, a capacidade de concentração dela é inexistente. Ela mal consegue sentar quieta durante mais de três minutos. E está fazendo ioga? Como pode?

Claro que não posso dizer nada disso. Sou a melhor amiga dela. Tenho que dar apoio.

Pergunto, então:

— É divertido?

— A ioga já está mudando minha vida! Consigo sentir a minha capacidade de concentração aumentando.

— Maravilha!

— Total. É a sua vez, agora.

Fazemos isso todos os anos. Nós nos encontramos antes do início das aulas, num momento em que todas as energias de possíveis acontecimentos estão circulando a mil por hora, e fazemos um pacto sobre os novos rumos que queremos dar às nossas vidas.

— Estou cansada de ficar esperando o início de uma vida pra valer — digo. — Tipo, quando é que todas as coisas boas vão finalmente começar a acontecer?

— Agora! Este vai ser o nosso ano!

— Como você sabe?

— Só sei dizer que vai ser.

Espero mesmo que ela tenha razão. Tem um limite de tempo que uma pessoa pode aguentar antes de começar a achar que nada de estimulante vai acontecer com ela. Tipo, nunca.

— A sua espera terminou — insiste Sterling. — Confia em mim.

O problema dos últimos dias do verão é que você não consegue segurá-los. Eles simplesmente voam. Você vive esses dias como um sonho, até que eles terminam. É quando tudo desacelera, chegando a um ritmo da era glacial.

Em geral, não fico ansiosa até a véspera do início das aulas. Mas hoje estou nervosa, pois vamos à festa de Andrea, no píer, e todos vão estar lá. Pelo menos, a pessoa que me deixa particularmente ansiosa estará lá.

Ao chegarmos à casa de Andrea, damos a volta e a encontramos sentada na areia. Ela acena para nós.

— Ei, meninas! — diz Andrea. — Como foi o verão de vocês?

— Foi demais! — respondemos juntas. Dou uma espiada no local, em busca dele, tentando fingir que não estou à procura de ninguém.

É quando eu o vejo.

As pessoas estão numa partida de vôlei, e Derek se prepara para dar o saque. Está sem camisa e usa uma sunga sexy, vermelha e com uma faixa estreita, num tom alaranjado-vivo. Ele jogando vôlei é simplesmente perfeito, pois tem o *look* clássico de um surfista da Califórnia. Se não morássemos em Connecticutt, você poderia muito bem achar que ele é de San Diego ou um lugar assim.

Fico observando ele jogar. Ainda não consegui assimilar totalmente a perfeição do corpo de Derek.

— *Hello-ou!* Planeta Terra chamando Marisa!

Saio do transe em que havia entrado com Derek. Sterling e Andrea estão olhando para mim, de cima a baixo. Quando foi que Sterling estendeu sua toalha? Quanto tempo fiquei olhando para o Derek? Será que todo mundo me viu olhando para ele feito uma tonta?

"OK, fique calma. Lembre-se: controle seus pensamentos para poder controlar suas atitudes."

Estendo a toalha e tento prestar atenção ao que elas estão dizendo. Como de costume, Sterling está babando por algum cara que é velho demais para ela.

— Quem é aquele? — pergunta ela a Andrea.

— Quem, o Dan? — diz Andrea. — É um amigo do meu irmão, da faculdade.

— Que idade ele tem?

— Tipo, 21? Vinte e dois...

— Ele tem namorada? — Sterling quer saber.

Andrea a encara.

— O quê?

— Por que você não consegue gostar de caras da sua idade?

— Ei! Porque eles são pessoas desagradáveis!

Talvez ela tenha razão. Mas Andrea também tem. Sterling sempre é atraída por caras muito mais velhos que ela. E depois reclama quando eles só estão a fim de uma paquera.

— Estou só fazendo um comentário — diz Andrea.

— É. Bem, meu comentário é que Dan é muito sexy — diz Sterling. — Me apresenta pra ele?

Andrea faz uma careta.

— O que foi? — diz Sterling.

— Esquece — diz Andrea. Mas é óbvio que ela acha que Sterling está dando uma de galinha, dando em cima de caras mais velhos. Só que Sterling nunca teve nada com nenhum deles.

— A coisa aqui está quente — Sterling diz.

— Mais quente que isso, acho que só no inferno — comento.

— A água está uma delícia — diz Andrea. — Vocês deveriam entrar.

— Legal. Você vem? — Sterling me pergunta.

— Estou bem aqui.

— Eu vou — diz Andrea. — Já estou fritando.

De início, eu as observo no mar, converso com algumas meninas que conheço da orquestra e me convenço de que não devo ficar olhando mais para Derek. Mas a decisão não funciona: continuo dando umas espiadas nele.

É quando uma coisa incrível acontece. Algo que tem o poder verdadeiro de transformar uma vida.

Derek olha para mim e sorri.

Ele está sorrindo diretamente para mim!

Acho que sorrio de volta, mas não sei se meu rosto está respondendo bem. Ele me dá um rápido aceno e continua jogando vôlei.

Meu desejo é que a cena fique congelada para sempre, já prevendo tudo o que virá depois.

É sempre estranho encontrar todo mundo no final do verão.

Alguns estão mais bronzeados. Outros, mais magros. Algumas mudaram completamente o corte de cabelo. É interessante perceber como as pessoas se reinventam durante o verão. Pergunto-me se alguém acha que eu mudei.

Caminhando de volta para casa, vejo Nash no píer. Está sentado sob o poste de luz, provavelmente adiantando as leituras que temos que fazer para a aula de Literatura. É estranho que já não tenhamos a mesma intimidade de antes; ele era praticamente parte de minha vida. Brincávamos juntos no 4º e no 5º ano. Passávamos praticamente o tempo inteiro no píer durante o verão, nadando no rio e brincando na água. Foi então que tudo mudou, com nossa entrada no 7º ano. Simplesmente não tinha mais vontade de andar com ele. O fato é que não consigo me lembrar do porquê disso.

Nós nos conhecemos há séculos. Far Hills é uma dessas cidadezinhas de Connecticut onde todo mundo se conhece. Onde você estuda com as mesmíssimas pessoas, do jardim de infância até a graduação. Além disso, Nash e eu somos vizinhos. Ele mora a três casas de distância da minha, e ainda usamos o mesmo píer para nadar durante o verão (nossa cidade fica numa península que se projeta na direção do Rio Five Mile).

Na verdade, curtimos estar no píer ao longo do ano. É um ótimo lugar para ir quando você precisa de um espaço só para você. Só que, agora, um evita ficar por ali se o outro já estiver na área. Às vezes, quando vejo que Nash está no píer, tenho vontade de me aproximar e dizer "oi", ou algo assim, como fazíamos muitos anos atrás. Mas aí, tipo, ele chegou primeiro, e eu tenho que respeitar sua privacidade. Sei bem como é quando você precisa ficar sozinho por um tempo, se isolar do mundo.

É estranho como se pode viver tão perto de alguém, crescer com ele, sem de fato saber quem ele é. Talvez você o conhecesse, mas agora você e ele são como estranhos. É esquisito como o tempo é capaz de mudar algo que você achou que continuaria para sempre inalterado.

2

Você alimenta a esperança de que as coisas vão melhorar, mas quando nada acontece... é simplesmente um saco!

Eu pensei, de verdade, que hoje seria diferente. Me imaginei chegando à escola, e as pessoas olhando para mim de outro modo, como se eu não fosse mais uma criatura bizarra. Mas o primeiro dia de aula não está sendo assim. Está sendo ruim. Tipo, desesperadamente ruim. Porque quando todos esperam que você seja de determinada maneira é mesmo muito difícil escapar desta imagem. É como se, num momento qualquer, alguém decidisse o que você é; você fica presa dentro desta imagem e pronto. E, no ano passado, todos chegaram à conclusão de que eu era maluca. Mas estou resolvida a escapar desse rótulo. Tenho que acreditar que deve haver uma saída para mim.

Sterling parece bem. Mas ela está sempre bem. É baixinha e bonita, e as pessoas gostam dela. Não somos mais colegas de classe este ano, e não faço ideia de como é que vou sobreviver à hora do almoço. Eu a encontrei no corredor, no momento da distribuição dos armários dos alunos, e ela conversava com as pessoas, rindo, como se não estivesse minimamente nervosa. No primeiro dia de aula, eu sempre sinto uma espécie de bolo no estômago, sensação que só passa quando chego em casa. Além disso, nunca consigo pegar no sono na noite anterior; portanto, estou tentando lidar com minha vida desastrosa tendo dormido apenas duas horas.

Eu esperava que as pessoas percebessem que mudei. Fiz um esforço para sorrir para elas e dizer "oi" ao entrar na recepção da escola, mas fui basicamente ignorada.

Por que ninguém quer falar comigo? Me refiro aos outros, além das pessoas com quem já converso há anos. Tipo, eu esperava fazer novos amigos. Tenho poucos amigos e acho isso um saco. Um monte de adolescentes sai junto, nestes grupos grandes. Seria tão legal fazer isso!

Bem, deixa pra lá. Não consigo nem mesmo lidar com isso agora, pois temos que participar de uma atividade para "conhecer o colega" na aula de Química. Odeio quando os professores nos colocam sentados em círculo, no primeiro dia de aula, e propõem uma atividade em que você tem de se apresentar. Tipo, todos os nervos do seu corpo já estão tremendo, o que já é desagradável o suficiente, e a última coisa que você tem vontade de fazer é falar na frente dos outros. Como é que os professores conseguem ignorar isso?

Até que não acho tão abominável a atitude da sra. Hunter, que nos coloca para fazer esta atividade em duplas. Já temos os lugares previamente determinados. O meu é na frente de Nash. Então nos dão uma folha com questões e, dentre elas, temos que escolher dez que gostaríamos de perguntar a um amigo em potencial. Se você pensar no objetivo da coisa, não é uma má ideia. Poder entrevistar os seus amigos em potencial seria o máximo, pois, assim, você não teria tantas surpresas desagradáveis mais tarde. Porque uma amizade, uma vez perdida, não dá pra recuperar.

Depois de escolhermos nossas dez perguntas, viro minha carteira na direção de Nash.

Nash começa.

— Se você fosse uma forma, que forma seria e por quê?

Olho para a minha folha e dou um sorriso. Esta era a pergunta mais bizarra e, por isso, era a minha predileta.

— O que foi? — pergunta Nash.

— Eu também escolhi esta pergunta.

— Então, que forma você seria?

— Hum.

Preciso pensar seriamente sobre a pergunta. Além de eu ter de sentar na frente deste cara, pelo resto do ano, nós seremos também parceiros no laboratório. Isso significa que teremos de fazer todos os relatórios de laboratório juntos, além de alguns poucos projetos grandes. Portanto, se eu lhe passar uma impressão horrível, e ele me achar uma inútil, será bastante difícil provar o contrário dali em diante.

OK, esta não é a primeira vez que ele me encontra. Mas é a primeira vez que trocamos mais de três palavras desde as aulas no ensino fundamental e, hoje, estou a fim de causar uma boa impressão em todos. Não me importo apenas com minha aparência (cabelo loiro na altura dos ombros com mechas naturais, olhos castanhos com brilho verde conforme a incidência da luz, nem gorda nem magrela, camiseta branca, jeans, tênis *Converse* pretos). Também é importante fazer que minha nova personalidade seja percebida.

— Eu seria... um círculo — digo. — Dentro de um quadrado.

— Acho que você só pode escolher uma forma.

— Bem, não posso me definir com apenas uma forma.

— Sei.

— Sou uma pessoa muito complexa — digo, embora isso não seja verdade. Mas dizer isso me dá a sensação de ser corajosa e atrevida. Como se eu pudesse ser qualquer pessoa, e ele nem notaria a diferença.

— Entendo — diz Nash. Ele tem um brilho nos olhos e um sorriso no canto da boca.

Não se deixe enganar. Ele não é um namorado em potencial.

E por que não? Nash é totalmente esquisito. Seu cabelo está sempre desalinhado, sua camisa... ele parece ter dormido com ela, e fica o tempo todo corrigindo as pessoas quando elas erram, num estilo irritante de quem acha que sabe tudo. Suas habilidades sociais são patéticas, e eu quero ter mais amigos; portanto, não temos, digamos, as mesmas prioridades. Além disso, eu o vi lambendo os dedos na hora do almoço quando o guardanapo estava lá, bem na frente dele.

Sem chance.

Mas Nash tem algumas virtudes. Gosto do seu jeito tímido e meigo. Ele não é como a maioria dos caras, que têm sempre um comportamento idiota e se metem a entender de tudo. Caras com um jeito tipo: "Ei, estamos no 10º ano e já somos adultos!". Nash parece muito mais maduro. Minha tia Katie diria que ele tem uma "alma antiga".

Quando éramos mais novos e corríamos atrás de pirilampos no verão, ou fazíamos bonecos de neve no inverno, estas qualidades eram suficientes. Podíamos ser amigos sem que as coisas ficassem estranhas. Mas agora, que somos mais velhos, tudo tem um significado diferente. Agora existem, tipo, consequências.

3

É tão estranho que as aulas tenham começado há duas semanas. A sensação é de que já se passaram dois meses.

Também é estranho pensar em como eu era. Isso porque eu era completamente diferente do que sou agora. Talvez a parte central de mim seja a mesma. Sabe, como tem sempre uma parte sua que não muda, não importa o quanto as coisas mudem, ou o quanto radical você seja ao tentar se reinventar? Mas hoje sou diferente no que se refere a uma coisa importante.

Ter distúrbio de ansiedade significa nunca se adaptar perfeitamente a ninguém. Não que isso seja uma coisa ruim. Mas quando tudo o que você quer é funcionar como um ser humano normal, não se adaptar só torna os seus problemas mil vezes maiores. No ano passado, eu era antissocial, estava deprimida e sempre tinha pensamentos negativos. A vida continuava a passar por mim, mas eu não me envolvia muito com nada. Eu apenas assistia às pessoas fazendo todas as coisas que eu achava que deveria estar fazendo. Aquelas coisas pareciam tão fáceis para elas, tipo associar-se a algum clube ou montar peças de teatro na escola! Mas sempre me pareceu meio fingido isso de tentar me adaptar aos outros do mesmo modo que os adolescentes normais.

— Como está indo aí? — papai me pergunta, na outra extremidade da mesa que estamos lixando. Meu pai faz móveis. Só trabalha com madeira maciça que, apesar de cara, dura uma vida inteira. Aliás, várias vidas. Ele tem uma oficina na cidade, mas também trabalha em casa. Por isso todas estas instalações de carpintaria montadas na garagem. Às vezes eu o ajudo com alguma atividade onde não há risco de estragar o móvel em que ele está trabalhando, coisas como lixar.

— Está ficando bom — digo.

— Como eu imaginava que ficaria.

Adoro ajudar meu pai. Toda vez que estamos trabalhando num móvel qualquer, simplesmente me concentro naquilo que estamos fazendo e consigo controlar minha ansiedade. Isso faz parte da terapia comportamental cognitiva que aprendi com meu psicólogo, no ano passado. Sempre que eu estiver me sentindo ansiosa, devo fazer algo para redirecionar minhas energias até conseguir relaxar.

Estamos usando uma lixa bem fina e tudo o que se ouve é um ruído suave, "fffft-ffft", quando lixamos a mesa. Papai me ensinou a fazer movimentos suaves e circulares, de modo que a superfície lixada não fique irregular.

— Como está indo na escola? — papai me pergunta.

— Tudo bem. — "Fffft-ffftt". — Já estamos ensaiando para o concerto de inverno, na orquestra.

— Concerto em que você será a estrela. Você vai ser a *spalla*, não?

— Pai!

— O que foi?

— Leva anos pra isso acontecer. Tipo, quando eu estiver no último ano, talvez prestem atenção em mim.

— Mas você já toca tão bem...

Este é o jeito do meu pai. Sempre me dá um superapoio. Não importa o que eu faça para estragar as coisas, ele está sempre do meu lado, recolhendo os cacos ao redor. Acho que quando ele e minha mãe perceberam como eu estava enrolada, no ano passado, o impacto foi maior nele do que nela. Eu não era bipolar nem estava louca, nem planejava explodir a escola, ou coisa do gênero. Eu estava, tipo, deprimida. Muitos que sofrem de ansiedade, às vezes, têm isso. No meu caso, acho que a obsessão com os pensamentos negativos e a preocupação com coisas, tipo, alguma bobagem que eu fiz, ou com o que as pessoas pensam de mim, naturalmente, me deixavam deprimida, como se minha mente estivesse sofrendo as consequências de todo aquele estresse. Mamãe sempre se sente mais à vontade para conversar comigo nos momentos em que estou bem, mas papai se preocupa comigo e me dá apoio em qualquer circunstância. Digamos, apenas, que mamãe não falava muito comigo quando eu estava na pior.

Mas agora me sinto melhor. E quero que todos na escola percebam que não sou mais uma esquisitona. Apesar de eu estar descobrindo a dificuldade que é fazer mudanças nesse primeiro esboço de mim mesma. Toda a energia que Sterling e eu tínhamos antes do início das aulas, com nosso pacto de autoaperfeiçoamento e reinvenção de nós mesmas, meio que desapareceu.

Papai me passa outro pedaço de lixa.

— Tem mais alguma coisa acontecendo que eu deveria saber?

— Estamos montando um aquário na aula de Química.

— E o que a Química tem a ver com os peixes?

— Ainda não descobrimos. Imagino que tenha algo a ver com o pH.

— Ah, parece legal.

— Deve ser.

— Ontem, você estava trabalhando no laboratório de Química, né? Na casa do Nash?

— Nem me faça lembrar disso.

— Achei que você gostasse de ir lá.

— Eu gosto, mas... — "Fffft-ffft". — É que eu estou totalmente perdida nessa matéria, e Nash sabe tudo. O cérebro dele é como essas esponjas industriais que sugam tudo e mantêm as informações ali dentro, para sempre. Você pode perguntar a ele sobre qualquer coisa, e ele responde.

— Parece ser um garoto esperto.

— Ele é um gênio. — Papai sorri de um jeito que dá a entender que ele pensa que estou gostando de Nash.

— Sei o que você está pensando — digo —, e não é nada disso.

— Não é?

— Não.

— Então o que é?

— Ele é só... bem interessante. Tipo... ele coleciona sinos. Sinos de todos os lugares do mundo, sabe?

— Legal.

Mamãe abre a porta da garagem. Os aromas do jantar invadem o lugar.

— Ei, vocês dois! Hora da janta.

— Já estou indo — responde papai.

— Agora! — mamãe diz com ênfase.

— Já entendi.

Mamãe sabe como meu pai consegue ficar completamente entregue a seu trabalho. Uma vez, ela o chamou para jantar e uma hora depois ele ainda estava por aqui. Ele disse que tinha a impressão de que tinham se passado só cinco minutos.

O trabalho de minha mãe foi sempre o de ser mãe, mas neste verão ela arrumou um emprego de meio período como "assistente pessoal". Quando perguntei o que isso queria dizer, ela respondeu: "tarefas de organização de roteiros de viagem e compra de presentes", mas ainda não entendi o que ela faz exatamente. Tudo o que sei é que ela não fica mais muito tempo em casa e, certas noites, fica trabalhando até mais tarde. Já fiz planos de jantar na casa de Sterling nessas noites. Comer *waffles* congelados no jantar, preparados por meu pai, para mim e minha irmã, Sandra, não é das coisas mais apetitosas do mundo.

Mamãe volta pra dentro, e eu começo a limpar a garagem.

— Ei! — diz papai. — Estou muito orgulhoso de você.

— Por quê?

— Pelo ano que passou. Imagino como deve ter sido difícil passar pelo que você passou, e você conseguiu.

— Obrigada!

— Você sabe que estou sempre aqui se precisar de alguma coisa, não sabe?

Sinto um forte aperto na garganta e tudo que consigo fazer é concordar com um movimento de cabeça.

4

— Nem pense em fazer isso — Nash me alerta.

— Só um pouquinho?

— Não.

— Por favor...?

— Este "não" está fora de negociação.

Essa é a terceira vez que vou à casa de Nash. E, pela terceira vez, ele não me deixa abrir a janela. A essa altura, ele já deveria saber que eu preciso de ar. Mas mantém a temperatura de seu quarto perfeitamente regulada e odeia quando eu ameaço interferir nisso.

— Vou abrir só uma frestinha — prometo. — Você nem vai perceber!

— Então pra que abrir?

— Tipo... eu vou perceber, você não.

— Você está querendo dizer que eu não percebo as coisas acontecerem?

Temos esse lance um com o outro: ele me provoca, e eu finjo que não gosto de ser provocada.

— Por que você sempre tenta deturpar minhas palavras? — pergunto.

— Por que você sempre tenta abrir a janela quando a temperatura ambiente daqui está perfeita? — ele rebate.

Desisto. Não tem como ganhar desse cara pela argumentação. Nash é mais inteligente que eu, e não tenho problema nenhum em admitir isso.

— Vamos continuar — digo. Percebo, então, que Nash tem papel quadriculado em diversas cores. — Onde você conseguiu isso?

— Na secretaria.

— Que secretaria?

— Da escola.

— Eles lhe dão papel quadriculado na secretaria?

— Não. Quer dizer, sim. Mas eu faço para eles trabalhos que valem crédito, no segundo horário, daí consigo um pouco de papel.

— E que tipo de trabalho você faz?

— Trabalhos em geral. Sabe como é, tipo listas de chamada e coisas assim.

Isso é muito estranho. Nunca pensei que Nash fosse do tipo que trabalha na secretaria para obter créditos. Mas claro que faz sentido. Ainda estamos no segundo ano, e Nash já está se preparando para a faculdade.

— Em que pé estamos com os dados?

— Hum... meio perdidos?

Nash me lança um olhar de raiva por cima de uma pilha de papéis avulsos.

— Achei que você tinha terminado os cálculos ontem.

— Sim, mas sabe como é... é que... Bem, esse era o plano; terminar isso ontem, enquanto fazia a tabela de dados. Mas... ahn... — Como explicar a idiota que sou? Não sou, exatamente, "habilidosa em Matemática e Ciências". Sou boa em coisas como Redação, Arte e Música. E gosto desta matéria facultativa que estou fazendo: Psicologia. Mas Matemática e Ciências... simplesmente não são a minha praia. Ninguém me avisou que Ciências envolveria tanta Matemática. É uma decepção completa, total.

Se eu não estivesse formando dupla com Nash no laboratório, estaria perdida. Já no primeiro relatório que fizemos juntos, ele deixou claro que tudo teria de estar perfeito, caso contrário não permitiria que entregássemos o trabalho. Daí que já nos encontramos duas vezes para fazer um estúpido relatório que todos os demais, provavelmente, estão esperando até a véspera do dia da entrega para começar a fazer. Isso está me ajudando muito com a nota de Química, mas não é o único motivo que me faz gostar de vir à casa de Nash. Eu admiro o jeito diferente e esquisito dele.

Nash dá um resmungo. Folheia mais alguns papéis.

— Eu poderia tentar de novo hoje à noite, mas...

— Tudo bem. Vamos simplesmente terminar isso. — Ele se levanta do chão, onde estava sentado, do outro lado da mesinha de centro, e vai até a escrivaninha. Nash é o único que conheço que tem uma mesinha de centro dentro do quarto.

Ele abre uma gaveta com força. Ao lado de seu computador, um sininho de vaca cai fazendo um barulho abafado.

Nash tem sinos. Vários sinos. Eles estão por toda parte. Pendurados no teto, no batente das janelas, nas paredes, nas estantes de livros e na escrivaninha, e retinindo num cordão amarrado ao puxador de sua cômoda. Nash coleciona sinos vindos do mundo inteiro. Diz que foi inspirado por seu avô, que tinha uma coleção enorme. Nash herdou os primeiros sinos de seu avô, quando este morreu, e desde então vem colecionando. Acho que é um modo de se sentir mais próximo do avô. É capaz de pegar qualquer um dos sinos e lhe dizer exatamente de onde veio. E, claro, tem toda uma história que acompanha cada sino.

Ele volta com uma calculadora.

— OK, vamos começar com a primeira coluna. Está com ela aí?

— Estou. — Leio os dados em voz alta, ele digita rapidamente na calculadora enquanto espia, de vez em quando, sua planta-aranha pendurada ao lado da janela. É uma planta amistosa.

Uma coisa que tenho de bizarra é minha afeição por alguns objetos inanimados. Tipo, eu adoro este meu lápis listrado. Na verdade, ele nem é tão especial assim. Veio numa embalagem com cinco itens, da Staples. Eu simplesmente adoro as cores e a largura das listras, a maciez com que a borracha apaga, a alta qualidade do grafite deslizando no papel.

Tenho certeza de que sou a única pessoa que repara nessas coisas.

Mas talvez não seja. Talvez meu futuro namorado também seja assim. E talvez ele esteja sentado em seu quarto, agora mesmo, seja lá onde for, se perguntando se é a única pessoa que repara nessas coisas. E eu estou aqui. Simplesmente esperando que ele me encontre. Esperando que ele descubra que eu existo de verdade.

5

Temos um convidado para o jantar. Uma pessoa que mamãe conhece do trabalho. O nome dele é Jack, e sua casa está sendo pintada. Acho que ela sentiu pena dele e o convidou para jantar com a gente.

Aposto como Jack gostaria que alguém o tivesse alertado sobre Sandra, minha irmã, antes de vir. Talvez tivesse decidido que era mais negócio ficar sozinho, em casa, respirando cheiro de tinta diante de um prato recém-pedido por telefone.

— Mas como é que você pode dizer uma coisa dessas? — Sandra pergunta a Jack.

— Isso não é modo de falar com um convidado — papai diz a ela.

Mamãe não diz uma palavra. Ultimamente, durante o jantar, ela tem mostrado uma expressão de quem parece estar em algum ponto distante, enquanto conversamos ao redor. Mas hoje ela está agitada. Dá mais uma garfada em seu prato de salada. A alface iceberg está crocante. Se Sterling estivesse aqui, se sentiria ofendida por estar a uma mesa onde a única alface da salada é a iceberg. Sterling é fã da salada parisiense, com três tipos de alface. Mas quando vem jantar conosco ela nunca se queixa. Este é o jeito condescendente dela.

Sandra tenta mais uma vez.

— Mas... por que você acha isso?

— Este país nunca vai utilizar energia nuclear — insiste Jack.

— A energia nuclear tem o menor impacto sobre o meio ambiente...

— Mas quando, nos depósitos de resíduos nucleares, ocorre um vazamento de substâncias radioativas, o que sempre acaba acontecendo, milhares de pessoas podem morrer.

— ... entre todas as fontes de energia, ela não produz emissões que contribuem para o aquecimento global...

— A redução do aquecimento global é mais importante do que impedir que as pessoas tenham câncer? Ou tudo isso está tornando mais fácil a destruição do planeta pelas armas nucleares?

— ... e a água que as usinas nucleares usam nunca está poluída, então...

— Não vale a pena arriscar.

— Tente ser sensato. Como é que você pode ser contra o uso da energia nuclear?

Ninguém jamais poderia imaginar que Sandra ainda está no 9º ano. Seu jeito de agir, falar e se vestir é de alguém mais velho do que eu. E ela tem uma estabilidade emocional muito maior do que a minha. É justo que ela tenha herdado todos os genes mais avançados?

O fato é que, das pessoas que conheço, Sandra é a pessoa que mais gosta de bater de frente com os outros. Ela adora discutir. Já está cursando, inclusive, a disciplina "Pré-Debate". Portanto, quando estiver no 1º ano do Ensino Médio, será uma espécie de monstro verbal enlouquecido, solto por aí. Um monstro com um excelente vocabulário.

Sandra tem feito uma compilação de formas alternativas de energia, pois esse é o assunto que os minidebatedores estão abordando no momento. Foi assim que começou a discussão com Jack.

Papai lança um olhar de advertência na direção de Sandra. Uma pena que ele não dirija o mesmo olhar para Jack.

— Então... sua mãe comentou que você faz parte do grupo de debates...? — diz Jack.

— Você sabe, pelo menos, o que é o urânio 238? — continua Sandra.

OK. Sandra acaba de passar dos limites. Uma coisa é começar um "debate" com um convidado no jantar. Outra, bem diferente, é insinuar que o convidado não sabe do que está falando.

— Jack é nosso convidado — papai informa Sandra. — Você está dispensada do jantar.

— Mas eu...

— Agora.

Sandra empurra a cadeira para trás de modo tão violento que quase a derruba.

— Isso não é justo — diz, bufando.

Ela adora fazer dramalhão.

Sandra sai pisando duro na direção do quarto. Bate a porta.

Dirijo o olhar para mamãe. Ela garfa mais um pouco de salada, olhando para papai.

Ele percebe o olhar dela.

— O que foi? — pergunta ele.

Ela só balança a cabeça e fala:

— Mais um pouco de vinho, Jack?

— Não, obrigado. Estou bem.

— Eu quero um pouco mais — papai diz.

Meus pais quase nunca brigam. Estão sempre fazendo piada, rindo e segurando um na mão do outro, como se não se dessem conta da idade que têm. É raro isso não acontecer, só em situações extremas. Mesmo assim, fazem um esforço para se entender.

Mamãe sempre foi de guardar as coisas para si. Você percebe isso no olhar distante dela. Ou então quando, às vezes, ela "precisa de um minuto", que significa ir para o quarto para ler ou assistir à TV sozinha. O que acaba levando muito mais do que um minuto. Acho que isso é só uma questão de personalidade. Ela tem bastante necessidade de passar um tempo sozinha. Já papai é o total oposto. Quanto mais gente à volta dele, mais contente ele está. Você poderia achar que um casamento entre duas pessoas tão diferentes não poderia dar certo, mas, de algum modo, o deles funciona. Eles simplesmente têm este lance de introvertido-extrovertido, yin-yang, entre eles.

Jack sorri para mim. Não sorrio de volta. Tem algo nele que não me agrada. Que tipo é esse que discute com uma garota de 13 anos sobre energia nuclear desse jeito?

— Ouvi dizer que você curte fotografia — Jack diz.

— É.

— É uma Nikon que você usa?

Faço que sim com a cabeça.

— Meu pai me deu a velha câmera dele.

Jack olha para papai.

— Legal — comenta.

Um lado meu tem vontade de perguntar a Jack por que é que ele agiu de modo tão desagradável com Sandra. Ele é o adulto, afinal. Ela não passa de uma adolescente. Mas isso já faz parte da minha ansiedade. Fico guardando estes sentimentos ruins, e isso só piora as coisas. Simplesmente odeio brigas. Sandra adora bater de frente, e isso faz que eu tente evitar discussões sempre que posso.

Fico à espera de outra pergunta insossa deste cara que, obviamente, não sabe interagir com adolescentes, mas Jack simplesmente continua comendo. Continuamos, todos.

A caminho de meu quarto, passo pela porta de Sandra. Há mensagens espalhadas pela porta toda, tipo: "A leitura aguça a inteligência do cérebro", "Faça amor, não faça guerra" e "Curto muito encher o seu saco". Penso em bater à porta para ver se ela está bem, mas continuo andando. Todos nós precisamos de um minuto, às vezes.

6

Todo sábado à noite, Sterling e eu fazemos algo juntas. É um lance nosso. Isso contribui para que a gente se sinta um pouquinho menos mal por não termos namorados. Em nosso mundo ideal, nossos namorados nos levariam para sair todo sábado à noite. E o melhor programa em noites de sábado incluiria jantar e cinema. O programa clássico.

Não me leve a mal. Não é que as duas fiquem reclamando de não ter namorado, ou coisa do tipo. Arrumar um namorado é um dos itens do nosso pacto de nos reinventarmos, neste ano, e estamos determinadas a fazer isso acontecer. Sinto que, tipo, se eu não for beijada muito em breve, corro o sério risco de explodir.

— Não olha! — Sterling me alerta. Ela se coloca bem na minha frente, para o caso de eu não querer obedecer a suas instruções.

— Não olha pra onde?

— A Tabitha e um cara qualquer estão ali, no maior dos beijos de língua.

O Deque é o único lugar adequado para ficar em dias de frio, então a gente vem muito aqui no inverno. Mas, desde junho, a gente não aparecia. Acho que bateu uma saudade meio bizarra do lugar, então decidimos vir. Até minha ida ao acampamento, nestas férias, os verões para mim se resumiam a tomar banho de sol na praia (tecnicamente, só uma extensão de areia à beira do rio) com Sterling — o que, provavelmente, nos fazia muito mal, mesmo que sempre usássemos protetor solar.

Eu adoro praia. Papai e eu saímos para caminhar, recolhendo estas pedrinhas lisas que você encontra se procurar com cuidado. Ele coleciona as brancas, e eu, as pretas. No batente de minha janela, tenho um jarro de vidro com todas as minhas pedras brancas. Também gosto de caminhar até o farol e ficar olhando para ele durante o pôr do sol, sob a luz forte e brilhante. Além disso, muita gente por aqui tem barco, pratica windsurfe ou esqui; então você sempre consegue uma carona para ir até a Long Island Sound.

O Deque tem uma fonte enorme, bem no meio do local, com quatro áreas de lojas que começam a partir dela. Então, a coisa toda, de cima, parece um imenso X. Há uma pizzaria que projeta filmes num telão, com mesas de bilhar no fundo. Há uma sorveteria e uma quadra de bocha. E um cinema com quatro telas. Também ali estão o Cosmic Bowling, o Happy Mart e o Shake Shack, além de algumas lojas de rede.

Vários adolescentes da escola estão aqui nesta noite. Todos gostam de ficar perto da fonte; dali, você pode observar as pessoas vindo de todos os lados. Estamos sentadas à beira da fonte e, pelo modo como Sterling está bloqueando minha visão, Tabitha provavelmente está sentada do outro lado.

— Ela não vai me ver se eu olhar — digo a Sterling.

— Espera um pouco.

Abro minha bolsa no compartimento de música. Pego dois CDs que estou louca para ouvir. O de Mat Kearney tem pelo menos uma música do seriado *Grey's Anatomy*. Tento raspar, com a unha, a lateral do disco, para abrir a embalagem totalmente compacta. Em vão. Uma vez, fiquei tão impaciente tentando abrir uma embalagem de CD, que ele quebrou. Vou tentar o estilo relaxado, desta vez.

— OK — diz Sterling. — Agora.

Primeiro olho na direção oposta. Vejo um grupo andando e finjo que estou à procura de alguém. Então me viro de modo natural, e lá está Tabitha. Sentada no colo de um cara gato. Por que ela sempre tem que usar camisetas tão apertadas? Mas se você for bonita como Tabitha — e a beleza dela é quase que consensual — acho que tem direito a isso.

— Aquele cara em que ela está sentada no colo, quem é? — pergunto.

— Do 8º ou 9º ano, talvez...?

— Acho que não está na nossa escola.

— Uau, supervanguarda...!

A verdade é que eu sinto ciúme. A Tabitha atrai a atenção de todos os caras, o tempo todo. Tipo, ela nem tem dificuldade de conversar com ninguém, faz isso naturalmente. Onde é que ela aprendeu isso? Ou simplesmente nasceu assim? Se for genético, este é um traço que definitivamente está faltando em meu DNA.

Quero ser assim. Não apenas fazer sucesso entre os caras. Quero poder amar um deles.

Julia e Evan se aproximam e se sentam perto da gente. Estamos no mesmo grupo, em Estudos Globais, então digo "oi", mas Sterling e eu não somos amigas muito chegadas deles. Acho que Julia está irritada comigo. Nós meio que tivemos uma briga na primeira semana de aula. Mas não foi culpa minha. Eu só fiquei chocada de saber que Julia não gosta de ler.

Quando ela me disse isso, eu perguntei:

— Como é que você consegue não gostar de ler?

— É chato — respondeu. — Sem querer ofender.

— Você já leu *Speak*? Ou *Girl*?

— Não.

— Acho que é por isso, então. Você não está lendo bons livros.

— É como eu disse: são chatos.

— Mas livros bons não são chatos!

— Não são pra você, talvez. Mas nem todos têm o mesmo gosto. Além de livros, há outras coisas para ler. Tipo revistas.

— Não é a mesma coisa.

— Por que não? É leitura do mesmo jeito.

— É, mas os livros são... — Como é que se explica que livros não têm nada a ver com revistas para alguém que nem sequer lê revista? — Esquece. — Tive que deixar quieto, porque estava claro que ela não estava interessada em ler, e esse era o jeito dela.

Julia está contando ao Evan sobre um *webcast* que ela ouviu ontem à noite.

— Este cara vai ao ar quase todas as noites, às 23 horas. Ele é *hardcore* total.

— Quem é ele? — pergunta Evan.

— Ele se mantém anônimo. Mas sabe de coisas sobre a escola.

— Tipo o quê?

— Ele fez a maior propaganda sobre uma menina do último ano. Ela tinha dito a todo mundo que estava com gripe, quando, na real, ela fora pega dirigindo bêbada.

— Talvez ele tenha inventado a história.

— Acho que não. Ele sabe. — Julia, então, conta a ele sobre tudo que estava no programa de ontem à noite. E sobre como as afirmações do cara têm fundamento, as provas que ele tem etc. Aparentemente, ele sabe muito a respeito de nossa escola.

— É óbvio que as informações que ele tem são, tipo, de alguma fonte de dentro da escola.

— Mas de que modo?

— Invadiu a caixa de e-mails de alguém, talvez?

— Não dá pra ter todas essas informações pessoais apenas por e-mail.

Estou ficando entediada com esse papo de espionagem.

Então Sterling diz:

— Ei, aquele não é o Derek?

Ambas olhamos para alguém em frente ao Shake Shack. Ele está longe, mas, mesmo assim, sei que é o Derek. Se eu pudesse, estaria agora sentada no colo dele, assim como Tabitha e seu paquera.

Mas a vida nunca é fácil quando você quer que ela seja.

Em geral, quando estamos aqui, Sterling me faz escolher um cara que acho gato. Há um número razoável deles, pois adolescentes de outras cidades também vêm para cá, já que esta é a única cidade com um local parecido com shopping num raio de 50 quilômetros. Ela tenta, então, fazer com que eu converse com algum cara que eu mal conheço. Para Sterling, a coisa funciona assim: se eu quero fazer novos amigos, e acabar arrumando um namorado, tenho que me expor do jeito que ela faz. Não que o fato de ser supergentil a tenha ajudado a encontrar um namorado. Sterling tem mais ou menos a mesma experiência que eu. Ou seja, quase nenhuma.

Só que, para ela, tudo é mais fácil. Sterling faz amigos o tempo todo. Ela tem atividades fora da escola, coisas como aulas de culinária e ioga. Portanto, está sempre encontrando novas pessoas. Ela sempre convida os amigos para refeições em sua casa. Tento não sentir inveja da vida dela, mas é difícil. Sterling é toda sofisticada em sua vida social fora da escola, um ambiente em que há liberdade para você ser o que quer. Por isso ela conhece um monte de gente de quem ela realmente deseja ser amiga, em vez de ficar limitada às mesmas pessoas sem-noção com quem somos obrigadas a conviver, ano após ano.

— Aaaah, ele é um gato — diz Sterling.

— É mesmo.

— Não o Derek. Na boa, o Derek é um gato, mas... — Ela aponta para outro cara, que está comprando *cookies* na Mrs. Fields. — Que tal ele?

— Aquele ali na Mrs. Fields?

— A-hã.

— Ele é, tipo, dez anos mais velho que nós.

Sterling olha demoradamente para ele, uma expressão de esperança no rosto.

— Vamos experimentar algumas calças jeans — diz.

Dou um resmungo. Ela é tão pequena que, para ela, experimentar jeans é uma coisa fácil. É completamente diferente do meu caso.

— Você sempre acha que nenhuma calça serve para você — diz ela —, mas não é verdade.

— Talvez seja por isso que eu só tenha três calças jeans?

— Você só tem três porque não dedica tempo suficiente para melhorar seu guarda-roupa.

É fácil, para ela, dizer isso. Se eu tivesse 1,58 metro e fosse magra (mas, ainda assim, com curvas), a calça jeans cairia tão bem no meu corpo como cai no dela. Só que sou 10 centímetros mais alta, meu quadril é enorme, tenho coxas grossas demais e as calças não ficam com um caimento bom na bunda. Encontrar jeans que caibam em mim é um verdadeiro milagre.

Faço um esforço enorme para entrar na primeira calça que escolho.

— Quem é que fabrica esta droga? — reclamo. Sterling está no provador ao lado.

— É mesmo! — diz ela. Só para ser gentil, tenho certeza.

— Por que é que sempre fica sobrando na cintura, atrás? Fala sério. Será tão difícil assim fabricar uma calça jeans com cintura normal?

— E por que meu rego tem sempre que ficar à vista?

— Talvez seja alguma moda obscura da qual ainda não ouvimos falar.

— Aaagghh! Esta calça está horrível.

— Não serve em você?

— Apertada demais.

— Tabitha talvez fosse gostar dela.

Sterling ri, bufando. Quando dá suas gargalhadas, sempre bufa ao mesmo tempo.

Puxo a calça com força para baixo e a atiro longe com os pés. Nem me dou o trabalho de experimentar as outras quatro calças. Nada serve em mim, nunca. Tem coisas que eu não consigo controlar, e não posso fazer nada quanto a isso.

7

Darius é um nerd do estilo *hardcore*.

Você conhece o tipo. É daqueles que se sentam na primeira fila da sala e que levanta a mão para responder a todas as perguntas. Seus óculos são maiores que seu rosto. Não usa produto nenhum para os cabelos. As roupas dele, então, sem comentários. Ele é um desses CDFs que se inscrevem numa quantidade excessiva de atividades durante a semana de orientação. Se você diz algo errado durante a aula, ele logo se antecipa para corrigi-lo antes que o professor diga algo. É o avesso total de um cara relaxado.

Darius está certamente a caminho de Harvard, e só tem 15 anos.

Fazer trabalho em grupo com ele me traz sentimentos contraditórios. Isso porque ele sempre toma a iniciativa e faz a maior parte do trabalho. Mas, ao mesmo tempo, isso é um saco. Porque... sabe como é? Esse cara é o Darius.

Faz dez minutos que estamos trabalhando nesta atividade de Estudos Globais. Nenhum dos demais colegas tem mais qualquer sugestão ou ideia. Estamos neste projeto chamado "Corrente do Bem", em que você deve bolar um modo de mudar a vida de três pessoas que conhece. Em seguida, precisa delinear um plano do que fará para ajudá-las. A ideia é que estas pessoas não deverão retribuir a você; deverão levar o plano adiante, transformando a vida de outras três pessoas. Se a corrente der certo, ela ficará enorme e, no final, isso poderá mudar a vida de milhares de pessoas. Numa situação ideal, o mundo todo poderá mudar de modo significativo.

É claro que Darius está apenas começando. Então, enquanto ele coloca suas ideias no papel (provavelmente descartando as ideias do restante do grupo), Julia começa a conversar sobre outro assunto. Ela acaba de fazer umas luzes no cabelo. As luzes têm uma aparência tão horrível que mal consigo me concentrar no que ela diz.

— Meu Deus! — me diz ela. — Você ouviu, ontem à noite?

— Ouvi o quê?

Julia dá uma bufada, toda dramática.

— O programa.

— Não, ainda não.

— Aqui está. — Julia escreve algo no canto de sua folha e rasga a ponta. — Este é o website dele. Você tem que começar a ouvir.

— Obrigada. — Pego o pedaço de papel. Ela não é a única que fez comentários sobre o programa. Acho que vou conferir.

A seguir, Julia se queixa de não ter conseguido dormir na noite passada.

— Meus pais ficaram brigando até pelo menos 3 horas da manhã — diz ela. — Eles acham que, se entrarem no quarto e fecharem a porta, tudo o que fizerem lá dentro vai estar automaticamente protegido por um isolamento acústico. Tipo, eles não percebem que consigo ouvir tudo?

— Pelo menos seus pais ainda vivem na mesma casa — diz Evan.

— Isso não é nada — diz Julia. — Os meus nem mesmo se falam. Essa briga já foi um avanço.

— Eu preferia ter isso do que a guarda compartilhada — provoca Evan. — Ter que ficar retirando os pertences do seu quarto todo fim de semana é um saco.

Fico calada.

Todos ficam olhando para mim, na expectativa. Menos Darius, que continua escrevendo freneticamente.

— Isso é muito cruel — digo ao grupo, de modo geral.

Já que ficou evidente que meus pais são pessoas normais, eles não me dão bola e voltam a fazer comparações para saber que pais são os piores.

Normalmente não penso a respeito, mas quando esse tipo de coisa acontece é que me dou conta de como tenho sorte. Meus pais têm um ótimo relacionamento. Eles são os exemplos daquilo que quero ser quando crescer. Não sei o que eu faria sem meu pai. Ele sempre faz com que eu me sinta melhor. Está sempre a meu lado, não importa o que aconteça.

Minha mãe tenta isso do jeito dela, mas é diferente. Tipo, ela insiste para que a gente jante juntos todas as noites, e sei que isso não acontece na maioria das famílias. Aparentemente, eu sou bizarra por ter uma família normal que faz coisas de uma família normal. Mas isso até é legal. Antes ser bizarra e estar numa situação conveniente do que ser normal e miserável.

A caminho do consultório do psicólogo, vejo Derek e Sierra no corredor. Meu coração acelera e fico toda empolgada, como sempre acontece quando eu o encontro. A coisa é particularmente séria quando encontro com ele desse jeito, por acaso, sem esperar. Ele é tão gato! Passo um tempão imaginando como seria ser a namorada dele. Mas Sierra é quem tem essa sorte.

Derek me pegou olhando fixo para ele, na aula de Artes, dia desses, e isso já foi potencialmente humilhante. Sobretudo porque ele já me pegou olhando para ele na festa da Andrea, no píer. Ele já deve estar achando que estou seguindo todos os seus passos, feito uma maluca. Mas sua atitude diante disso foi bastante meiga, e ele simplesmente sorriu para mim.

Aquele foi um dia realmente bom.

Já, hoje, está sendo uma droga. Levei décadas para terminar a tarefa de casa. Levei, tipo, três horas só para preparar as leituras e as questões de Literatura. Meu cérebro está cozinhando. Preciso relaxar, caso contrário minha mente não vai me dar descanso a noite inteira. Então, faltando três minutos para as 23 horas, resolvo ouvir o programa que todos estão comentando.

Tiro da bolsa o papel em que Julia escreveu o site do cara do *webcast*. Porém, o site não dá qualquer dica sobre quem é ele. Diz, apenas, que seu nome é Dirty Dirk, e dá o link para seu programa. Tem ali um histórico com as edições anteriores do programa desde agosto. É incrível que os adolescentes já estivessem falando deste cara no início das aulas!

Clico no link, onde vejo a contagem regressiva para as 23 horas. Quando o programa começa, fica óbvio que ele está usando algum tipo de recurso que melhora a qualidade da voz, de modo que ninguém consiga identificá-lo.

— Bem-vindos a mais uma edição de *All Talk, No Action*. Meu nome é Dirty Dirk. Sou sombrio, sou perigoso e totalmente imundo. Portanto, lembre-se do alerta que normalmente se dá aos pais: "Este programa não é recomendável etc."

Dos alto-falantes, sai um som familiar de heavy metal. Dirk prossegue.

— Todos vocês têm questões que desejam compartilhar com o mundo, então vamos a elas. Aos nossos novos ouvintes: façam suas perguntas, comentários, expressem suas preocupações, quando quiserem. Se quiserem entrar em contato, os dados estão em meu site. A vocês que têm me acompanhado desde o início, obrigado pela audiência. Espero não estar entediando vocês.

Se ele soubesse... Será que ele tem ideia de quantas pessoas têm feito comentários a respeito deste programa, todos os dias? Cheguei a ver um adolescente passando seu iPod de mão em mão com o download de edições anteriores do programa, no caso de alguém ter perdido o da noite passada. Aparentemente, aquela foi a noite em que Dirk fez alguma crítica dura sobre a inconstitucionalidade das suspensões na escola.

— Tenho aqui uma mensagem enviada por "Desesperado", de Hicksville: "Dirk, você tem que me ajudar, mano. Estou indo à loucura neste fim de mundo. O que você sugere que eu faça para não morrer de tédio?". É, não é fácil. Todos sabemos o que você está sentindo, parceiro. Quantas vezes alguém pode ir ao Deque e se divertir, me diga? Espere, não responda ainda.

Gostei deste Dirk. Ele é autêntico. E pelos demais e-mails e mensagens que recebe, fica claro que todos os que escrevem para ele estudam em nossa escola ou, pelo menos, vivem na redondeza.

— Ouça bem, cara — diz Dirk —, estamos todos afundando no mesmo barco. Estamos todos entediados, desesperados e à espera que algo aconteça. Esperando que a vida melhore. Esperando que as coisas mudem. Esperando que aquela pessoa em particular finalmente preste atenção em nós. Estamos todos à espera.

— Mas precisamos perceber, também, que temos, todos, a capacidade de operar estas mudanças em nós mesmos. Sim, sou a última pessoa que defenderia a ideia de exercer algum controle sobre a sua vida. Eu falo sobre coisas grandiosas, mas ajo como um pateta na maior parte das vezes. Mas isso não me impede de alimentar a expectativa de que eu possa mudar. Todos nós podemos mudar a situação em que estamos. Talvez não da maneira como a gente queira, mas podemos pelo menos melhorar algumas coisas.

Juro, era como se ele estivesse falando diretamente comigo. Como é que ele sabe dos problemas com que estou lidando? Ele me dá a sensação de que não sou a única que se sente perdida. E já estou certa de que ouvirei o programa dele todas as noites.

8

Às vezes, quando fico ansiosa, centro minha atenção em atividades como revelar fotos, tocar violino ou escrever na parede de meu quarto. Assim, consigo me acalmar.

Mas nem sempre.

Tipo hoje. É uma coisa atrás da outra. Até agora já tive que aguentar (não necessariamente nessa ordem cronológica) as seguintes atrocidades:

1. Meu despertador não tocou. Alguma coisa aconteceu com ele no meio da noite. Daí que, de manhã, precisei tomar banho às pressas, o que significa que não tive tempo de depilar as axilas. Isso me irritou mais do que deveria.
2. Esqueci meu relatório da aula de Literatura em casa. Este relatório valeria, tipo, metade da nota total. Isso não poderia ter acontecido com algum simples rascunho de tarefa para Estudos Globais? Não. Claro que não. Tem que acontecer com um relatório essencial de Literatura, um caso de vida ou morte.
3. Passei por um episódio constrangedor na aula de Geometria. Achei que sabia a resposta de uma questão hipercomplicada, e o sr. Wilson havia dito que, se alguém desse a resposta correta, ganharia pontos extras. Ninguém

se dispôs a responder, pois era difícil demais. Então, levantei a mão e dei a resposta errada. Mas o pior não foi isso. O constrangedor foi quando eu tive um acesso de falsa autoconfiança por ter sido a única a tentar responder a questão hipercomplicada e, então, viajei total na resposta à questão seguinte, que era a mais fácil do mundo. Além de eu ter respondido errado, minha resposta era tão nada a ver que começaram a rir de mim.
4. Durante o almoço, sentei num pedaço de presunto.
5. Durante a prova de Química, acabou a tinta da minha caneta, e eu não tinha uma caneta reserva na bolsa. Não quis perguntar ao Nash se ele tinha uma para emprestar, pois eu teria que me virar, e isso passaria a impressão de que eu estava colando. Então, por meio de gestos, tentei perguntar à garota ao lado se ela tinha uma para emprestar. Foi quando a sra. Hunter me viu e achou que eu estava colando. Ela veio até minha carteira, e eu tentei dizer a ela que só estava pedindo uma caneta emprestada. Mas ela não me deu ouvidos. Disse: "Podemos falar sobre isso depois da aula", e tomou minha prova.

Eu precisava ir até a sra. Hunter depois da aula e dizer o que tinha acontecido, mas, quando tocou o sinal, tudo o que eu queria era ir embora. Nem mesmo olhei na cara dela ao caminhar diretamente para a porta de saída. Claro que foi uma estupidez; agora ela provavelmente está achando que eu estava mesmo colando e que, por isso, fui embora tão rápido.

Mas deixa pra lá.

Sobrevivi, e agora estou na casa do Nash. Estou curtindo cada vez mais ficar aqui. Sinto-me muito à vontade, quase como se fosse uma extensão de minha casa. Temos uma rotina em que vou à casa dele todas as semanas para fazer nosso relatório do laboratório. Mas, hoje, até isso está longe de ser perfeito; está abafado demais aqui dentro.

— Posso abrir a janela só um tiquinho? — pergunto.

— OK — diz Nash.

— OK?

— Sim.

Droga! Ele deve estar mesmo sentindo pena de mim. Contei a ele sobre o dia horrível que tive. É tão fácil conversar com ele. Às vezes, é mais fácil conversar com Nash do que com Sterling. Bem, é claro que posso dizer o que quiser a Sterling, mas ela normalmente está preocupada com alguma coisa ou então está fazendo cinco outras coisas enquanto falo com ela. Já, com o Nash, posso falar que ele realmente está me ouvindo.

Nash abre a janela. O quarto fica muito melhor com a entrada do ar fresco. Fico me perguntando por que ele não faz isso sempre. Também me pergunto por que sempre tem meias espalhadas pelo chão.

— Qual é a dificuldade que os caras têm com as meias?

— Você quer dizer: de elas ficarem espalhadas pelo quarto?

— É. Por que vocês têm dificuldade com isso?

— Não sei. — Nash dá uma olhada no chão, onde já vi duas meias perdidas. Não são nem do mesmo par. — Nunca pensei nisso.

— Mas seu cesto de roupas está bem ali — informo a ele, mostrando o closet com um gesto das mãos, caso ele ainda não saiba.

— A-hã. O chão está mais próximo.

— Uau.

— Nós somos meio que uma espécie completamente diferente, entende?

— Nunca imaginei que isso pudesse ser tão sério.

— Ah — diz ele —, isso é bem sério.

Por um momento, me pego imaginando como Nash seria se deixasse de ser tão estabanado e se fosse um pouco mais estiloso. E se mudasse de atitude. Deveria simplesmente relaxar e ser mais amistoso. OK, ele é legal comigo e sempre me ajuda no laboratório, mas vendo-o interagir com outras pessoas, percebo que ele certamente poderia aproveitar algumas dicas de sociabilidade.

Num canto, no chão do quarto, vejo várias peças e fios de computador espalhados.

— O que é isso tudo aqui? — pergunto.

— É para o Dorkbot.

— Você acaba de inventar isso?

— Não! É um grupo de robótica.

— Sério?

— É. Nós fazemos uns lances estranhos com eletricidade. E todo ano tem uma competição em que os melhores projetos são apresentados. Ano passado teve um cara que inventou um modo de tocar música como se fosse um *video game*.

— E como?

— Você precisaria estar lá pra ver. Ele tinha umas bolhas cheias de música... é difícil de explicar. Foi demais!

— Parece legal.

— E foi mesmo. Ei, se eu passar para a fase final desta vez, você poderia vir comigo!

— Isso é animal!

— Só não vá me chamar de animal lá, na hora H.

— Combinado. Então, qual é seu projeto?

— Ah, é cedo demais para saber. Ainda tem diferentes caminhos que eu posso escolher.

— Mal posso esperar para ver o que você está fazendo.

— Mesmo?

— Claro!

Continuamos fazendo nosso relatório, durante um tempo, ouvindo Arcade Fire e comendo *twizzlers*. Nash diz:

— Posso perguntar uma coisa?

— Fala. — Será que ele leu meus pensamentos sobre a necessidade urgente de ele melhorar o seu *look*?

— Na verdade, é meio que tipo... preciso de um conselho seu. Sobre uma coisa.

— OK. — Sim, você precisa, mesmo, de um corte de cabelo completamente novo e, sim, posso dizer exatamente o novo visual de que você precisa.

— É sobre... — Nash balança a perna sem parar. Não dá pra acreditar que ele está ansioso em relação a isso. Quero dizer, um conselho não é grande coisa. — Tem uma pessoa que eu acho que... estou gostando.

— Ah. — Esta era a última coisa que eu esperava que ele me contasse.

— Então, bem... Mas não sou, exatamente, um cara extrovertido.

Este é o eufemismo do século. Uma vez vi Nash conversando com uma menina que se senta a meu lado, na sala, sobre um assunto não relacionado à escola. E isso só aconteceu porque a perna da cadeira dela estava em cima da alça da mochila dele. Ele é sempre muito tímido, a não ser na situação em que está ajudando alguém. É por isso que ainda não consigo entender como ele juntou coragem para propor formar dupla comigo, para os relatórios do laboratório. Será que isso tem alguma relação ainda que distante com a escola? Nash não é do tipo ansioso.

— É, isso é visível — admito.

Ele assente com a cabeça.

— Então você quer que eu... te diga o que fazer?

— Ah... Eu simplesmente não sei o que faço.

— Ela sabe que você gosta dela?

— Não.

— Como é que você sabe? Talvez ela já tenha sentido a sua *vibe*.

— Acho que não.

— Quem é ela?

— Não posso dizer.

— Por que não?

— Simplesmente não posso.

— Então eu a conheço.

— Sem comentários.

Foi quando me toquei. Este era o modo que Nash tinha encontrado para dizer que gostava de mim? Ele é tímido demais para me dizer diretamente, então espera que eu perceba isso por meio de uma tentativa dessas, tão mal disfarçada?

— Então... você é tímido demais para dizer isso na frente dela, é isso? — pergunto.

— Acho que sim.

— Bem, existem outras maneiras de contar isso a ela, sem dizer isso.

— Você quer dizer... tipo, escrevendo uma carta?

— Exatamente.

— Isso não cheira a coisa de 8º ano?

— É por isso mesmo que funciona. É meigo, mas de um jeito meio retrô. Ela vai adorar.

— Sério?

— Com certeza. Quero dizer... depende do que você vai escrever.

— O que você sugere?

Eu é que não vou ajudá-lo a escrever uma carta de amor para mim mesma. Sem chance. Seria um tanto quanto estranho.

— Hum... bem, simplesmente seja honesto em relação ao que você sente. Diga a ela que você gosta dela, coisa e tal.

— Hum. — Nash pensa a respeito. — Acho que você não quer me ajudar a escrever.

— Acho que isso você tem de fazer sozinho.

Nash concorda com a cabeça, ainda pensativo.

— É, acho que você tem razão.

Voltamos à nossa tarefa de casa, mas agora não consigo me concentrar. E se ele estiver gostando de mim? O que eu vou fazer? Não vou conseguir sentir a mesma coisa por ele, de jeito nenhum. Ele não faz mesmo meu tipo. Não faço ideia de a quem ele possa fazer o tipo. Mas sei, com certeza, que não é o meu.

9

Minha tia Katie é a pessoa mais legal que eu conheço. Embora ela seja irmã de minha mãe, você jamais diria que as duas são parentes. Enquanto mamãe é toda introvertida e contemplativa, tia Katie é justamente o oposto. Ela é muito divertida e espontânea. Pode acontecer de ela estar em casa assistindo a um filme e, quando você menos perceber, ela já está na estrada, dirigindo rumo a Nova York porque precisa ver uma treliça qualquer no Central Park, sob a qual alguns caras estão caminhando naquele mesmo instante.

Tia Katie é uma especialista em topiaria. Basicamente, isso quer dizer que recebe quantias consideráveis para podar as árvores dos jardins das pessoas e dar a elas formas de animais. Além disso, tem uma empresa própria de topiaria e jardinagem; portanto, as pessoas, na verdade, trabalham para ela. Não que isso contribua para você acreditar que ela tenha 32 anos, pois ela age como se tivesse 16. Ela compra roupas na seção infantil e chega mesmo a usar minhas roupas emprestadas, às vezes.

— OK — diz ela. — O que você me diz deste aqui?

Dou uma olhada na tela de meu laptop.

— Hum.

— Seja sincera.

— Ele é gato, mas...

— Mas o quê?

— É que... o que é isso no braço dele?

Tia Katie se inclina, chegando mais perto da tela.

— Onde?

— Bem aqui. — Aponto para uma coisa no pulso dele, que parece uma tatuagem.

— Uau! — Ela aperta os olhos para enxergar. — Parece com um personagem danificado de desenho animado, não?

— Isso é um dos Muppet Babies?

— Hum... é. O próximo!

Tia Katie inscreveu-se no eHarmony algumas semanas atrás. Está cansada de sair com caras que não estão a fim de um relacionamento sério. No início, eles demonstram grande interesse, mas, no final, acabam dizendo a ela que não querem nada sério. Isso é ridículo, pois tia Katie é supersexy além de ser muito meiga, interessante, inteligente e divertida. Não consigo entender como os caras não querem ficar com ela. Deve ser um problema em comum, deles.

Meus pais se conheceram quando foram convocados como membros de júri num processo penal. Segundo papai, foi amor à primeira vista. Mamãe levou um pouco mais de tempo para perceber isso. Eles se deram bem já no primeiro dia em que se encontraram, sentados na mesma sala o tempo todo e trocando ideias sobre o porquê de nunca terem sido chamados a participar de um júri. Então, nunca tiveram de se preocupar com coisas como encontros on-line. Aliás, isso nem existia, na época.

Tia Katie clica no nome "Octavio".

— Que nome legal — digo, com sarcasmo.

— Seja boazinha.

Quando a foto de Octavio aparece, de cara detecto um grande problema.

— E então? — ela pergunta.

— Acho que não.

— O quê? Por que não? Eu acho ele gato. E é dentista.

— Isso em si já é metade do problema. Dentistas são sádicos.

— Não. Isso significa que ele tem uma verdadeira profissão, em vez de ficar em casa todas as noites jogando *video game* no mesmo quarto em que foi criado pela mãe.

— Ele não tem lábios.

— Esse seu papo está meio maluco.

— Tô falando sério! Olha!

Tia Katie se inclina de novo.

— Estou enxergando muito bem os lábios dele.

— Onde?

— Ahn... no lugar da boca, de preferência.

— Ah, sim, se você gosta de boca de peixe.

— Boca de peixe? Que diabo é boca de peixe?

— A boca do Octavio.

— De jeito nenhum.

— Como é que ele beija sem ter lábios? Tipo... como é, ele simplesmente pressiona a boca da garota e espera que aconteça um efeito de sucção?

Tia Katie clica para ampliar a foto.

— Alguém já lhe disse que você é toda muito enjoada?

— Ah! É por isso, então, que eu nunca tive namorado. Obrigada, agora eu entendo.

Ela ri.

— É... como se fosse pra você ter vários ex-namorados aos 15 anos de idade.

Pela janela, dou uma espiada no rio que aparenta estar num tédio total. Sem qualquer agitação nas águas e cinza.

— Eu só preciso que um destes seja o cara — diz tia Katie, percorrendo a lista de cima para baixo.

— Quantos deles você já encontrou?

— Só três. Mas estou com um bom pressentimento em relação a um deles... — Ela clica no nome "Bill". Quando aparece a foto dele, entendo o porquê do bom pressentimento.

— Ele é superlindo! — digo.

— Parece ainda melhor pessoalmente.

— Cala a boca...

— É sério.

— Quantas vezes vocês se encontraram?

— Duas. Mas vamos sair juntos de novo, neste fim de semana.

— Quanto ele tem de altura?

— Hum... — Tia Katie percorre a página, em busca dos dados pessoais dele. — Um e oitenta e cinco. E tem mesmo. Não é como alguns caras que dizem ter um e oitenta e tantos e, na hora que você os encontra, eles batem no seu queixo.

— Vai lá, Bill!

— É isso. Bom, veremos.

— Eu achei que você gostasse do Bill.

— E gosto. Mas ainda preciso sair com outros rapazes.

— Por quê?

— Preciso ter certeza de que é a pessoa certa para mim. Tenho que saber quem mais existe por aí, sabe como é? Além disso, ele deve estar encontrando outras pessoas, também.

— Não é estranho, isso?

— Num mundo normal, sim. Mas neste negócio de encontros on-line... é típico.

— Estranho.

— Leva tempo para ter essa certeza em relação a alguém. E também para ter certeza do que você mesma quer quando está ao lado dele.

— O que você quer dizer com isso?

— E se eu estiver com o cara errado? Não vou ter a sensação de que estou sendo autêntica. Talvez tome decisões irracionais.

— Decisões irracionais do tipo... julgar a pessoa com base na aparência?

— É. Espera, não. Às vezes a gente faz isso e não é uma coisa irracional.

— Tipo quando uma pessoa tem um sério caso de boca de peixe?

— Olha, tem mesmo outras coisas a considerar. Que tal a personalidade? E o modo como o cara trata você?

— OK, mas qual o sentido disso tudo se você nem mesmo se sente atraída por ele?

— Entendo você, mas... — Tia Katie continua percorrendo a página do website. — Às vezes, a atração entre as pessoas aumenta. Lembra-se do Campbell?

Como é que eu poderia esquecer o Campbell? Na noite em que tia Katie apareceu para jantar ao lado de Campbell, minha reação foi: "É uma piada, não?". Ele não tinha nada a ver com ela. Ele simplesmente não era uma pessoa que se pudesse considerar atraente. Estava mais para vagamente passável. Mas tia Katie o amava. Então, a impressão inicial que eu tive dele foi mudando e, no fim, acabei achando que um era perfeito para o outro. Ficaram juntos um tempão, quase dois anos.

Fato é que eu gostava do Campbell. Ele era muito divertido. Ele me fazia rir tanto que minha barriga às vezes doía, e meu rosto também. E sempre me trazia um presentinho, uma *Beanie Baby*, um *slinky* ou um desses pirulitos multicolores. Ainda não sei bem por que eles terminaram. Talvez tia Katie tivesse percebido que gostava dele mais como um amigo.

— Mas vocês dois terminaram — digo.

— É verdade. Mas ainda assim foi o melhor relacionamento que eu já tive.

— Sério?

— Com certeza. E no começo eu nem me sentia atraída por ele. Mas, depois de algum tempo, comecei a achar que ele era bem gato.

Tento entender o que ela quer dizer com isso. Não é fácil.

— Então você quer dizer que uma pessoa pode ficar mais bonita com o passar do tempo?

— A-hã. Mas não é a pessoa que muda. É você quem muda.

Tia Katie me mostra mais alguns perfis. Ela quer muito se casar. Consigo entendê-la perfeitamente. Tanto eu quanto ela estamos à espera da pessoa que vai dar um fim à nossa espera.

Quando penso em como minha vida será diferente quando essa espera terminar, sinto medo e excitação em relação a essa nova experiência. Um tipo de experiência que você nunca teve, mas sabe que estará no lugar certo. Porque, depois de todo esse tempo, você sabe que sua vida real, finalmente, estará começando.

10

Existe uma rivalidade entre os membros da orquestra e os nerds da banda. Todos os integrantes da banda se consideram tão talentosos quanto nós. Mas a verdade é que é muito mais difícil tocar um instrumento de cordas, porque, se você não colocar os dedos nos lugares certos, seja o que for que estiver tocando vai resultar num som abominável. Nem se compara com tocar um instrumento de sopro numa banda, em que tudo o que você precisa fazer é apertar alguns botões ou acionar uma ou outra chave de modo que as notas nunca saiam desafinadas. Quer coisa mais simples que isso? Mas os nerds da banda, ainda assim, se acham o máximo.

A ignorância é um dos problemas nesta escola.

Divido uma estante de partitura com Andrea. No ano passado, eu era segundo violino, na sexta cadeira; hoje sou segundo violino, terceira cadeira. Meu objetivo é chegar ao posto de *spalla* até o último ano. Isso seria tão legal, a orquestra inteira seguindo minhas instruções! Mas, até chegar lá, ainda tenho muito trabalho pela frente.

Estamos ensaiando esta peça praticamente impossível, com notas de 30 segundos de duração e várias pausas aleatórias. Portanto, não é a melhor hora para ficar dando risada, como tenho feito nos últimos cinco minutos.

Uma vez por semana temos ensaio com a orquestra inteira. Nesses dias, os membros da banda se juntam a nós e tocamos algumas peças que temos ensaiado juntos. Prefiro quando é só a orquestra que ensaia. A música de câmara, mais intimista, é relaxante. Mas quando os nerds da banda invadem nosso território, vira uma mistura confusa de sons estridentes e de guinchos.

O trompete solo explode com seu desagradável ruído de buzina. Tento parar de rir. Mas o som de buzina faz com que fique ainda mais engraçado.

— O que aconteceu de tão engraçado? — Andrea sussurra a meu lado.

— Eu te conto depois — sussurro de volta. Impossível contar a ela sem ser pega.

O sr. Silverstein tem um radar para essas situações. O aluno que, ainda que remotamente, não esteja prestando atenção terá de tocar sozinho os próximos dez compassos, o que acaba sendo a tortura mais horrível que pode existir. Todos têm medo dele. Então, quando o sr. Silverstein lança seu olhar agudo sobre mim, eu congelo. Ele não diz nada.

Começamos a tocar novamente. A cena que me fez rir ainda é engraçada, e não consigo tirá-la da cabeça.

O episódio aconteceu na última aula de Química, quando estávamos aprendendo sobre a pressão dos gases. No quadro tinha sido desenhado o diagrama, com um frasco e outros detalhes. A sra. Hunter estava lidando com um problema relacionado à prática. Ela deu nome a partes do diagrama, e estávamos copiando. Porque, sabe como é, um dia estas informações ainda vão ser úteis. A sra. Hunter se colocou em pé, na frente do diagrama, e continuou falando. Quando eu a vi, ela estava parada exatamente na direção contrária de uma flecha, sob a qual estava escrito "emissão de gás". A flecha estava apontada diretamente para a bunda dela. Foi a cena mais engraçada que já presenciei na escola.

Eu gostaria de ser capaz de me lembrar daquela aula e dizer: "OK, tive um comportamento maduro em relação àquilo. E continuei a copiar o diagrama".

Mas não foi isso que aconteceu.

Dei uma gargalhada tão alta que uma pessoa que passava pelo corredor olhou para dentro da sala para ver o que estava acontecendo. Todos os colegas se viraram e ficaram me olhando. A sra. Hunter interrompeu a explicação e ficou me encarando. Atrás de mim, Nash tossiu.

Ninguém mais estava rindo.

Como é que eles podiam não achar aquilo engraçado? Não conseguiam ver a graça? Foi então que percebi que eu era a única capaz de ver exatamente o ponto para onde a flecha apontava, a partir do ângulo onde eu estava. E é por isso que estava fazendo papel de tonta, quase à beira de um ataque histérico.

Todos continuavam a me encarar.

Então, a sra. Hunter me lançou um olhar fulminante, como se dissesse que esperava mais de mim, e retomou a explicação.

Pude sentir a ponta aguda de um bilhete dobrado que Nash pressionava em minhas costas, mas não me virei. Eu nunca me meti em nenhuma encrenca séria e não estava a fim de recomeçar uma cena tão estúpida.

Assim, a imagem da emissão de gases me vem à mente, e eu rio. O riso me faz sacudir o corpo e, com isso, meu arco raspa com violência na corda mi. Acabo produzindo um guincho agudo, no instante em que deveríamos estar tocando um trecho mais calmo da música.

O sr. Silverstein faz o sinal para que todos parem de tocar. E está ali, seu penetrante olhar de laser, de novo. Voltado bem na minha direção.

Meu rosto está queimando de tão vermelho.

— Marisa, você não quer compartilhar a piada com a gente? — diz o sr. Silverstein.

Faço que não com a cabeça. Meu rosto fica ainda mais vermelho.

— Não?

Balanço a cabeça de novo.

— É uma pena. Eu poderia muito bem aproveitar a piada na nossa aula de hoje.

Olho para minha partitura.

— Na verdade, eu insisto para que você nos conte.

Dou uma rápida olhada para ele, para ver se está falando sério. Está.

Não há como contar a ele. É completamente idiota e constrangedor. E se a sra. Hunter descobrir do que eu estava realmente rindo (é claro que o sr. Silverstein dirá a ela), estou frita.

— Não é nada — digo a ele.

— Nada mesmo?

"Por favor, não me faça tocar dez compassos sozinha!"

— Bem, já que é assim — diz ele —, acho que você pode ir contemplar a hilariante natureza do "nada" amanhã, durante sua suspensão.

É totalmente injusto. Não é possível que eu seja suspensa por causa disso. Não sou o tipo de garota que recebe suspensão. Não sou uma dessas que não está nem aí para os estudos, que fica atrapalhando e que é isolada pelos colegas. Para os professores, estes adolescentes são simplesmente um desperdício de tempo.

Você entende agora? Eu deveria estar usando minhas técnicas de relaxamento para ficar calma. Se me deixar abalar, vou transformar isso num desastre emocional, revivendo o episódio na mente diversas vezes até me convencer de que ninguém jamais vai me aceitar como um ser humano funcional. É por isso que tenho de controlar os pensamentos malucos que me vierem à mente, lembrando sempre que eles não são realistas. E tenho de fazer isso bem na hora que a coisa acontece, caso contrário, os pensamentos vão se expandir até ganhar uma proporção enorme, e eu não vou conseguir mais controlá-los.

Só que isso não está funcionando muito. Estou convencida de que todos me acham demente. Tipo, sempre que ouço alguém rindo, mesmo que a pessoa esteja do outro lado da sala, tenho certeza de que é de mim que está rindo. Este é um dos pensamentos irracionais que surgem com o distúrbio de ansiedade. E, às vezes, tenho a sensação de que eles nunca irão embora.

Andrea me lança um olhar de empatia. Eu sei que ela se sente mal por mim. Mas todos os outros estão me olhando de um jeito que eu mesma olharia para alguém que fez o que eu fiz. Tipo, esta pessoa é uma esquisita total.

11

Por mais que tudo dê errado na vida, sempre posso contar com Sterling para fazer com que eu me sinta melhor. Ela é a rocha em que me apoio. E de um modo diferente de meu pai, pois eu ficaria extremamente constrangida ao confessar esse tipo de coisa para ele. Não quero que ele acabe achando que sou uma idiota. Então, depois da escola, vou até a casa de Sterling e tento me recuperar da humilhação pela qual passei no ensaio da orquestra.

— Pelo menos você não teve que tocar dez compassos sozinha — diz Sterling. — Seria um tanto constrangedor, não?

— É verdade. Mas... suspensão? Logo eu?

— Eu acho que você realmente mudou.

— É, me transformei numa idiota que recebe suspensão por ter dado risada. Não acredito que esta é a minha vida!

— Aqui está. Experimente isso. — Sterling pega um pedacinho de alguma coisa numa bandeja cheia de outros pequeninos pedaços de alguma coisa. Parecem uma versão em miniatura dos tira-gostos que serviram na recepção de casamento aonde fui, com a diferença de que estes eram mais coloridos e elaborados. Ela coloca o mais estranho deles em um guardanapo e o faz deslizar pelo balcão, na minha direção. — Você vai se sentir melhor.

— O que é isso? — pergunto, horrorizada, mas sem demonstrar.

Qualquer tipo de comida minúscula me deixa desconfiada. Sem contar que esse tem um pequeno broto verde saindo.

— *Amuse-bouche*.

— Como é que é?

— É francês. Significa "para entreter a boca".

— Você que fez?

— Claro! Tem de quatro tipos. Quer mais um?

Fico observando o *amuse-bouche* no guardanapo à minha frente.

— Qual é o problema? — pergunta Sterling.

— Ele não é... meio... pequeno demais?

Sterling ri.

— Mas é este o espírito! É um pré-aperitivo. É pra ser comido antes do prato de entrada.

— Ah, simpático.

O broto verde me desafia a comê-lo. De repente, à frente do fogão, Sterling fica ofegante.

— O que foi? Você se queimou? — digo.

— Acabo de me lembrar! Adivinha o que eu trouxe para mostrar mais tarde.

— Não sei.

— Adivinha!

— Não faço ideia.

— Tenta adivinhar mesmo assim.

Sterling consegue ser tão irritante, às vezes... Mas também consegue salvar minha vida, então lhe dou um desconto. Ano passado, ela foi minha tábua de salvação. Esteve sempre a meu lado quando precisei, mesmo quando já era tarde da noite, ela tinha de levantar cedo para ir à escola no dia seguinte, e eu não ia por estar numa completa confusão mental.

Espero até que meu cérebro me sugira um bom palpite.

— Hum...

— A caixa com todos os episódios da série *Minha vida de cão*!

— Não acredito!

— Sério!

Minha vida de cão é uma série que passou em meados dos anos 1990. Passou só uma vez na TV, mas parece ser genial. Li sobre ela num blog e, desde então, estou atrás. É um destes lançamentos aleatórios em DVD que você só encontra no eBay por, tipo, 500 dólares.

— Onde você encontrou?

— Acabou de ser relançada.

— Que legal!

Sterling segura nas mãos uma pequena frigideira e diz:

— Gostou da minha nova frigideira *sauté*?

— Essa é a tal de Calphalon?

— Claro! Ou você pensa que na cozinha eu trabalho com material caindo aos pedaços?

É verdade, ela é quem administra as coisas por aqui. A mãe de Sterling trabalha para a ONU, então está sempre viajando. Sterling fica sozinha a maior parte do tempo. A avó dela mora na mesma rua, daí que, nas noites em que a mãe de Sterling não está, a avó dorme com ela. Normalmente não estou por aqui quando ela vem, mas já jogamos cartas algumas vezes. Ela é muito legal.

— Você não está superanimada com os DVDs? — grita Sterling.

— Com certeza!

— Ouvi dizer que Jared Leto está tão sexy nessa série que você não consegue olhar para ele sem ter seus olhos fulminados.

— OK, mas... hum... acho melhor a gente assistir só a um filme.

— Por quê?

Normalmente mal posso esperar para saber o que vai acontecer na sequência de uma série, mas não consigo assistir a todos os episódios de uma vez, pois, assim que você assiste, eles, tipo, se vão. Para sempre. Eles nunca mais serão novos e essa primeira vez só acontece uma única vez, e você nunca mais vai ter este sentimento de excitação, de assistir a novos episódios. E isso é uma coisa triste e solitária.

Sou completamente tomada pela expectativa que tenho em relação a tudo. Sterling sabe disso.

— Ah, não! Não é aquela sua obsessão estranha de guardar uma parte para assistir mais tarde, é?

— Talvez.

Fico esperando que Sterling tente me convencer de que temos de assistir à temporada completa hoje à noite. Mas ela simplesmente diz:

— Você é tão esquisita...

Dou uma espiada no *amuse-bouche*. O broto verde tremelica diante de mim.

— Você vai demorar muito para comer isso? — pergunta Sterling.

Resolvo não permitir que meu medo irracional de alimentos minúsculos me impeça de provar algo sensacional. Então, experimento. E é delicioso. E ficamos todas animadas de novo em relação ao que vai acontecer neste ano e também quanto a criar as vidas que queremos ter. Sinto toda a animação que não vinha sentindo desde o dia em que voltei do acampamento, quando fizemos nosso pacto de reinvenção pessoal.

Quando acordo, no dia seguinte, ainda me sinto animada. Tive um sonho emocionante, de que estava com meu futuro namorado. Foi a melhor coisa que já senti na vida. Eu nem sequer sabia que era possível sentir tamanha intensidade num sonho e ainda lembrar-me dele no momento em que acordo.

Meu dia está sendo ótimo. Até que cruzo com Jordan no corredor.

É agora! É agora que eu vou saber com certeza.

Nash seguiu meu conselho de escrever uma carta à menina de quem ele gosta. Discutimos, eu e ele, sobre a impossibilidade de ele entregar a carta a ela pessoalmente. Ele ficaria nervoso demais e então ficaria constrangido por ela perceber isso. Mas se, em vez disso, ele tivesse um amigo para entregar a ela a carta, então poderia ficar assistindo de longe, no corredor, e não precisaria estar diretamente envolvido. Assim, se ela não gostasse dele, ele não teria de ficar parado à frente dela, descobrindo este fato da maneira mais difícil, enquanto os olhos dela diriam a ele tudo que ele jamais quisera saber.

Assim, Nash resolveu que seu amigo Jordan entregaria a carta. E isso aconteceria hoje, no corredor, na frente do armário dela, antes do almoço. Ou seja, agora.

Vejo Jordan caminhando pelo corredor; é fácil notá-lo, já que ele é o mais alto de sua turma. Caminha a passos largos e lentos. Estou grudada no chão, as costas coladas no armário, observando-o. Simplesmente sei que ele está caminhando em minha direção para me entregar a carta. Pois é claro que eu sou a garota de quem Nash gosta.

Meu estômago treme de nervosismo. Jordan se aproxima.

Então, ele para no meio do corredor, a cerca de dez armários de distância do meu. Entrega a carta a Birgitte. Birgitte, a melhor amiga de Tabitha e tão repugnante quanto ela.

O tremor em meu estômago se transforma em náusea.

Sei bem que não deveria continuar assistindo à cena. Sei que deveria simplesmente virar o rosto, apanhar o dinheiro para o almoço, os cadernos para a próxima aula e ir almoçar. Mas não consigo. Não consigo parar de observá-los.

Birgitte rasga o envelope e tira um pedaço de folha solta, dobrado. Ela continua em pé, lendo, enquanto Jordan espera, olhando para o corredor. Sigo o olhar dele. Mal consigo enxergar o final do corredor, mas sei que Nash está lá. Esperando para ver se deve ficar feliz ou começar a alimentar instintos suicidas.

Enquanto Birgitte lê, Jordan agita as mãos. Tira as chaves do bolso e fica brincando com elas. É quando o estrago todo começa.

Birgitte começa a rir. Bem na frente dele. E não para mais.

Jordan deixa caírem as chaves. Olho para o corredor para ver se Nash está observando, mas ele está longe demais. No entanto, tenho certeza de que consegue ouvir a risada dela. Eu ficaria surpresa se houvesse alguém na Austrália que não estivesse ouvindo sua risada.

A culpa é toda minha. Fui eu quem aconselhei Nash a fazê-lo e, agora, veja só! Mas pensei que estávamos falando de mim o tempo todo, então isso não conta. Como é que ele pode gostar de Birgitte? Ele não sabe como ela é sem graça?

Birgitte diz algo a Jordan. Ele parece chocado demais para responder. Ela tranca o armário, joga a carta dentro da bolsa e sai andando.

Jordan percebe que eu o estou observando. Finjo que estou procurando alguém no meio do corredor. É claro que não tem ninguém ali.

É quando me dou conta do porquê de eu, tipo, ter tido a expectativa de que a carta fosse para mim, mesmo que não gostasse de Nash da mesma maneira que ele. Depois de ter esperado tanto tempo por alguém que gostasse de mim, esta seria a primeira vez que um cara, talvez, tivesse sentido isso por mim na real, e não na mera fantasia.

12

Se Derek não estivesse saindo com a Sierra, eu diria que ele está me paquerando.

Nossa aula de Artes começou não faz nem cinco minutos, e ele já veio até onde estou duas vezes. Numa delas, para pedir emprestada minha caixa de giz pastel, quando ele sabe muito bem que há um monte de caixas empilhadas na mesa de suprimentos. Fora que ele estava todo sorridente e foi supergentil, ao me pedir. Não é bem assim que ele interage comigo em circunstâncias normais.

Derek volta com a caixa de giz. Estende-a em minha direção e diz:

— Obrigado, Marisa!

— De nada! — Pego a caixa. Estou trabalhando num cenário de pôr do sol. Um lugar tropical e quente, onde não há motivo algum para ter pressa, já que ali o tempo não importa muito.

Misturo alguns traços de azul com cor-de-rosa com o polegar. Derek só observa. Quando olho na sua direção, ele diz:

— Gostei do que você fez aqui.

Ele gostou do que eu fiz onde? Em todo o cenário? Com as cores? Com a mistura? Não faço ideia do que este cara está dizendo, nem por que ele está conversando comigo, então digo "obrigada" e continuo trabalhando.

— Onde é que você aprendeu a misturar as cores desse jeito?

Hum, será que ele está falando sério? Não dá para saber. Quer dizer, ele parece sério, mas pode muito bem estar preparando uma situação de humilhação total. E me pegou olhando fixo para ele naquelas duas vezes, então, provavelmente, sabe que gosto dele.

— É um talento natural — digo.

— São as Ilhas Fiji, aqui?

— Como?

— O seu cenário. — Derek aponta para meu desenho. — Parece um lugar nos trópicos.

Uau! Ele realmente entende o que eu estou fazendo. Tipo, eu não desenhei nenhuma palmeira ainda, então como é que ele poderia saber sem realmente entender?

— É. Um lugar nos trópicos. Mas não necessariamente Fiji.

— Definitivamente, parece Fiji. — Derek examina meu desenho. — Parece muito com Fiji.

Dou um sorriso, não resisto. Ninguém nunca entendeu coisa nenhuma dos meus desenhos.

Ele também sorri.

E ele ainda tem uma namorada.

Paro de sorrir e pego outro giz.

— Até mais tarde — diz Derek, todo sorridente. Tenho a impressão de que ele está mesmo me paquerando.

Mas por quê? Ele nunca conversou comigo antes. Por que, então, agora? Deve estar sendo atraído pelo meu novo magnetismo. Quando Sterling me dá dicas sobre como fazer novos amigos sempre diz que as pessoas captam sua energia e reagem a você de modo subconsciente. Portanto, se você emana energia positiva, as pessoas vão ser mais gentis e vão querer estar a seu lado com mais frequência. Talvez Derek esteja captando minha energia.

E isso é justamente o que eu quero. Que certas pessoas estejam na mesma sintonia que eu, pois estas são as pessoas de quem eu quero ser amiga. Ou algo mais do que amiga.

Só que eu não quero ser mais do que amiga de rapazes que já têm namorada. Isso é simplesmente fora de moda. Ou então rapazes que saem com outra garota quando já têm namorada. O que isso revela a respeito deles? O fato é que se trata de Derek. Eu nem mesmo me lembro da primeira semana na aula de Artes: estava tão ligada nele que não conseguia me concentrar em mais nada.

Não consigo deixar de pensar nele. Então, depois do jantar, me tranco no banheiro que divido com Sandra. Sempre pratico violino aqui. A acústica é excelente. Tem algo de especial com as ondas sonoras que reverberam contra os azulejos.

Não faz nem um minuto que comecei a tocar, quando Sandra dá um murro na porta.

— Dá pra parar? — ela grita. — Estou tentando ler!

— Vá ler lá em baixo — grito de volta.

— Não! Eu quero ler aqui!

— Bom, sinto muito. Não posso fazer nada.

— Para de tocar!

— Não dá! Eu preciso ensaiar!

— Mãe! — Sandra berra. Ouço o ruído da porta dela sendo aberta com violência. Ela desce as escadas pisando duro, como um elefante. Sempre anda desse jeito. Isso me tira do sério.

Esta peça que estou ensaiando é superdelicada, como seria o som de um beijo. Não que eu entenda muito de beijos. Quando estava no 8º ano, fui a um baile e beijei um garoto durante um segundo. Foi tudo. E mesmo quando eu estava no meio do beijo, não considerava aquilo um beijo real. Estava mais para um ensaio de beijo. E o fato de eu saber que se tratava de um ensaio de beijo, enquanto a gente se beijava, significa, basicamente, que eu não deveria estar beijando ele.

Presto atenção à música. Meu foco é total.

"Bang, bang, bang!"

— Sai daí! — Sandra berra.

— Não!

— Não consigo me concentrar com essa barulheira!

Destranco e abro a porta com tudo.

— Nós duas temos que conviver aqui dentro, sabia? — informo a Sandra.

— Essa tem sido a maior alegria da minha vida.

— Então é melhor ir se acostumando. Se eu não praticar, nunca vou ser a *spalla* do grupo.

— Certo, mas por que você tem que praticar justo aqui?

— Porque a acústica é melhor.

— Que resposta mais capenga!

— Capenga ou não, é a minha resposta.

— Que saco! — Sandra se atira sobre a cama. — Eu preciso ler!

— O que está acontecendo aqui? — papai pergunta. Ele está parado em frente à porta de Sandra, fazendo sua careta habitual de toda vez que nós brigamos.

Começamos a gritar, as duas ao mesmo tempo.

— Eu preciso ensaiar, e este é o único lugar...

Sandra responde:

— Ela não me deixa ler!

E papai:

— Espera! Uma de cada vez. Marisa.

— Você sempre defende ela! — Sandra choraminga.

— Não estou defendendo ninguém — papai esclarece. — Pedi a ela para me explicar primeiro. Depois é a sua vez. Vê como é que a coisa funciona?

Sandra lhe lança um olhar de raiva.

— Como eu dizia — continuo —, tenho que praticar, e a acústica no banheiro é bem melhor.

— Tenho uma prova de compreensão de texto amanhã! — Sandra grita.

— OK — papai diz. — Este é o único lugar da casa em que você pode ler?

— É inacreditável! Por que você não pede pra ela sair?

— Marisa — papai se vira na minha direção —, este é o único lugar em que você pode praticar?

— Não, mas é o melhor lugar.

— E esse é o melhor lugar pra eu ler — rebate Sandra.

— Parece que temos um conflito, aqui — conclui papai. — Como vocês duas acham que a gente pode resolver isso?

Ele faz isso, às vezes. Em vez de dar uma de "pai durão", ele dá uma de "pai amigão". Isso é legal quando você sabe que não está com a razão, pois nestas situações ele pega leve, e você não arruma encrenca. Mas, dessa vez, sei que tenho razão. Tudo o que quero é que ele mande a Sandra calar a boca e parar de agir como uma criancinha em relação a tudo.

Sandra e eu trocamos olhares.

— É o seguinte — diz papai —, por que as duas partes não podem ceder?

Dou um resmungo. A tradução de ceder é: nenhuma das partes consegue o que quer. Trata-se de tentar satisfazer o outro, em vez de satisfazer a si mesmo. Mas as duas partes também não ficam satisfeitas, porque isso significa ceder, em vez de obter o que cada uma quer.

— Marisa, você pratica por meia hora aqui, e então continua lá embaixo. É justo?

Não.

— Tá bom.

— Sandra, por que você não lê lá embaixo por enquanto, ou então faz outra coisa?

— OK — ela bufa. — Mas se eu for mal na prova, vai ser sua culpa.

— Ninguém está dizendo que você não pode ler — papai tenta argumentar. — Estou só dizendo...

— OK, pai — ela interrompe. — Eu sei o que você está dizendo.

Sandra acha sempre que papai fica do meu lado. Está convencida de que ele me ama mais e que sempre me amou mais. Ridículo, isso. Mas quando Sandra tem uma opinião, pronto. Ela fica talhada em pedra. Você não consegue convencê-la de nada mais, mesmo que isso seja óbvio.

13

Nash e Jordan organizaram nosso Primeiro Campeonato Anual de Wii Sterling e eu resolvemos ir lá, assistir. Até agora, tudo o que vi foi uma porção de rapazes hiperativos andando de lá pra cá, como perfeitos idiotas.

O evento está acontecendo no ginásio. Todos estão sentados na arquibancada. Alguns adolescentes do grêmio estudantil estão instalando uma segunda tela de projeção, enorme, ao lado da que já existe ali. Aparentemente, jogar numa tela só não é divertido o bastante.

Derek está aqui. Está sentado no setor ao lado, uma fileira atrás. O canto do meu olho está, tipo, grudado no rosto dele, esperando que ele olhe para mim. Sinto um *frisson* de ansiedade.

Eu o vi assim que entrou. Por isso é que estamos sentadas neste lugar. Quando chegamos, ele estava lá e eu disse: "Sei muito bem onde vamos nos sentar". Mas não fui até o setor em que ele estava. Ficaria óbvio demais. Ficar aqui é muito mais sutil.

De repente, Derek se vira para olhar em minha direção. Faço aquela cena em que o cara que você está gostando a observa a distância e você finge que está tendo uma conversa superenvolvente com sua amiga, exagerando no gestual das mãos e na empolgação de suas expressões.

— O que tem de errado com você? — pergunta Sterling.

— Você viu?

— Vi o quê?

— Ele olhou pra cá!

— Quem, Derek?

— Claro que foi o Derek!

— Ah, não percebi direito.

— Como é que você pode não ter percebido?

— Talvez por eu não estar obcecada por ele, como algumas pessoas?

— Não estou obcecada.

— Não mesmo? Quantas vezes você me contou que ele te paquerou na aula de Artes?

— Bem, me desculpe por ter percebido isso. — Não sei por que ela está reagindo como se fosse crime estar animada com o fato de um rapaz gostar de mim. Na boa, fala sério!

— Mas você sabe que ele está saindo com a Sierra, não? — pergunta Sterling.

— Claro que sei. Todo mundo sabe disso.

— Então por que é que você está tão interessada nele?

— Não estou tão interessada assim.

Sterling me olha.

— Não estou!

— OK, então tá — diz ela.

Nash se levanta para jogar. Vai jogar contra a Julia. Ela é a primeira das meninas a jogar. A porta do ginásio se abre com um estrondo, e entra um grupo de quatro garotas, todas falando alto, em tom histérico. A maioria dos espectadores do torneio nem repara, com os olhos grudados nas telas. Mas eu reparo. Isso porque Sierra está no meio do grupo.

Fiquei tão aliviada de ver o Derek aqui sem ela! Minha expectativa era de que, por ter me paquerado, aliado ao fato de ele estar aqui sem ela, significaria que estava gostando de mim. E, talvez, não estivesse gostando muito dela. Mas Sierra atravessa o ginásio e vem correndo até a arquibancada, na direção de Derek.

Ela o beija. Viro o olhar noutra direção.

— Você não quer ir embora? — diz Sterling. — Está ficando meio chato.

— Tá. — Não consigo ficar aqui nem mais um segundo.

Sterling me leva até a área onde estão as máquinas de distribuição automática e compra um pacote de *chuckles*. Sentamos no chão. Sterling pega um *chuckle* amarelo e começa a mastigar.

Minha mente não para quieta. Continua produzindo aquele ruído incessante, com a cena horrível de Derek beijando Sierra sendo repetida em *looping*, tornando impossível prestar atenção em qualquer outra coisa.

"Centre o foco em outra coisa. Não deixe que pensamentos obsessivos assumam o controle de sua vida."

— Por que é que os rapazes não gostam de mim? — pergunto.

— Eles gostam de você.

— Mas não os que eu gosto.

Sterling mastiga um *chuckle* vermelho.

— Escuta aqui — diz ela —, você vai encontrar a pessoa certa. O fato de todos os caras aqui serem uns bundões não significa que seu namorado não exista. Ele simplesmente deve estar em outro lugar, só isso. Ele vai encontrá-la.

— Mas quando? — Eu não aguento mais. A espera. A vontade.

Desabo emocionalmente. Eu me odeio. Odeio ter de lidar com isso, odeio minha vida. E odeio não poder contar com alguém que esteja inteiramente a meu lado no momento em que preciso e exatamente do modo que preciso.

Fico no meu quarto a noite inteira, me sentindo péssima, até que começa o programa do Dirk.

— Alguém aí assistiu ao *America's Slackers* hoje à noite? — pergunta Dirk. — Qual é a desses *reality shows* estúpidos que estão tomando conta da TV? Demos, agora, para fazer a celebração de pessoas estúpidas que ficam sentadas o dia inteiro sem fazer nada, enquanto programas incríveis como *Freaks and Geeks* são retirados da programação? O que está acontecendo?

Dirk é o máximo. Eu vinha me perguntando a mesma coisa. Sobretudo desde que Sterling e eu assistimos à *Minha vida de cão*. Simplesmente não faz sentido que tantos programas de qualidade sejam tirados do ar para dar lugar a mais do mesmo lixo.

— É como aquele velho quadro da *Vila Sésamo*. Como é mesmo...? "Qual destes elementos é o diferente?" — Ele tenta cantar a música que acompanha a cena, mas não consegue se lembrar da letra. — Legal: acabo de receber um e-mail dizendo que a música se chama "Um destes aqui não é igual aos demais". Ooooh... com um link para o Cookie Monster, cantando a música! Bacana! Vamos ouvir?

Dirk põe, então, a música para tocar. Você poderia achar isso estúpido: Dirk tocando uma música antiga de *Vila Sésamo* e todos nós ouvindo, de casa. Mas não é. Às vezes, quando estou estressada, volto aos meus velhos livros da Judy Blume, da época do ensino fundamental, ou a reprises de programas aos quais eu assistia quando estava no 6º ano. Eles me lembram de como eu era antes de minha vida ficar tão complicada. E me dão esperança de que, um dia, talvez eu consiga recuperar aquela tranquilidade.

14

— Você acha que faz diferença tomar água morna ou gelada? — Nash me pergunta.

A essa altura, já estou acostumada com este tipo de pergunta ou comentário de Nash, que surge do nada. É incrível como voltamos a nos tornar amigos desde o início das aulas, depois de passar por anos em que mal nos falamos. Esse tipo de coisa me faz pensar que tudo é possível.

— Sim, faz. Mas quem é que bebe água morna?

— Não, eu quis dizer em temperatura ambiente. Tipo, se você deixar uma garrafa de água fora da geladeira, em vez de deixá-la dentro.

— Ah, é isso que significa temperatura ambiente? Obrigada pelo esclarecimento, sr. Óbvio. — Nash sente necessidade de explicar a você os conceitos mais óbvios. Às vezes, com todos os detalhes. Isso é muito irritante.

Ele fez o mesmo hoje, na aula de Química.

Estávamos trabalhando no laboratório, e os colegas na mesa ao lado não estavam conseguindo lidar com um dos procedimentos. Então, pediram ajuda a Nash, que lhes deu uma explicação. Só que, um pouco mais tarde, quando lhe fizeram uma pergunta simples sobre proporções, Nash começou a lhes explicar coisas superbásicas, que até um aluno de 6º ano saberia.

— OK, nós sabemos isso — disse uma das meninas.

— Só estou tentando ajudar — disse Nash.

— Você está achando que somos estúpidos ou algo assim? — ela rebateu.

— Não, eu estava...

— Então por que está falando com a gente desse jeito? — a colega dela criticou.

Sei bem que essa não era a intenção de Nash. Mas se você não o conhece, é fácil interpretá-lo mal.

— E então? — Nash me pergunta.

— Então o quê?

— Faz diferença para o corpo?

— Por que é que o corpo se importaria com a temperatura da água que a gente bebe?

— Aqui estão os dados: a temperatura padrão do corpo é de 36,5° C. Então, se você beber água bem gelada, que está, tipo, a uma temperatura dez graus menor do que a do corpo, seu sistema não pode ter um choque enorme?

Folheio algumas páginas do projeto em que estamos trabalhando.

— Em que página está isso?

— Não faz parte do projeto. Eu só estava me perguntando sobre isso.

Esta é mais uma particularidade do Nash. Ele se faz perguntas sobre as coisas mais aleatórias.

— Sei lá — digo. — Nunca parei para pensar nisso.

— Me avise se você chegar a formular alguma teoria.

— Ah, não se preocupe! Você será o primeiro a saber.

Três horas mais tarde, depois de dois intervalos, terminamos o projeto. O meio do mês de outubro, em si, já é um período estressante, com o final do primeiro período de notas e a divulgação dos boletins, sem contar com este enorme projeto de Química. Pelo menos as coisas parecem estar melhorando. Sinto, agora, que sou capaz de contribuir quando estamos trabalhando juntos. Quando começamos a fazer os relatórios do laboratório, Nash mostrava ter uma inteligência enorme e eu não sabia nada. Eu me sentia uma idiota.

Odeio quando as pessoas têm a sensação de que precisam fazer o trabalho inteiro ou têm que responder perguntas em meu lugar por acharem que não vou ser capaz de fazê-lo. Isso acontecia muito durante meu período mais sombrio. Quando fiquei seriamente deprimida, eu me desliguei da escola. Às vezes, nem ia às aulas. Minha mãe me deixava ficar em casa, pois não sabia mais o que fazer. Papai chegava em casa mais cedo e jogava Uno comigo, tentando me fazer dizer o que estava errado. Mas normalmente eu não tinha muita vontade de conversar. Sobretudo, porque não sabia como explicar. Então, eu me distraía demais e não acompanhava as coisas que aconteciam ao redor, na sala. Toda vez que tinha de fazer trabalho em grupo, todos olhavam para mim tipo: "Você já devia saber isso! Por que está bancando a estúpida?". Era muito constrangedor.

Mas agora sinto que estou realmente entendendo parte dessas coisas. E acho que fizemos um ótimo trabalho no projeto. Sorrio para Nash, toda orgulhosa de nós dois.

— O que foi? — diz ele.

— Nada.

— O que foi? Fala!

— Nada. É que... acho que formamos uma boa dupla.

Nash para de grampear as folhas.

— Eu também acho.

Sorrio ainda mais. Nash faz uma cara de apavorado.

— Está se sentindo bem? — pergunto.

— Hum... estou... — Ele se afasta da mesinha de centro, onde estávamos trabalhando. — Consegui uns sinos novos.

— Ei, legal! Me mostra. — Ele me mostra uma cordinha com pequenos sinos pendurados, no batente da janela. Dou uma sacudida neles. Têm um tinido suave. — São bonitinhos.

Nash dá início, então, a uma longa e complicada descrição sobre a origem dos sinos, de como ele os encontrou e como eles são significativos para uma determinada cultura do outro lado do mundo e...

— Ei, Nash!

— Fala.

— Eles são bonitinhos.

— Obrigado!

Ficamos os dois ali, parados, sem dizer nem fazer nada. Ele simplesmente fica olhando para mim.

É estranho. Pela primeira vez diante de Nash, sinto necessidade de dizer algo.

— Então... no que é que deu a história da... carta? — Eu estava quase dizendo no que é que deu a história da Birgitte, mas Nash nunca me disse que a carta era endereçada a ela, e eu não quero que ele saiba que eu a vi rindo do Jordan.

— Que carta?

— Você sabe... aquela que você escreveu para... hã...

— Ah! Aquela. Não deu em nada. Ela não sentia a mesma coisa que eu.

— Que pena!

— Na verdade, não. Na verdade, é uma coisa boa. Eu estava mais interessado numa outra pessoa, então...

— Quem?

— Outra pessoa.

— Então por que não entregou a carta a ela?

— É um ensaio — diz Nash. — Você acha que eu vou desperdiçar o melhor material que tenho já na rodada preliminar?

Não estou engolindo essa história de Nash tratar isso tudo como se não fosse grande coisa. Gostar de alguém que acaba lhe rejeitando é uma coisa importante. Estou aprendendo a decifrar o jeito de Nash, e ele não me soa muito convincente. Mas é nisso que ele quer que eu acredite, e a verdade é meio humilhante. Então deixo quieto.

— Então, hum... acho que terminamos — digo.

— Terminamos?

Aponto para a mesinha de centro.

— O relatório.

— Ah! Certo. É, terminamos.

— Acho que ficou muito bom.

— Marisa... — diz Nash e chega mais perto de mim. Como se fosse me beijar ou algo assim.

Ah, meu Deus!

Nash vai me beijar.

Eu sabia que ele gostava de mim!

Eu me afasto dele.

— O que aconteceu? — pergunta ele.

— Eu não estou... não sou... você ia tentar me beijar?

— Depende.

— Do quê?

— Depende do porquê de você não ter me deixado.

Que dificuldade, isso... Como é que se diz a alguém que gosta de você que seu sentimento em relação a ele não é o mesmo? Ninguém gosta de ouvir uma coisa dessas. É devastador.

Mas eu preciso lhe dizer.

— Nash, eu não... sabe como é... não gosto de você da mesma maneira.

— Não?

— Não. Você achou que eu gostava?

— Não sei. Parecia que você gostava de mim.

— Bem, não é bem o caso.

— É, estou percebendo agora.

— Me desculpa!

Nash se afasta para o outro canto do quarto.

Eu preciso saber exatamente por que ele achou que eu gostava dele. É tão estranho, porque não tem nada a ver!

— Eu... fiz alguma coisa... que fez você achar que eu gostava de você?

— Digamos que teve algumas pistas.

— Tipo o quê?

— Você sempre gostou de vir até minha casa, por exemplo.

— Pra fazer nossos trabalhos. E porque somos amigos.

Nash pega um sino grande, de vaca, em sua escrivaninha. Balança-o algumas vezes.

— É isso, então? — pergunto. — Eu gosto de vir aqui e, por isso, você achou que eu gostava de você?

— Não, é mais do que isso. Você simplesmente me parece... bom, esquece.

Ainda não faço a mínima ideia do que ele está falando. Mas ele já está se sentindo mal com o episódio, então decido deixar pra lá.

— Não acredito que isso está me acontecendo de novo — ele diz.

— O quê?

— Isso. Rejeição.

— Me desculpa. Mas eu não quis...

— É. Você não pode exigir que alguém sinta o mesmo que você, certo?

— Não era isso o que eu ia dizer.

— Se for pior do que isso, com certeza eu não quero ouvir.

— Eu ia dizer que não tinha intenção de magoá-lo. Você simplesmente... me surpreendeu, só isso.

— Você me surpreendeu ainda mais.

Ficamos os dois parados, ali, olhando para todos os lados, menos no rosto um do outro.

— OK — ele diz —, isso é estranho.

— Mas não precisa ser. Ainda quero continuar sua amiga.

Nash dá uma fungada.

— Você não quer? — pergunto.

— Acha mesmo que isso é possível?

— Por que não? Quer dizer, vai ser meio estranho no começo, mas...

— Seria muito mais do que estranho, pra mim. Sou eu quem gosta de você.

— Então... o que você quer dizer?

Nash balança a cabeça. Ainda sem olhar para mim.

— Ainda não sei.

Isso é muito injusto. Por que ele tinha que estragar tudo? Por que é que ele achou que eu gostava dele? Dei alguma indicação disso? Não, não poderia ter dado. Porque não gosto dele. Mas ainda quero continuar amiga dele. Temos que continuar amigos.

Mas... e se não conseguirmos?

Novembro ⁂ Janeiro

15

Primeiro, a má notícia: já faz duas semanas que tivemos o incidente com o "não beijo", e Nash e eu ainda não nos encontramos nenhuma vez fora da escola. Ele disse que seria melhor que eu não fosse mais a sua casa, como fazíamos antes, para fazer os relatórios. Então, cada um faz sua parte do texto e, depois, nós as juntamos para entregá-los como fazem todos os colegas.

Agora, a boa notícia: papai praticamente terminou de construir meu laboratório de revelação de filmes. Ele reaproveitou um closet que nunca usamos, no subsolo, e agora o espaço é todo meu. Estou superansiosa para usá-lo, mas a pia ainda precisa de reparo, coisa assim. Portanto, ainda tenho que esperar mais alguns dias.

Ao contrário de mamãe, não curto muito quando a casa está vazia. Quando quero me distanciar de todo mundo, simplesmente vou para meu quarto e me isolo dentro dessa fortaleza. Mas quando não tem mais ninguém em casa, me sinto solitária. Como agora. É como se a ausência de gente nas outras partes da casa criasse um vazio em meu espaço. E não consigo me concentrar na tarefa de casa, pois minha mente não para quieta.

Desço as escadas, tentando decidir o que fazer. Não estou a fim de ler, ficar na internet, nem de assistir a TV ou vídeo.

Temos grossos álbuns de fotos na estante de livros da sala. Quando Sandra e eu éramos pequenas, mamãe era obcecada em fotografar a gente, mas ela não faz mais isso, não sei bem por quê. Então, quando você olha para os álbuns, encontra zilhões de fotos nossas até quando eu tinha 12 anos e Sandra, 10; depois disso, só algumas poucas fotos.

Tiro da estante um dos álbuns do meio, de quando eu tinha uns 7 anos. Tínhamos um cachorro chamado Buttons. Eu o adorava. Quando ele morreu, chorei durante semanas. Achei que nunca mais fosse me recuperar da perda. Meu pai vivia dizendo coisas como "o tempo cura todas as feridas", mas eu não colocava fé nisso.

Folheando o álbum, me lembrei de que mamãe tinha uma caixa cheia de fotos antigas que ela nunca colocou nos álbuns. Eles deveriam ser usados para as melhores fotos, mas ela tem muito mais daquelas que ela não considerava boas o bastante para que as outras pessoas vissem. E estas são as que eu acho mais interessantes. A caixa está no closet dela.

O quarto dos meus pais sempre teve uma aparência decadente. Claro que é o maior quarto da casa, já que eles foram os primeiros a chegar, coisa e tal. Eles têm um closet incrível em que dá até para caminhar dentro. Entro e começo a procurar a caixa por entre as estantes, mas não consigo achá-la. Verifico no lado de meu pai. Sei que minha mãe guarda ali algumas roupas, ao acaso, já que ela tem muito mais roupas e não tem espaço suficiente no lado dela. Não consigo encontrar.

Tem algo de estranho em relação à parte do closet reservada a meu pai. Ele simplesmente... está sem uso. De alguma maneira, está mais vazio. A cada dois anos, minha mãe faz com que todos deem uma geral em seus closets e empilhem as roupas para doação. Talvez ela tenha, simplesmente, feito uma triagem nas roupas de papai. Mas a parte dela, no closet, tem a mesma aparência. Além disso, ela provavelmente deve ter me dito para eu dar uma geral em minha parte, porque sempre doa as roupas de todos ao mesmo tempo.

Verifico novamente. Sinto que alguma coisa está errada.

De repente, me lembro de uma coisa que Sandra me disse há algumas semanas. Ela supostamente teria visto papai saindo com uma caixa de coisas quando achou que não tinha ninguém em casa. Eu disse a ela que provavelmente eram só papéis de trabalho que ele estava levando ao estúdio, mas Sandra não acreditou nesta hipótese. Talvez papai tivesse feito sua própria "limpeza" dessa vez.

Encontro, afinal, a caixa com as fotos, na parte do closet que pertence à mamãe. Retiro-a da estante e me sento com ela, no chão. Revendo fotos de piqueniques da família, das viagens a Vermont, todos nós no meio de caminhadas, e de meus pais nadando no rio como se fossem crianças... todas estas lembranças me tomam de assalto como uma onda gigante. Uma emoção intensa toma conta de mim, mas não consigo distinguir o que sinto exatamente.

Não sei bem quanto tempo fico ali. Minutos ou horas, perdi a noção. Só sei que, na hora em que termino de olhar todas as fotos da caixa, mal consigo crer na grande sorte que tenho. Eu tenho pais que amam um ao outro, e que me amam. Tenho uma boa casa e dinheiro suficiente para as coisas que quero comprar. Tenho tudo de que preciso.

Assim, não consigo entender por que eu tinha ficado tão deprimida antes. Meu psicólogo diz que estes sentimentos que invadem o corpo são inevitáveis por causa da genética e por fatores ambientais. Discordo. Acho que você pode decidir como irá se sentir e, então, fazer com que se sinta dessa forma, se for uma pessoa determinada. É provável que eu simplesmente não tenha me esforçado o suficiente para ser feliz. Mas isso não quer dizer que não possa me esforçar mais agora.

16

Não consigo pensar noutra coisa a não ser em Derek.

Não consigo dormir. Fico pensando nele durante horas, deitada na cama, à noite.

Não tenho apetite. Se consigo engolir duas bolachas de água e sal, já é uma proeza.

Na escola, minha capacidade de concentração é praticamente zero. Faço anotações, mas não sei o que estou escrevendo. Os professores falam, mas eu não os ouço.

A atividade ininterrupta do meu cérebro já virou uma gosma.

É sempre assim quando me apaixono por um cara. Nem mesmo ler antes de dormir eu consigo; e sempre gostei de fazer isso. Abro meu livro, leio uma ou duas frases e então... minha mente simplesmente começa a devanear, começo a pensar em Derek e não consigo parar. Se tento ler na escola, tudo o que consigo fazer é ficar olhando fixamente para a página, já que não tenho concentração suficiente para compreender as palavras, por mais que eu me esforce.

Estou me apaixonando por um cara que já tem namorada.

A culpa não é só minha. Derek está fazendo com que seja impossível eu não perceber sua presença. Ele sempre se senta a meu lado na aula de Artes. Antes do Halloween, passou a se sentar à minha mesa, bem na minha frente. Então, agora que conversamos diariamente, e ele se senta à minha frente todos os dias, só consigo pensar nele.

Como a aula de Artes é a primeira do dia, não consigo mais tomar o café da manhã. Sinto um bolo no estômago ao me lembrar de que, além de encontrá-lo, dali a instantes, ele vai se sentar ao meu lado. E conversar comigo. Como se ele, na verdade, gostasse de mim.

Quando Derek entra na sala de Artes vestindo seu casaco acolchoado da North Face, finjo que estou ocupada preparando as tintas. Olho-o de relance. A tinta respinga na manga de minha blusa.

Quando começamos a trabalhar, meu nervosismo aumenta.

— O que você se imagina fazendo daqui a dez anos? — Derek me pergunta. Pintaremos aquarelas nas duas próximas semanas. Ele pinta uma paisagem, eu trabalho na ilustração de uma partitura para a capa de meu fichário.

— Qualquer coisa — digo.

— Ah, obrigado!

— Hum... — Nunca alguém me perguntou isso antes. Não sei muito bem o que dizer. Talvez eu queira ser fotógrafa profissional, mas ainda não tenho certeza. E não sei se quero morar no campo ou na cidade. Crescer numa cidade como essa é tão entediante que tudo o que você quer é ir embora. Então, é certeza que eu quero ir embora. É estranho, porque quando as pessoas voltam para cá, passado um tempo na faculdade, elas sempre dizem como é legal aqui. Acho que é um lugar melhor para visitar do que para morar. Pelo menos, se você for adolescente. — Ainda não tenho certeza. Mas não quero continuar aqui.

— Entendo você. — Derek mistura cores diferentes para obter outra tonalidade de verde. — Este lugar é um pé no saco.

— Então, onde você se vê daqui a dez anos?

— Longe daqui, como você. Trabalhando em meu próprio negócio, em paisagismo.

— Fala sério!

— Eu sei que parece estúpido, mas não me importo.

— Não é isso. É que minha tia tem uma empresa própria, na área de paisagismo!

— Cara...!

— Ela é especialista em topiaria, e os empregados dela é que fazem o trabalho de paisagismo.

— Isso sim é coincidência.

— Não é?! — Isso é um sinal. Total. Que coincidência é esta, ele gostar de paisagismo, coisa que eu nunca ouvi um rapaz dizer que gostaria de escolher como profissão?

Não paramos de conversar até o fim da aula. Conto a ele como tia Katie é legal.

— Pode ser uma ótima ideia trabalhar para ela — ele diz.

— Você deveria fazer isso!

— Terminando a escola, eu não vou ficar por aqui...

— No próximo verão, quero dizer. Às vezes ela aceita estagiários. Não é remunerado, mas pelo menos você aprende muito com a experiência.

— Seria demais! Você pode perguntar a ela sobre isso, pra mim?

— Posso perguntar se ela aceita estagiários, mas, se aceitar, provavelmente você vai ter de se candidatar como qualquer um.

— Nada de privilégios para amigos, certo?

Quer dizer que somos amigos, agora? Eu não tinha certeza sobre o que Derek estava pensando a nosso respeito, os dois sentados juntos desse modo. Se ele me achava mais do que uma simples colega.

E será que ele consegue pensar em mim como mais que uma simples amiga?

— Bom — digo —, eu posso recomendar você.

— Legal!

Derek me conta, então, tudo sobre paisagismo e as coisas que ele mais gosta nesta atividade: os diferentes tipos de pedra usados nas calçadas dos jardins e nas paredes; sobre o desenho das plantas;

a escolha do melhor lugar para uma piscina; como criar jardins de pedras ou fontes mais elaboradas. A paixão que ele mostra pelo assunto é contagiante. Não que isso me dê uma vontade repentina de sair projetando um labirinto, mas a empolgação dele me anima. É incrível conhecer alguém que sinta paixão pelas coisas da mesma maneira que a gente. Conheço muitos adolescentes que só sentem tédio em relação a tudo.

Tédio, aliás, é a palavra que define bem as mais recentes aulas de Química. Elas simplesmente não são mais como antes. Nash me mandava bilhetes e me sussurrava coisas e, enquanto a sra. Hunter fazia a chamada, eu me virava e desenhava algo no caderno dele. Agora, os dois fingem que nunca foram amigos. Se ele me diz duas palavras durante a aula toda, é muito. E quando precisamos trabalhar juntos no laboratório, Nash se limita a tratar do assunto da atividade a ser feita. Tentei tocar no assunto do incidente do "não beijo", dias atrás, mas ele não me deu ouvidos.

— Eu só quero que tudo volte a ser como era antes — digo.

— Todos nós queremos coisas — ele responde.

— Mas por que a gente não pode voltar ao que era antes?

— Impossível ir a um lugar que não existe mais.

Ele tem razão. As coisas mudaram. As implicações existem. Mas eu quero que Nash saiba que não é porque ele gosta de mim que não podemos mais ser amigos.

Bem, deixa pra lá! Agora que Derek tem conversado comigo, talvez eu não sinta muito a falta de Nash.

17

Todo ano, no outono, nossa cidade promove o Festival da Colheita, e são montadas barracas com as mercadorias produzidas pelos moradores locais — roupas, comidas ou objetos de colecionador. Há também barracas com jogos, tipo aquelas que temos no calçadão, só que bem menores. E também acontecem competições — como a que dá prêmios a quem consegue comer mais tortas (nunca assisto porque é nojenta) — de tricô e de sudoku. O festival sempre acontece à beira do rio, o que, para mim, não faz muito sentido, porque ele começa na primeira semana de novembro, época em que já está ficando frio e, às vezes, o frio é de congelar. Mas já faz parte da tradição fazer o festival aqui, e não há muito como lutar contra a tradição.

Disse a Sterling que eu a ajudaria a montar sua barraca. Ela faz seus famosos *cookies* em formato de coração, além de bolos, tortas e *brownies* que ela prepara com sua avó durante a semana. Todo ano ela ouve alguém comentar que poderia muito bem ter a própria empresa de fornecimento de alimentos; as sobremesas dela são muito saborosas.

O dia está ensolarado e não faz muito frio. Todos saem com seus novos suéteres. Há um perfume de folhas vermelhas no ar.

Sterling embala cada um dos *cookies* em celofane de cor opalescente e os amarra com fitas de cores diferentes. Na barraca dela, galhos estreitos das árvores atravessam o balcão e penduramos neles os *cookies*.

Sterling deixa cair um *cookie*. Ele se parte em pedaços. Ela chuta a mesa.

— Droga! Já é o quarto que cai.

— Sem problema — digo. — Você fez uma porção.

— Tem problema, sim.

— Eu compro este. Não me importo que esteja quebrado. O gosto ainda é o mesmo.

Sterling está toda tensa.

— Não se preocupe! — digo.

— Estou superestressada. E morrendo de dor nas costas.

— Mas e a ioga? — pergunto. — Por que você não usa uma das técnicas de relaxamento?

— Ah, tá, como se eu ainda estivesse fazendo ioga...

— Não está mais?

— Você consegue me imaginar sentada um tempo longo o suficiente para me concentrar? Para aumentar o nível de consciência, é preciso esvaziar a mente. Eu ficava na posição triangular de guerreiro, ou do que fosse, e volta e meia era interrompida por lembranças de coisas que eu precisava fazer. Tipo, quanto mais eu tentava não pensar nelas, mais elas me interrompiam.

Isso não me surpreende muito.

— OK — digo —, mas qual é o problema?

Sterling aponta na direção da barraca do jogo de argolas. Ricky está lá, vibrando junto com uma pessoa que está jogando.

— Ah — digo.

— Desde quando a barraca do jogo de argolas é montada bem na frente da minha? — Sterling monta sua barraca para o Festival da Colheita há alguns anos e, antes dela, quem cuidava do lugar era sua avó. Há um acordo tácito de que todos armem suas barracas sempre no mesmo lugar.

— Se você precisar fazer um intervalo, eu posso ficar tomando conta.

— Está bem.

Ricky é um cara com quem Sterling saiu algumas vezes durante o verão. Ela escreveu longas páginas sobre ele nas cartas que me mandava no acampamento. Gostava muito dele, mas a coisa não deu em nada. Ele simplesmente parou de lhe telefonar. E não é uma situação em que dê para ela tirar satisfação com ele na escola, pois ele já está na faculdade. Ela nunca soube o motivo de ele ter parado de ligar. Até tentou descobrir, mas Ricky nunca respondeu aos e-mails ou mensagens que ela enviava. Tenho uma hipótese sobre o porquê disso, mas nunca diria isso na frente dela.

Aqui está mais um exemplo de como as músicas de John Mayer contêm as respostas para todos os problemas que existem. A vida de Sterling pode ser explicada pela letra de "Daughters". Vimos esse assunto, em detalhe, na disciplina facultativa de Psicologia. Veja só: o pai de Sterling é completamente ausente; portanto, ela não tem qualquer modelo do que deve ser um relacionamento saudável. Aprendemos, ali, que se você tem problemas com abandono, poderá se tornar dependente emocionalmente. E os caras não gostam de meninas com esse tipo de dependência.

Isso, na verdade, não era um problema no ano passado, já que eram poucas as meninas que tinham namorado. Mas agora as coisas estão mudando. Isso é visível. É como se o poder de atração entre meninas e rapazes fosse uma entidade palpável.

— Quando é que você vai voltar pra casa? — É a voz de Sandra, que surgiu do nada. Odeio quando ela aparece na minha frente desse jeito.

— Mais tarde — digo. — Por quê?

— Mamãe quer conversar com você.

— Sobre o quê?

— Ela não disse.

— Bom, ela vai ter de esperar. Ela sabe que vou ficar ajudando Sterling o dia todo.

Sandra dá uma espiada nos *cookies* em formato de coração.

— Quer um *cookie*? — Sterling pergunta a ela.

— Não, obrigada! Parei de comer besteira.

— Ah, por quê? — diz Sterling.

— Se você soubesse o que os açúcares livres provocam no organismo, não me faria uma pergunta como esta.

Sterling me lança um olhar de quem está se divertindo. Desde o início das aulas, Sandra está com esta mania de natureba. Duvido, e faço pouco, de que isso vá muito longe. Na boa, deixar de comer *cookies*? Que troço ridículo é esse?

— Diga à mamãe que vou chegar mais tarde em casa — aviso.

— Se é que vou encontrar com ela — diz Sandra. — Não é só você que está fora de casa. — Ela sai bufando na direção da barraca de produtos da fazenda.

— Que atitude é essa? — pergunta Sterling.

— É a puberdade.

— Ah, bom. Eu me lembro bem disso.

Numa barraca, a poucos metros de distância da de Sterling, observamos uma garotinha tentando se equilibrar numa escada de cordas sem cair no colchão de espuma. Como prêmio, eles distribuem uns artigos enormes da Hello Kitty, por isso tem fila para brincar.

Olho de novo ao redor.

— Quem você está procurando? — Sterling me pergunta.

— Ninguém.

— Ah, não está procurando Derek?

Na verdade, eu estava procurando Nash. Achava que se eu o visse hoje poderíamos voltar ao relacionamento que tínhamos antes. Se eu continuar encontrando-o só na escola, as coisas vão ficar mesmo muito estranhas.

— Estou — digo. — Tenho um prazer enorme em ficar observando ele e Sierra juntos. É o que me dá mais prazer na vida.

— Talvez isso não dure mais por muito tempo. — Sterling se vira para observar a garotinha, que se desprende da escada e cai no colchão de espuma.

— O que você quer dizer com isso?

— Nada. É que eu ouvi uma história por aí. Mas não é confirmado ainda, então...

— O quê?

Sterling dá um sorrisinho do tipo "tenho uma fofoca e ela é das boas".

— Uma pessoa do Clube de Francês, que vai permanecer anônima, disse a outra pessoa que ouviu dizer que eles terminaram.

— Quem?

— *Hello-ou*! Derek e Sierra!

— E por quê?

— Não sei. Foi o que eu ouvi.

E se... eles terminaram por minha causa? Sem chance. Derek só percebeu que eu existo, tipo, três minutos atrás. Tenho certeza que ele só gosta de mim como amiga. Seja como for, provavelmente é só um boato.

Caminhando de volta para casa, mais tarde, vejo Nash no píer. Talvez dê para a gente conversar finalmente.

Vou até onde ele está. Uma brisa fria vinda do rio sopra e para. A água do rio está toda agitada.

— Ei! — digo. Puxo as mangas de meu suéter para baixo, cobrindo as mãos. — Por que você não foi ao festival?

— Tenho muito trabalho pra fazer — responde Nash.

— Você deveria estar se divertindo nos fins de semana. Que tal relaxar um pouco? Ficar com os amigos...?

— É... bem, tenho toda a preparação para a olimpíada de Matemática. A próxima prova será daqui a quatro dias.

Sento perto de Nash. Nossos pés balançam sobre a água.

— Como está indo o seu projeto Dorkbot? — pergunto.

— Tipo, vai indo. — Nash volta a folhear as páginas de um grosso livro-texto de Matemática.

Tenho a sensação de que ele não quer conversar comigo. Nem me ver. Mas não me importo. Só me importo em ter nossa amizade de volta. Então, fico sentada com ele no píer, enquanto o sol se põe no horizonte. Só para que ele saiba que eu ainda estou a seu lado.

18

No fim das contas, os boatos eram verdadeiros. Derek e Sierra terminaram.

Ninguém sabe ao certo como isso aconteceu. Estão circulando, tipo, vinte diferentes versões do episódio. Sobre quem decidiu terminar, onde aconteceu e o porquê. Mas nada disso importa agora. A única coisa que importa é que finalmente tenho uma oportunidade real de estar com Derek.

Talvez ele me convide para sair durante a aula de Artes. Ele deve saber que eu sei sobre o fim de seu namoro, já que todos estão falando sobre isso. Só que faz uma semana que venho esperando que diga alguma coisa a respeito, e ele ainda não falou nada.

No final de mais uma penosa aula de Artes, em que Derek não me convida para sair, estou prestes a desistir. Foi uma estupidez achar que ele gostava de mim. Como se eu não conhecesse a Sierra. Sei que não posso competir com ela.

Seja como for, saio da sala ao lado dele.

— Até mais! — diz Derek.

— Até! — respondo.

E ficamos nisso.

— Ele gosta de você — Andrea diz, no meio do ensaio da orquestra. Ela o viu saindo comigo da sala de Artes. — Está na cara.

— Sério?

— Com certeza.

— Eu achei que sim, mas...

— Você gosta dele?

— Acho que sim. — Posso admitir isso para Andrea, pois ela é minha amiga. E, neste ano, a gente tem se aproximado mais, porque temos de lidar com o estresse do concerto de inverno, que já está quase batendo à nossa porta, e com a fiscalização incansável do sr. Silverstein.

— Você não vai dizer a ele? — pergunta Andrea.

— Acho que não.

— Por que não?

— Bem... eles não terminaram há pouco, tipo, uma semana?

— É, algo assim.

— Então, não é cedo demais?

— Não pelo que tenho ouvido. — É quando Andrea me conta que Derek e Sierra estavam sempre brigando e que estava claro que eles não tinham nada a ver um com o outro. — Eles não combinavam em nada.

— Então por que estavam saindo juntos?

— Você a viu na praia?

— Vi.

— Aí está a resposta, então.

Será que eu gostaria mesmo de estar ao lado de alguém que sai com as meninas só por causa da aparência delas? Ou será que no relacionamento deles tinha mais coisas envolvidas do que Andrea sabia? Provavelmente, sim. Se não, por que ele estaria interessado em mim? Não sou tão bonita quanto Sierra. Não me acho bonita, de modo geral. Quer dizer, algumas pessoas dizem que sou, mas não ponho muita fé nelas.

Eileen é uma menina no nosso naipe de violinos que, às vezes, tem um comportamento estranho. Andrea e eu temos de nos concentrar muito para não nos distrairmos com ela. Toda vez que tocamos um trecho forte de uma determinada peça, o olhar de Eileen é de concentração total e seu corpo balança para frente e para trás, acompanhando a música. Eu admiro o jeito dela de colocar a alma na interpretação, mas aquilo me parece meio exagerado. E ela sempre tem uma expressão facial toda séria. Acho que nunca a vi sorrindo. Mantém os olhos grudados na partitura ou no sr. Silverstein, o tempo todo. Não há nada que distraia sua atenção. Ela tem um foco de raio laser.

Hoje é dia de ensaio com a orquestra inteira, e eu já estou sentindo dor de cabeça. Dou uma espiada na garota que toca triângulo. É estranho você ter, de fato, que tocar triângulo. Tipo, fazer algo mais do que tinir o instrumento de quando em quando. Mas, na verdade, ela é muito boa.

A peça que estamos ensaiando hoje tem um solo pequeno que se estende por alguns compassos. Durante o solo, é tocada uma nota superaguda, que sai com o som de um guincho. Eileen dá um pulo de 50 metros acima da cadeira e esbarra na flauta que estava sobre a estante de partituras, derrubando-a no chão.

Lanço um olhar para Andrea. Ela está rindo. Quando Eileen fica toda empolgada por nenhuma razão, sempre temos vontade de rir.

Terminado o ensaio da orquestra, já no corredor, ainda estamos rindo. Sterling se aproxima da gente. Ela diz:

— Ei!

Fazemos uma pausa, breve o suficiente para dizer "oi". Olhamos, então, uma para a outra e voltamos a rir.

— O que aconteceu de tão engraçado? — pergunta Sterling.

— Nada — diz Andrea.

— Vai, fala! — insiste Sterling.

— É só uma coisa que aconteceu no ensaio da orquestra — digo. — Você precisava estar lá.

— É — concorda Andrea. — Você precisava estar lá.

Sterling me lança um olhar de irritação. Não estou tentando fazer que ela se sinta isolada de nossa conversa, mas sei que está parecendo assim. Tento de novo.

— É uma coisa que aconteceu com a Eileen, só isso — digo. — Foi engraçado.

— Então por que não podem me dizer o que foi?

Andrea e eu nos olhamos. Como é que o fato de Eileen pular da cadeira, por causa do guincho em um solo, pode parecer engraçado se você não estava lá para ver as nuances da cena?

— Então, tá — diz Sterling. — Até mais! — Ficamos olhando ela ir embora.

— O que está acontecendo com ela? — pergunta Andrea.

Não sei o que está acontecendo com ela. Ela está agindo como se fosse uma pessoa totalmente diferente.

"Será que ela odeia a Andrea? Será que Andrea fez alguma coisa para ela, que eu ignoro? Com certeza, Sterling guarda ressentimentos", penso.

Então, naquela noite, converso com Sterling via mensagem de texto.

f-stop: por que vc saiu daquele jeito?

frappegrl: não saí de jeito nenhum.

f-stop: saiu, sim.

frappegrl: não... eu precisava ir embora, só isso.

f-stop: por que vc estava toda esquisita?

frappegrl: por que vcs duas estavam rindo de mim?

f-stop: o quê? quando?

frappegrl: ahn… hoje...? no corredor...? andrea e vc...?

f-stop: eu te disse. a gente estava rindo de uma coisa estúpida. não foi nada.

frappegrl: sei, sei, na orquestra. sei.

f-stop: é verdade!

frappegrl: então por que vc não quis me contar o que aconteceu?
f-stop: foi uma daquelas cenas que vc tem que estar presente, sabe?
frappegrl: sei, sim. e também sei que vc pode contar isso a alguém. O outro pode não rir tanto quanto vc, mas pode imaginar o que se passou.
f-stop: desculpa não ter contado. foi uma coisa idiota.
f-stop: vc está aí?
frappegrl: ☹
f-stop: o que foi, agora?
frappegrl: desde quando vc e andrea tão próximas?
f-stop: desde ano passado. vc sabe que ensaiamos na orquestra juntas.
frappegrl: só porque vc é colega de sala de alguém não significa que essa pessoa vai ser sua melhor amiga.
f-stop: ela não é minha melhor amiga. vc é. vc não gosta mais da andrea, algo assim?
frappegrl: eu só me senti excluída.
f-stop: OK...

Que saco, isso! Sterling está tendo um piti, e eu nem fiz nada a ela. Qual o problema de Andrea e eu estarmos ficando mais amigas este ano? Sterling tem dúzias de amigos. Por que deveria se incomodar com as pessoas de quem eu sou amiga? Ela sempre precisou da minha atenção, mas também está sempre a meu lado quando preciso dela. Então, entre nós tem uma via de duas mãos. Só que hoje ela está parecendo mais com um beco sem saída.

19

Sempre achei que minha festa de 16 anos seria uma festa daquelas. Eu tinha uma porção de fantasias sobre como minha vida seria quando estivesse no Ensino Médio. Sterling e eu gostávamos de imaginar como seria nosso baile de formatura do Ensino Fundamental, a aparência exata de nossos vestidos e tudo o mais. Achei que estaria fazendo todas as coisas divertidas de que sempre ouvira falar sobre essa fase, tipo ter um namorado e ir a um monte de festas. Agora que cheguei, devo dizer que a realidade não é tão estimulante assim.

Disse a meus pais que não quero festa este ano. Parece coisa de escola primária. Mas isso não os impediu de fazer uma reunião de família. Quando chego em casa para o jantar, a sala está toda decorada com bandeirinhas e balões. A mesa está posta, com pratinhos, copos de papel e guardanapos. Sobre os pratos, chapéus de festa de aniversário.

— Feliz aniversário! — todos gritam ao mesmo tempo. Tia Katie está aqui e Sandra parece entediada.

— Ei! — digo. — Vocês não precisavam ter feito tudo isso.

— A gente quis fazer — diz papai. Ele se aproxima e me abraça. — Você só faz 16 anos uma vez na vida, garota.

Eu me sento. Os adultos sorriem para mim. Coloco meu chapéu de aniversário. Estou velha demais para essas coisas.

Também estou de baixo astral, porque ficou óbvio que Derek não gosta de mim e nunca vai me convidar para sair. Já faz duas semanas que eles terminaram e nada aconteceu ainda. Além disso, tem esse clima estranho com Nash. E Sterling tendo esses pitis por causa de nada. Digamos que... minha vida já foi melhor.

Agora que tenho 16 anos, devo obter a documentação para começar a trabalhar. Sandra e eu recebemos mesada, mas meus pais insistem para começarmos a trabalhar meio período, para economizar dinheiro para a faculdade. Por mais estimulante que possa parecer a perspectiva de servir *frozen* iogurte atrás de um balcão, não tenho a mínima motivação para começar a trabalhar.

Todos sabem que a parte mais importante numa festa de aniversário é o bolo. Então, na hora em que mamãe aparece com um bolo de cenoura, minha decepção é total. As pessoas ficam me esperando soprar as 16 velinhas, mas eu só fico olhando para a chama brilhante e hesitante das velas, como se não tivesse qualquer familiaridade com o ritual.

— O que foi? — pergunta tia Katie.

— Isso é bolo de cenoura? — digo.

— Achei que você gostasse de bolo de cenoura — diz mamãe.

— Não. Eu odeio bolo de cenoura.

— Eu adoro bolo de cenoura! — Sandra berra. A seguir, fala baixinho: — O que não quer dizer que eu vá provar um pedaço...

Como é que mamãe conseguiu confundir o bolo predileto de cada uma de nós? O meu favorito é de chocolate, com cobertura de baunilha. Mamãe sabe disso. Ou, pelo menos, sabia.

Mamãe diz:

— Me desculpa, querida! Não sei onde tenho andado com a cabeça esses dias.

— Deixa pra lá — respondo. — Não tem problema. — Sei bem que estou agindo como menina mimada. Sei que isso não deveria ter importância, mas basta uma coisinha dessas para me deixar neste estado.

Papai começa a contar uma daquelas suas "looongas" piadas, que levam, tipo, vinte minutos até o desfecho. E, em geral, quando chega, você já não sabe mais por que deveria rir. Percebo que ele está tentando de tudo para melhorar o clima, do modo que sempre faz. Ele é, tipo, a única pessoa com quem posso contar nestes dias.

Ninguém me deixa ajudar a limpar as coisas, no final. Por mim, ótimo! Desabo no sofá e começo a zapear entre canais da TV. Nunca tem nada de interessante passando. Estou meio assistindo à TV, meio observando mamãe passar um saco de lixo ao papai para levar para fora de casa. Ele apanha o saco e estende a mão para ela, mas ela retira a mão. É a primeira vez que vejo isso acontecer. Eu estava tão ocupada com minha autopiedade durante o jantar que não me toquei de que eles não estavam tendo contato um com o outro. Isso nunca acontece.

Papai sai para levar o lixo. Tia Katie sai atrás dele. Quantas pessoas são necessárias para colocar um saco de lixo no latão fora de casa? Que diabos está acontecendo por aqui?

Como se isso tudo já não fosse esquisito o suficiente, no dia seguinte, a aula de Estudos Globais é tão estranha quanto. Fico esperando que Darius faça todo o trabalho do grupo, como de costume. Se eu fosse ele, ficaria furiosa por fazer tudo e o crédito ser dado a todos. Mas Darius não pensa dessa maneira. O raciocínio dele é: se quero que o trabalho saia direito, tenho que fazer eu mesmo. Melhor isso do que todos fazerem uma parte do trabalho e tirar uma nota menor. Então, normalmente, a gente fica satisfeita desse jeito.

Mas não dessa vez. Pois Darius não está nem mesmo fingindo que está fazendo o trabalho, como os outros grupos. Ele tem o olhar fixo no vazio.

Olho para ele, enquanto continua divagando. Está totalmente mudado. Está usando calça jeans *baggy*, de cintura baixa, dessas que usam os punks mais hardcore. Os fios do seu fone de ouvido pendem de sua orelha, coisa que não é permitida em sala de aula. Seu olhar é de desânimo total e de como se ele não estivesse nem aí.

Minha vida está parecendo aquele seriado, o *Além da Imaginação*. Quando foi que tudo isso começou a acontecer?

20

Encontrei este emprego na Claire's umas duas semanas atrás, logo depois do dia de Ação de Graças. Um tédio. Quero dizer, o Ação de Graças é que foi um tédio. Na verdade, meu emprego também é um tédio. Mas a celebração de Ação de Graças foi tensa. Definitivamente, algo está acontecendo com meus pais. Eles mal se olharam a noite toda. E Sandra ter se recusado a experimentar metade dos pratos que mamãe preparou só fez as coisas piorarem.

A Claire's fica dentro do Deque, então dá para vir da escola até aqui a pé. Trabalho duas tardes por semana, depois das aulas, além dos fins de semana. Tenho desconto na compra de todos os produtos, o que é legal, pois adoro os brincos e a sombra com *glitter* que eles vendem na loja.

Hoje é um daqueles dias em que não estou a fim de falar com ninguém, mas preciso fazer isso, já que é parte de meu trabalho. Quando você trabalha com vendas de varejo, não tem muita escolha em relação às interações sociais. E eu sempre disse a mim mesma que jamais me transformaria numa dessas funcionárias mal-humoradas do caixa que ficam gritando com a cliente sem motivo algum. As pessoas têm direito, ao menos, a um pouco de paz para poder comprar suas joias ultramodernas que, no mês que vem, já vão estar fora de moda.

Mal estou prestando atenção quando chega o próximo cliente no caixa.

— Você encontrou tudo que procurava? — pergunto, sem olhar para cima. É uma pergunta automática que fazemos a qualquer um que se aproxime do caixa. Somos obrigados a dizer isso, assim como temos de dizer: "Oi, bem-vindo à Claire's!", quando um cliente entra na loja.

Dessa vez, o cliente não diz coisa nenhuma. Então, interrompo minha leitura (coisa que não podemos fazer de jeito nenhum, mas o movimento está fraco), olho para cima e ali está Nash.

— Ainda não — ele responde.

— Ei! Não vi você entrando.

— Lendo escondida, outra vez?

É isso que eu faço quando não há ninguém por perto. Um rapaz na frente fica vigiando a porta, e outro está repondo o estoque de pulseiras. Mas não há clientes na loja. Sempre coloco um livro por baixo do balcão e leio quando não tem movimento. Se ficasse sentada aqui sem fazer nada, eu dormiria.

Achei o máximo Nash ter vindo me visitar. Ele apareceu aqui outro dia. Era meu segundo dia de trabalho, e ele estava de passagem com Jordan. Estavam a caminho do Shake Shack.

— É claro! — confesso. — Você quer que eu morra de tédio?

— Não exatamente.

Ficamos, então, tipo olhando um para o outro sem nada a dizer. Começo a achar que este clima estranho vai continuar entre nós, por mais que eu me esforce para fazê-lo desaparecer.

— Hum... Não posso ficar muito tempo — diz Nash.

— OK...

— Só vim aqui comprar uma coisinha para uma pessoa.

— Ah... E essa pessoa não seria, por acaso, uma menina, seria?

— Como você adivinhou? — Ele dá um pequeno sorriso.

— Eu tenho esse tipo de habilidade. Se você puder ser mais

específico sobre o que seria essa "coisinha", talvez eu possa sugerir algo que agrade a ela.

— Bom, eu estava pensando nuns brincos.

— Não pensou num colar? Tem um bem legal aqui, posso mostrar. Este aqui. A pessoa talvez goste. — Arregalo os olhos, como se dissesse "Hmmmm! Quem será tal pessoa?".

— É para a Rachel — ele diz.

O comentário apaga o sorriso de meu rosto.

— Ah... — digo. Encontro com Rachel todos os dias na escola. Estamos na mesma sala, em Geometria. Não fazia ideia de que Nash gostava dela.

— Você sabe que estamos saindo juntos, não?

— Ahn... não, não sabia.

— Então, bem... ela tem um monte de brincos, então eu pensei...

— Não, claro, brinco é uma ideia melhor.

— Você gosta dos brincos daqui?

— São legaizinhos.

— Quais são seus favoritos?

— Ahn... — Saio de trás do balcão e vou até o mostruário dos brincos. — Gosto destes aqui — Seguro nos dedos um de prata, em forma de espiral. — Mas acho que depende do gosto dela.

— É... não sei mesmo.

— Ela não tem vários brincos? Como este aqui. — Apanho um de argola, grande e dourado. — Eles dizem muito sobre a pessoa que os usa.

— Coisas do tipo...?

— Do tipo "sou uma extrovertida espalhafatosa e quero que todos no ambiente reparem em mim". — Não acredito que acabei de dizer isso! Peguei pesado. E, por algum motivo, tenho dificuldade de falar o nome Rachel. Por que não consigo, simplesmente, ficar feliz por meu amigo? Por que tenho que ser tão esquisitona em relação a tudo?

— Rachel não faz muito esse estilo — diz Nash.

Ele tem razão. E esta é a parte mais chata nessa história toda. Ela é bonita, supergentil e tem um estilo incrível.

Pego outro par.

— Que tal estes?

— O estilo dela é mais... — Nash examina o brinco. — Mais como este. — Ele pega um com pingentes.

— Ah! Complicada, ela.

— É — Nash sorri. — Exatamente.

— Então... você gosta de mulheres complicadas?

— Aparentemente. — Nash me interroga com seu olhar profundo, mas de um modo legal. Um jeito tipo "você sabe o que quero dizer. Você já passou por esta situação". E sei que ele está pensando que sou uma garota complicada.

Não parece que ele ainda goste de mim. Se gostasse, por que estaria saindo com Rachel? E como é que eu podia ignorar que eles estavam juntos?

Quando chego em casa, meu pai pergunta:

— Ei, garota, como foi no trabalho?

— Emocionante!

— Bom assim, é?

— Ainda melhor. — Sei bem que não devo descontar meu mau humor no meu pai. É que quando eu fico nesse estado, corre o risco de sobrar para qualquer um que chegue perto.

— Sua mãe vai trabalhar até mais tarde hoje — diz papai.

— De novo? — Tipo, é a terceira vez esta semana.

— Que tal, na hora do jantar, a gente tomar café da manhã?

— Estou sem fome.

— Você precisa comer.

— Eu como mais tarde.

— Mas daqui a pouco vou preparar uns deliciosos *waffles* congelados.

— Tudo bem.

Eis aqui um exemplo de como fico ansiosa sobre uma coisa totalmente nada a ver, o que acaba estragando tudo. Por que é que tenho de ficar toda histérica pelo fato de Nash estar saindo com Rachel? É da conta de alguém se eles estão saindo juntos?

21

Quando terminei de bater todas as fotos, e mamãe levou o filme para revelar, ela não fazia ideia do que sairia. Minhas fotos ficaram boas. Tipo, muito boas.

Sei que pode parecer arrogante, mas não é. Estou só dizendo. Todos adoram minhas fotos. Os editores do anuário e do jornal da escola até chegaram a me fazer propostas de trabalho, mas eu gosto de fazer minhas próprias fotos. O que contradiz minha tentativa de ser mais sociável, mas não posso comprometer minha arte. Gosto muito de tirar fotos que tenham certo ar de inovação, e fotos entediantes de *pep rallies*[1] cafonas não são, exatamente, a coisa mais artística que existe.

Às vezes, é difícil conseguir o nível adequado de exposição numa foto que estou fazendo. Gosto de pegar o que está no filme e, a partir daí, manipular a imagem de modo que ela fique mais clara ou mais escura do que realmente é. Em outros momentos, gosto de imprimir a foto para que ela reflita exatamente o que era a cena quando eu a retratei. Capturar o agora, para que eu nunca esqueça esses momentos de minha vida.

É tão legal ter meu próprio laboratório de revelação! Adoro este

---

[1] O *pep rally* é uma comemoração de último dia de aula em que são apresentados vários tipos de esporte no ginásio da escola (N. E.).

lugar. Estou tentando revelar uma foto de meu pai, que tirei quando ele estava trabalhando lá fora. Gastei quase metade do filme tirando fotos dele enquanto ele fazia uma estante de livros para meu quarto semana passada. Ele ainda não terminou, mas estou toda ansiosa. Vai ficar uma estante incrível!

Olho para a imagem da foto revelada durante o banho revelador. Já dá para perceber que ela não está ficando boa. Pressiono as bordas da foto com as pinças de plástico, para mantê-la submersa. A seguir, ainda com as pinças, pego-a com cuidado pelas bordas e a transfiro para o fixador.

Há uma foto, em particular, que eu vi quando achei aquela caixa no closet de meus pais. É uma que tirei de meu pai, de alguns anos atrás, fazendo uma estante de livros para um cliente. Seria legal colocar as duas fotos lado a lado, o antes e o depois, transcendendo o tempo.

Transfiro a imagem para o tanque e, então, a penduro para secar. A seguir, corro para o andar de cima, até o closet deles. Procuro a caixa no lugar onde a encontrei antes, mas não está mais lá. Encontro-a, enfim, na parte do closet que pertence a meu pai.

Essa parte está praticamente vazia.

OK, isso é estranho! Antes, o lugar já parecia não estar sendo usado. Àquela altura, a sensação era de que estava mais vazio, mas não tive a sensação de que faltava algo. Não que eu tenha percebido.

Desta vez, tem alguma coisa definitivamente faltando.

Tipo, a maioria das roupas dele. E seus sapatos. Quando olho para a prateleira do alto, onde em geral ficam as malas, percebo que a maior delas desapareceu.

Corro até a cômoda dele e abro a gaveta de cima. Vazia. A segunda gaveta tem só algumas poucas meias. Entro, então, no banheiro de meus pais e abro o armário de remédios. Uma prateleira inteira está vazia. Tento lembrar quais itens de uso diário de meu pai ainda deveriam estar aqui. Coisas como escova de dentes, aparelho e creme de barbear. Não encontro nenhum deles.

Que diabos está acontecendo?

Não é que, tipo, ele vá viajar. Se fosse, teria me dito. Por que ele simplesmente sairia de casa enquanto eu estava na escola, sem me dizer nada?

Corro para o andar de baixo e encontro mamãe em sua escrivaninha, fazendo contas.

— Cadê as coisas do papai? — pergunto.

Ela olha para mim. Então, volta a fazer suas contas.

— Que coisas?

— A parte dele no closet está quase vazia. E a mala dele não está mais lá.

Mamãe coloca a caneta de lado. Não diz nada.

— Ele foi a algum lugar? — pergunto.

— Mais ou menos — diz mamãe.

— O que você quer dizer com isso?

— Por que você não senta...?

— Não quero me sentar.

Meu coração bate violentamente e sinto tontura. Não tenho vontade de saber o que ela vai me dizer na sequência. Minha mãe olha para mim.

— Seu pai está hospedado na casa de um amigo.

— Desde quando?

— Mais ou menos um mês.

— Um mês?

— É... por volta disso.

— É impossível. Ele está aqui todos os dias. E sempre jantamos juntos, ele preparou panquecas para a gente ontem à noite!

— Sei disso. Mas ele tem dormido na casa do amigo.

— Por quê?

— A gente não está se dando bem.

O quê? Não pode ser. Não faz nenhum sentido. Meus pais se dão melhor do que muitos pais que conheço. Eu nunca vi os dois brigando. OK, eles devem ter tido pequenos desentendimentos aqui e ali, mas nunca uma daquelas brigas assustadoras, com berros e objetos que um atira no outro.

— Desde quando?

— Já faz um tempinho.

— Quanto tempo?

— Marisa — mamãe se levanta —, as coisas não têm andado bem entre a gente desde o ano passado.

Balanço a cabeça.

— Não — digo. — Sem chance.

— A gente não queria falar sobre isso com você e a Sandra até termos certeza.

— Isso o quê?

— A nossa separação.

Há algo de estranho acontecendo com minha audição. Durante todo o tempo em que mamãe me dizia que papai está saindo de casa, tenho a sensação de estar debaixo d'água. As palavras que ela pronuncia fazem uma espécie de som borbulhante, e não consigo entender direito o que ela diz.

— Por que vocês dois estão fazendo isso? — pergunto.

— Precisamos nos separar por um tempo.

— Por quê?

— Para descobrir o que nós queremos.

... O que eles querem? Eles não querem ficar juntos? Não é este o sentido do casamento?

— O que significa tudo isso?

— Não estamos mais felizes juntos.

— Mas vocês parecem felizes — digo. Lembro-me, então, do jantar de meu aniversário. E a cena de mamãe afastando sua mão quando papai tentava tocá-la. E que nenhum dos dois riu nem uma vez, a noite toda. E como o Dia de Ação de Graças foi tenso.

— A gente não queria preocupar vocês.

Talvez o problema esteja comigo, mas não estou entendendo nada dessa história. Duas pessoas que pareciam estar felizes durante toda sua vida não estão nada felizes, e eu não fazia ideia de que isso acontecia? Eu moro aqui. Você diria que, a essa altura, eu já teria sinais do que estava se passando. E o que é esta frase: "Não somos mais felizes juntos"? Uma coisa dessas não aparece do nada.

— Mas por que vocês não estão mais felizes?

— Essas coisas acontecem às vezes.

— Mas qual é o motivo?

Mamãe diz, então, algo que nunca tinha falado antes:

— Não posso te dizer.

— Por que não?

— É um assunto particular.

Particular? Particular? Desde quando existe algum assunto que seja particular nessa casa? Mamãe sempre me contou tudo. Bom, pelo visto, nem tudo.

— Por quê? — insisto. Não vou deixá-la, de jeito nenhum, se sair com uma explicação esfarrapada como essa.

— Tem coisas num relacionamento que são... elas têm que ser mantidas entre as pessoas envolvidas. É uma pena que você tenha descoberto tudo desta maneira. Seu pai queria te contar logo, mas...

— Contar o quê?

— Sobre a separação — diz mamãe.

Mas acho que não era isso que ela ia dizer. Acho que ia dizer que papai queria me revelar o motivo pelo qual eles estavam se separando.

Porque ele é o motivo.

Foi então que minha ficha caiu. Meu pai está tendo um caso.

Lembro-me de um dia, semanas atrás, em que eu trazia a correspondência para dentro de casa. Havia um envelope azul endereçado a meu pai. Não tinha o endereço do remetente, mas a letra era, definitivamente, de mulher.

Meu Deus! Não acredito que a minha vida se transformou num clichê como este. Estou na mesma situação de todos os outros adolescentes com pais infelizes.

Isso não devia acontecer comigo.

Agora ficou claro quem é este "amigo" na casa de quem papai está hospedado. É por isso que mamãe não quer me contar. Ela deve estar muito constrangida. Imagine estar casada com alguém que traiu você. Imagine que você teve filhos com esta pessoa.

Odeio meu pai por ele ter feito isso.

— Só me diz uma coisa — insisto. — Tem outra pessoa envolvida nisso, certo? Isso é parte do motivo que está levando vocês à... separação?

Mamãe parece amedrontada. É claro que não quer admitir. Mas se ela me der essa informação, eu paro de fazer perguntas sobre isso; o que é, justamente, o que ela quer.

Ela assente com a cabeça.

Então eu tenho razão.

Odeio meu pai!

Estou indo à loucura. Preciso, desesperadamente, de algo para me distrair. Tudo o que consigo fazer é ir para o meu quarto e tentar não começar a gritar. Não sei nem como vou conseguir esperar pelo início do programa do Dirk. Mas, de algum modo, as horas passam e, quando o programa finalmente começa, é como se eu fosse capaz de desabafar toda a minha dor e raiva através dele, de alguma maneira. Ele é a única pessoa capaz de fazer que eu me sinta melhor, não importa o que aconteça. No momento em que o programa começa, fico instantaneamente mais calma.

Ele lê alguns e-mails. Eu me perco em meio aos problemas das outras pessoas.

"Querido Dirty Dirk, meus pais são um pé no saco. Eles nunca me deixam fazer nada e, se tiro menos que B numa prova, eles fazem um escândalo. Sinto como se eu fosse ter um treco, um colapso nervoso, e vou acabar num hospital psiquiátrico. Não aguento mais, mas não consigo conversar com eles. Por favor, me ajude! Assinado: Zangada Insana."

"Ei, entendo as coisas que você diz sobre a falta de união dos pais. Acho que todos conseguem entender você. Sinceramente, alguém aí tem pais que saibam do que estão falando? Ou mesmo que saibam como falar conosco como se fôssemos pessoas reais? Está mais do que claro que a nossa amiga Zangada Insana se decepcionou com as pessoas que lhe deveriam servir de exemplo. É triste dizer isso, mas sou um membro deste clube. Cada vez mais me surpreendo com o quanto nossos pais são ferrados na vida, só que eles esperam que a gente saiba como agir. Até onde eu sei, eles eram as pessoas que deveriam estar dando o exemplo."

Isso é tão estranho! É como se tudo que Dirk estivesse dizendo e os e-mails que selecionou para ler fossem, todos, sobre a minha vida. O mais triste nisso tudo é que ele é a única pessoa que me entende perfeitamente neste momento, e eu nem mesmo sei quem é ele.

22

Praticamente não consegui dormir na noite passada. Devo ter pegado no sono por volta de 5 horas da manhã, pois, geralmente, quando meu despertador toca, eu pulo.

Levo uma eternidade para sair da cama e não tenho tempo de tomar o café da manhã. Então, pego um iogurte para tomar no ponto de ônibus. A ideia não é das mais brilhantes, já que fico parada em pé, no frio, com o vento forte cortando meu rosto, tentando impedir que o iogurte, em minha colher, congele ou que seja levado pelo vento.

Tudo que penso em fazer é chegar à aula de Artes e me entregar a algum trabalho que seja bonito. Mas é claro que hoje é um daqueles dias em que não vou conseguir fazer isso.

No momento exato em que chego à sala, o sr. Goode começa a fazer um escândalo, dizendo que algum aluno do 3º ano perdeu um projeto importante que faria parte de uma competição estadual, que aconteceria durante o recesso de Natal. Ele está em pânico, falando que jamais encontraremos o projeto, pois nossa sala é uma bagunça total, e amanhã é o último dia de aula antes do recesso. Assim, todos têm de começar a procurá-lo, o que significa pôr ordem numa bagunça enorme. O sr. Goode não tem grande fama de ser uma pessoa organizada. Todos os alunos têm envelopes grandes — que usamos para guardar nossos projetos. Passamos, então, a procurar dentro de cada um, no caso de o projeto ter sido guardado em um deles por engano. Todos checam as estantes em que põem os trabalhos para secar e vasculham pilhas de papéis, procurando em velhos recipientes de tinta, numa confusão total. A última coisa que poderia imaginar é que Derek viesse falar comigo.

Mas ele vem até mim e diz:

— E então, você vai ficar por aqui durante o recesso?

— Hum...

— Ou vai viajar?

— Não, ficarei por aqui.

— Eu também. Talvez a gente possa ficar juntos.

Derrubo um vidro de borrachas. Que não quebra.

Derek ri.

— Isso é um sim?

— Sim! — digo, quase explodindo. — Quer dizer, sim, claro, é uma boa ideia.

Agora, portanto, é oficial. Finalmente marcamos um encontro.

É impressionante como a vida de uma pessoa pode melhorar no intervalo de poucos minutos.

Mal posso esperar para contar a Sterling. Encontro com ela em frente a seu armário, no corredor.

— Derek acaba de me convidar para sair!

— Não acredito!

— Ele acaba de vir falar comigo na aula de Artes e de me convidar!

— Maravilha. Está vendo? Sabia que ele gostava de você!

— Eu já começava a me perguntar...

— Quando vai ser o grande encontro?

— Durante o recesso. — Tudo o que quero é curtir minha felicidade em relação ao Derek e ficar animada com nosso encontro. Mas... eu consigo simplesmente fazer isso como uma pessoa normal? Não. Tenho que estar toda preocupada com meus pais, e estou furiosa com meu pai. Quero contar a Sterling sobre a separação, mas não posso. Se eu disser algo, então a coisa será verdadeira. E sem chance de eu contar a Sandra sobre isso. Ela ainda não sabe e é o papai que deve contar a ela.

Quando fico guardando as coisas ruins, isso só me leva a coisas piores mais tarde. Mas ainda não estou pronta para conversar a respeito disso.

— Um carinha também vai me convidar para sair — diz Sterling.

— Sério? Quem é ele?

— Ken.

Não tem ninguém com esse nome na nossa sala.

— Ken? Da nossa sala? — pergunto.

— Ele não estuda na nossa escola. Temos batido uns papos.

— Espera, é o amigo do Ricky?

— Não. A gente se encontrou on-line.

Vejam só! Encontrar alguém on-line? Isso não é um encontro real. Nunca entendi por que algumas garotas ficam tão entusiasmadas quando "encontram" rapazes on-line, quando eles podem ser simplesmente qualquer um.

— Desde quando você bate papo com caras on-line?

— Desde agora. Você não tem ideia de como Ken é gato. Vou mandar uma foto dele pra você por e-mail.

— Então... talvez ele te convide para sair?

— Total! Ele já me disse que quer me encontrar pessoalmente.

— Uau!

— Ele é tão gato!

— Isso é... é ótimo. — Para mim, isso tudo é uma péssima ideia, mas ela está muito feliz, e não sou eu quem vai estragar o prazer dela. Está feliz do mesmo modo que eu gostaria de estar neste exato momento.

23

Odeio saber que meu pai tenha encontrado um apartamento e que esteja transferindo todas as suas coisas para lá. Odeio não saber como dar um jeito nessa história toda. E odeio, em particular, não poder estar feliz em relação a Derek, depois de ter esperado tanto tempo que ele me convidasse para sair.

Estou pouco ligando, aliás, que já estejamos na antevéspera do Natal. Uma baboseira, "Feliz Natal" e coisas desse tipo...

Mesmo que eu esteja odiando meu pai neste momento, minha expectativa, no fundo, é que meus pais voltem a ficar juntos. O fato é que eu o amava. Tipo, eu realmente o amo, tanto quanto qualquer um pode amar um pai. Ele sempre foi um ótimo pai. Tenho vontade de vomitar sempre que penso no modo como ele traiu a gente, mas, enterrado bem lá no fundo, num lugar que me recuso a admitir que seja verdadeiro, existe um fiapo de esperança.

Tirando a aula de Artes e Derek, a escola é um pesadelo total. Se o recesso não começasse amanhã, acho que eu não sobreviveria. Assisto à aula de Estudos Globais, em que acontece uma revelação perturbadora. Darius não fez sua tarefa de casa.

Não pode ser.

A sra. Maynard tem a mesma opinião. Ela diz:

— OK, Darius. Muito engraçado isso!

Mas Darius responde:

— Não, é sério. Não fiz a tarefa.

Naquele silêncio dava para ouvir os grilos. Quer dizer, se fosse noite e se estivéssemos fora de casa, coisa e tal.

A sra. Maynard decide deixá-lo em paz.

— OK! — Ela bate palmas com a suposta intenção de mostrar eficiência, mas acaba demonstrando nervosismo. — Vamos continuar.

Fico observando Darius. Ele realmente mudou. Quero dizer, além das roupas que passou a usar. Quando levanta a mão para fazer perguntas, não mostra toda aquela excitação de sempre. Seu ânimo diminuiu drasticamente.

Durante o dia inteiro, sinto a raiva crescendo por dentro. E começo a perceber um monte de coisas que antes não percebia. É como se eu tivesse, agora, uma percepção aguda de como as pessoas realmente são, do que elas realmente estão pensando no momento em que deveriam estar prestando atenção na aula. Das coisas que elas não dizem e que gostariam de dizer.

Mas talvez eu esteja apenas projetando tudo isso.

Não falo com mais ninguém pelo resto do dia. A cada vez que me encontra, Sterling me pergunta o que há de errado, mas simplesmente digo que estou de TPM. Dá para perceber que está preocupada, pois ela sabe que uma coisinha simples tem o poder de me deixar deprimida durante dias. E eu deveria estar vibrando porque finalmente vou sair com Derek.

Quando encontro Nash no corredor, sinto uma necessidade irresistível de falar com ele. Só que Rachel aparece, e ele vai embora.

O frio não está insuportável, então caminho da escola até minha casa. Um pouco de exercício deve me ajudar a manter a estabilidade. Meu terapeuta disse que a atividade física libera endorfina, fazendo com que a gente se sinta melhor. A essa altura, já estou apelando para qualquer coisa.

Assim que chego em casa, pego meu violino, vou ao banheiro

e bato a porta. Nosso concerto de inverno aconteceu pouco antes de eu ficar sabendo do episódio envolvendo meu pai, e eu já tenho peças a ensaiar para o concerto da primavera. Gostaria de poder voltar ao tempo em que eu não sabia a verdade em relação a meus pais. Preferia o papel exemplar que eu via neles, naquele tempo.

Eu me tranco, e o clique da porta reverbera no ambiente. Empunho o arco com toda a firmeza. Passo o breu com toda a energia sobre o arco, levantando uma grande nuvem de poeira. Espirro. Alguns fios do arco partem e se descolam devagar, como se tivessem medo do que eu pudesse vir a fazer em seguida. Isso me deixa ainda mais zangada. Este arco é novo.

Por que é que cada simples coisinha tem de se transformar num desafio enorme?

Castigo meu violino. Nem sequer me preocupo que as notas estejam saindo agudas demais. Estou muito perto de arrebentar a corda ré, só com minha irritação.

Batem forte na porta. Ignoro.

Mas não tem como ignorar Sandra.

— Dá pra você parar com isso, por favor? — ela grita e sacode a maçaneta. — Me deixa entrar!

Toco de modo ainda mais violento. As notas nem têm mais o som de notas.

— Dá pra parar? — Sandra berra.

Ela não vai me deixar em paz de jeito nenhum. Destranco a porta. Abro só uma fresta e digo:

— Posso ajudá-la?

— Você pode parar de castigar seu violino. Tem pessoas tentando ler aqui.

— E, por acaso, uma destas pessoas seria uma pequenina e irritante nugget? — Há pouco, Sandra colocou um pôster da PETA[2]

---

[2] ONG que estimula o bom tratamento dos animais (N. T.).

na parede de seu quarto, com pintinhos fofinhos que dizem: "Não somos nuggets. Por favor, não nos coma!". Desde então, eu a tenho provocado com isso. Ela odeia que eu a chame de nugget.

— Bom, pelo menos não sou um verme inútil.

— Isso é muito melhor que ser um pequenino nugget crocante.

— Mãe! — Sandra grita. — A Marisa não quer sair do banheiro!

— Pode gritar quanto quiser. Ela não está em casa. — O que é que estou fazendo? Isolando as pessoas com quem eu vivo? Entrando numa briga estúpida com minha irmãzinha, como se eu tivesse 12 anos? Destruindo meu violino, que custou caro? — Sandy...

— Meu nome é Sandra.

— Sério? Achei que fosse Nugget.

— Você é uma inútil, sabia? — Sandra bate a porta.

É. Estou começando a me dar conta de que sou mesmo. Mas obrigada pela confirmação.

24

Coloquei o despertador para tocar bem mais cedo esta manhã, embora não tivesse a mínima necessidade. Não consegui dormir a noite inteira. Estou tão agitada que meu estômago dá voltas.

Lá vai ele.

Se agita.

Se agita.

Estou um caco.

O mais louco é que acordei supercedo e ainda não estou pronta. Todas as roupas que tento colocar não têm nada a ver e me deixam com uma aparência idiota. Que roupa devo vestir para passar o dia no Deque e, na sequência, pegar um cinema? Finalmente, decido colocar minha calça jeans predileta e este top leve, que ganhei no Natal, que é, ao mesmo tempo, esvoaçante e estruturado. Será que o Derek vai achar sexy? Será que os rapazes reparam nessas coisas?

Foi um saco ter passado o Natal em dois lugares. Nossa árvore de Natal e nossos presentes estavam lá, como de costume, mas papai, não. Passamos a noite do dia 24 no novo apartamento do papai, e fiquei meio chocada. Sandra, também. Depois da briga que tive com mamãe, ela, finalmente, contou à Sandra sobre a separação. Acho que nunca vou me acostumar a não morar mais com papai. Dá para dizer que ele fez um grande esforço para dar ao lugar a melhor aparência possível, com as caixas ainda por serem abertas e muito pouca mobília. Ainda assim, me passou a impressão de um cenário montado. E claro que ainda estou zangada com ele. Então, a noite toda foi um tédio só. Estou tão furiosa que mal consigo falar com ele a respeito. Ele tentou conversar comigo, mas eu simplesmente saí da sala. Não sei por que ele teve a ideia de nos convidar! Provavelmente porque se sentiu muito culpado.

Mas esta tentativa patética da parte dele já faz parte do passado. E estou determinada a melhorar minha vida. Foi por algum motivo que Sterling e eu fizemos um pacto de nos reinventarmos. Ainda sou capaz de fazer isso.

Quando Derek toca a campainha, a reviravolta em meu estômago recomeça. Não consigo me acalmar. Não poderia estar mais nervosa, empolgada e enjoada, tudo junto.

À medida que desço as escadas pisando forte com minhas botas, me ocorre um pensamento horrível. E se ele não estiver tão empolgado em me ver quanto eu me sinto? E se eu parecer uma idiota ao abrir a porta de um jeito como se ele fosse a melhor coisa que já aconteceu na minha vida e o olhar dele for de completa indiferença?

Sandra chega antes à porta.

— Você é o Derek? — pergunta ela.

— Sou. Você é a Sandra, né?

Ela só fica olhando para ele. Sei como está se sentindo. O forte impacto de um namorado em potencial vir me buscar em casa para um programa também me vira a cabeça.

Ao caminhar, minhas pernas tremem.

— Oi — diz Derek.

— Oi. — Sinto como se meu rosto fosse partir em dois, de tão esticado que está meu sorriso.

Mas adivinhe só: Derek dá um sorriso igual.

Sandra revira os olhos.

Alguns adolescentes de minha escola estão no Deque. Isso é

demais! Quero que a escola toda nos veja juntos. Assim, quando voltarmos às aulas, todos saberão que já somos um casal.

— Então, o que é que você quer fazer primeiro? — ele pergunta.

— Não sei.

— Quer tomar um sorvete?

— Deve estar, tipo, uns 15 graus negativos aí fora.

— É por isso mesmo que a ideia de tomar sorvete é o máximo.

Derek é incrível.

O Shake Shack é a melhor opção de sorveteria que temos. Você pode escolher sundaes, sorvete de massa e coisas do gênero, mas é claro que somos os únicos parados ali. E o funcionário encarregado de servir sorvetes está falando no celular.

Esperamos até ele desligar.

Ele não desliga.

— Oi! — diz Derek. — Eu queria...

Mas o homem do sorvete faz um gesto com a mão, pedindo que a gente espere.

Me inclino na direção de Derek e sussurro:

— Não está vendo que ele está numa ligação importante?

— E ele não vai desligar nunca mais? — ele sussurra de volta.

Esperamos um pouco mais.

— Está ficando ridículo isso aqui — diz Derek.

— Acho que ele se esqueceu da gente.

— Que assunto ele deve estar tratando que seja mais importante do que nós?

O homem do sorvete olha para nós e diz:

— Pois não? — Com o celular ainda no ouvido.

Fazemos o pedido.

— É por minha conta — digo a Derek. Pego minha carteira e tiro algumas notas de um dólar.

— De jeito nenhum — diz ele, recolocando as notas em minha carteira.

— Mas foi uma ideia tão boa, vir tomar sorvete... — Pego de novo as notas.

— Mas a ideia foi minha. — Ele volta a colocá-las na carteira.

— OK. Obrigada!

O homem nos passa as casquinhas. Na minha, o sorvete está todo torto. Está todo inclinado para um lado, quase caindo.

Mas o atendente ainda está no celular. Então, levanto minha casquinha para mostrar a ele, me esforçando para equilibrar a torre inclinada de sorvete, achando que vai me dar outra casquinha. O que ele faz? Simplesmente pega alguns guardanapos e me entrega, sem parar de falar no celular, mal reparando no problema do sorvete inclinado, que está impossível de tomar sem provocar um desastre total.

— Prestativo, ele — diz Derek.

— Muito!

— Vamos sentar ali.

Uma coisa é imaginar como seria sua vida se você tivesse o namorado que sempre quis ter. Outra, bem diferente, é ter este namorado, na real. Estou tão empolgada e nervosa que fica difícil tomar o sorvete. Mal consigo acompanhar o que Derek está dizendo.

Derek morde sua casquinha. Na minha, o sorvete começa a pingar.

— Dá aqui — diz ele. — Deixa eu te ajudar. — Derek segura minha casquinha e dá uma bela abocanhada no meu sorvete.

— Ei!

— Desculpa. Você queria?

— Como é que você toma meu sorvete desse jeito?

— Que jeito?

— Tipo, com os dentes...?

— Eu deveria morder de outro modo? Cara, sou tão sem jeito pra isso!

— Não! Como é que consegue fazer com que tudo fique divertido? Eu não posso tomar nada gelado assim. Tenho muita sensibilidade nos dentes. Iria doer demais.

— Não tem nenhuma pasta de dente especial pra isso?

— Eu já uso uma. Mas não funciona muito. — Dou outras lambidas em meu sorvete. — Não dói quando você morde desse jeito?

— Não. Meus dentes são de aço.

— Ouvi falar de você. Você não apareceu naquele programa, o *Humanos com Poderes Incríveis*?

— Esse programa existe mesmo?

— O que você acha?

— Acho que você está tentando ser engraçada.

— Ah! Tentando?

— OK. Está quase conseguindo.

Todos os sinais estão indicando que Derek e eu vamos acabar virando namorados. E tia Katie diz que comunicação é a chave para um bom relacionamento. Entendo perfeitamente. Mas isso significa que você deve contar a esta pessoa tudo a seu respeito? De jeito nenhum que vou contar ao Derek sobre meu distúrbio de ansiedade. Ano passado, todos simplesmente me achavam uma esquisitona. Ninguém soube o verdadeiro motivo de eu agir daquele modo estranho, e pretendo que continue assim. Seja como for, não é importante que Derek saiba disso, pois estou determinada a permanecer estável. Então, por que deixá-lo apavorado por nada? Tudo o que quero é viver no "agora", sem me preocupar com o resto.

OK, se eu for realmente sincera comigo mesma, tenho que admitir que não quero que ele saiba de todas as minhas complicações. Não quero que saiba de meus problemas emocionais, sobre meus pais ou sobre qualquer coisa que, ainda que remotamente, dê a ele a impressão de que sou uma mala. Pois se ele souber como sou complicada, é possível que deixe de gostar de mim.

Será que, com isso, estou tentando ser alguém que não sou?

Bem no instante em que estou terminando meu sorvete, Nash aparece, ao lado de Rachel.

Não sei como agir. Devo simplesmente ser eu mesma? Ou devo fazer um esforço para me aproximar deles e dizer "oi"? E por que é que me aproximar deles e dizer "oi" não dará a impressão de que estou sendo eu mesma?

Nash me vê olhando para ele e me acena. Aceno de volta.

Derek se vira para ver para quem estou acenando.

— Você é amiga do Nash, né? — ele pergunta.

— É, somos amigos.

— É, eu vi vocês dois juntos.

Nash e Rachel se aproximam. É tão estranho encontrá-la desse jeito! Rachel sempre foi apenas uma colega de sala e, agora, de repente, é a namorada de Nash. É bizarro!

Todos se cumprimentam.

— Você conhece o Derek, não? — pergunto a Nash.

— E aí, cara? — diz Derek, em um cumprimento com o punho.

Nash não é exatamente o tipo de cara que sai cumprimentando as pessoas com os punhos. Mas ele parece à vontade com estes gestos e pergunta:

— Nós não fomos colegas em Artes no 8º ano?

— Fomos? Não lembro, já faz tempo.

— Acho que fomos — diz Nash.

Estamos todos agindo de modo esquisito, meio que insinuando coisas, e não sei bem por quê. Acho que nós quatro juntos não combinamos muito. E não é só porque Nash precisa voltar para casa às 22h30, mesmo no fim de semana. Assim, fico aliviada quando Nash e Rachel pedem batata fritas para viagem.

Derek fica olhando para mim.

— O que foi?

Ele fica olhando para minha boca.

— O que foi? — Pego um guardanapo e limpo a boca. — Tem alguma coisa no meu rosto?

— Você tem... — ele se inclina mais perto de mim — ... lábios lindos. — Ele então me beija. E eu o beijo também. Bem aqui, no meio do Shake Shack, onde todos podem nos ver!

Nunca achei que meu primeiro beijo verdadeiro seria uma cena tão pública. Mas isso não importa. Quando estou com Derek, é como se não existisse mais ninguém além de nós dois. Todo o resto fica em segundo plano.

25

Sterling está num mau humor do cão. Aquele tal de Ken, com quem ela conversava on-line, a bloqueou. Ele fez isso bem na noite do Ano-Novo, uma atitude que não poderia ter sido mais mala. Eu tinha expectativa de que Derek fosse me convidar para uma grande festa de fim de ano, mas ele passou o Ano-Novo na casa de seu tio, em Nova Jersey. Sterling e eu, portanto, passamos momentos patéticos comendo salgadinhos de salsicha e observando as pessoas congelando de frio na Times Square. Além disso, os aperitivos eram do tipo congelado. Ela não tinha sequer energia para cozinhar. Tentamos ouvir o programa do Dirk, mas ele não foi ao ar.

A volta às aulas, hoje, teria sido um completo martírio, se não fosse Derek. E o beijo que me deu no Shake Shack. E o outro beijo, ao me levar para casa. Eu deveria estar me sentindo superbem, mas cada vez que penso em meus pais, me parte o coração. Esta talvez seja uma boa hora para contar tudo a Sterling. Todos sabem que a infelicidade adora companhia. E ficar guardando esse tipo de sentimento é seriamente destrutivo. Não falar a respeito está acabando comigo.

Sterling continua sua "bateção" de panelas, enquanto cozinha. Vim à casa dela depois das aulas porque não queria deixá-la sozinha.

— Como é que uma pessoa tão pequenininha pode fazer tanto barulho? — pergunto.

— Assim. — "Bang bop bang", ela faz com as panelas.

— Impressionante. E que tal usar palavras?

— Superestimam a capacidade delas de se comunicar...

— Tá bem, mas caso você mude de ideia, estou por aqui.

Sterling me olha. Por um instante, tenho a impressão de que ela vai prolongar o falatório sobre Ken. Mas, então, ela volta a trabalhar sobre a tábua de cortar alimentos.

Digo:

— Você acha mesmo uma boa ideia cortar legumes do jeito que está cortando?

— Acho.

— Bom... Eu, tipo, preciso te contar uma coisa.

— Estou ouvindo.

— Não. É... é uma coisa séria.

Sterling coloca a faca de lado e se senta ao lado do balcão, à minha frente.

— OK.

Como é que se fala sobre uma coisa dessas? Você, tipo, vai direto ao assunto e então explica como é que a situação ficou crítica assim?

— Meus pais se separaram.

A expressão de Sterling muda completamente. A raiva desaparece de seu rosto. Abre a boca, incrédula.

— Ah, meu Deus! — exclama. — Desde quando?

— Hum. Acabou de acontecer, acho.

— Puxa, que chato!

— É...

Odeio colocar as pessoas nesse tipo de situação. Não que eu já tenha passado por isso, tendo que dizer algo horrível assim a alguém. Mas quando você faz isso, coloca a pessoa numa situação delicada.

É como se esperasse que ela lhe dissesse a coisa certa ou, de algum modo, que pudesse fazer você se sentir melhor. Mas é claro que ela não pode dizer nada. E nem pode fazer nada.

A menos que esta pessoa seja Sterling.

— Esquece esta salada — diz ela. Pega a tábua e a coloca num balcão lateral. — Só tem uma solução para um problema como este. — Ela começa a misturar a massa dos *cookies* de chocolate e a preparar os *frappés* especialmente criados por ela. Este é o estilo de Sterling. Se você está sofrendo, deixa as próprias questões de lado para ajudá-lo. Ela tem essa força.

Eu a ajudo escolhendo os tipos de *chips* de chocolate que quero colocar nos *cookies*.

— A culinária *comfort* tem sempre a resposta para tudo — diz Sterling. Ela tem os melhores pratos. Se você quiser comer purê de batata ou um *cheeseburger*, Sterling é a pessoa mais indicada para preparar. Isso me faz lembrar-me da época em que eu usava aparelho ortodôntico e só podia tomar sopa ou comer algo pastoso.

— Não devia ter parado de usar o aparelho — digo.

— Claro que não. Mas, OK, diz aí por quê.

— Agora meu dente está torto.

— E por que parou de usar o aparelho?

— A dor estava me torturando. E volta e meia eu me esquecia dele na bandeja, e ele acabava sendo jogado fora, junto com o resto do almoço. Então eu tinha que fuçar no lixo, com todo mundo ao redor me olhando. Era humilhante!

Contei a meu pai sobre o aparelho. Sabia que mamãe ia ficar zangada de eu não querer mais usá-lo, então decidi contar a ele. Ele disse que tudo ia acabar bem, que eu não deveria viver sofrendo e que falaria com mamãe por mim. Acho que funcionou, pois ela nunca mais me perguntou a respeito.

Isso foi no tempo em que eu podia confiar nele. Pensei que seria sempre assim entre a gente. Que poderia dizer qualquer coisa a papai e tudo estaria certo. Mas ele não era quem eu achava que era. Ele era outra pessoa, que guardava segredos, vivendo outra vida, dissimulando.

Como pode alguém que parecia ser tão correto seguir um caminho tão errado?

26

Estou deitada na cama, lendo *O pacto* pela terceira vez, quando tenho a impressão de ter ouvido a voz do papai, no andar de baixo. Mas devo ter me enganado. Desde que eu fiquei sabendo da separação deles, ele só esteve aqui uma vez e para buscar Sandra para passear. Na verdade, veio buscar nós duas, mas eu disse que não estava me sentindo bem. Ele não pode simplesmente aparecer para me encontrar como se não tivesse destruído toda a família. Meus pais sempre me disseram que os atos têm consequências. Por que acha que isso não se aplica a ele?

É um saco isso tudo! Eu deveria estar toda eufórica desde meu primeiro encontro com Derek. E por termos um novo encontro marcado para esta semana. De certa forma, estou. Por outro lado, todo este drama de minha família está me deixando mal.

É exaustivo!

Como se não bastasse isso tudo, aqui dentro está congelando. Preciso de mais um cobertor, vou então ao closet do corredor pegar um pesado, de lã. Ouço meus pais conversando, no andar de baixo.

— Você pode até tentar — mamãe diz —, mas não acho que ela vá entrar nessa.

— E de que outro modo você acha que isso vai funcionar?

— Você deveria ter pensado nisso antes.

O que papai diz na sequência soa abafado, mas seu tom é de irritação. Como se tivesse algum direito de estar irritado! Ouvi o que minha mãe acabou de falar e sei o que ela quer dizer. Ele deveria ter pensado em nós antes. Antes de ter traído minha mãe e de ter destruído nossas vidas.

Trago o cobertor para meu quarto e me enfio debaixo dele, na cama. O tecido dele me parece mais desconfortável do que antes. Tudo o que quero é ler e me esquecer do mundo. Mas é impossível! Alguém bate à porta.

— Quem é?

Pausa.

— É seu pai.

— Não estou a fim de conversar.

— Marisa, abra a porta!

— Estou ocupada.

— Trouxe uma coisa pra você.

Não tenho a mínima vontade de ver meu pai. Ou de conversar com ele.

— Não quero, obrigada.

Nova pausa.

— Vou deixar aqui fora então.

Espero que vá embora. Aguardo um pouco mais.

Quando abro a porta, minutos depois, deparo com minha nova estante de livros. Com um enorme laço vermelho por cima.

Ele ainda me ama.

Desço as escadas correndo. Talvez ele não tenha ido embora. Corro até a varanda da frente. O carro dele ainda está na entrada da casa. Cadê ele?

Preciso falar com ele. Preciso saber a verdade. É tão difícil não poder dividir as coisas com papai, sentir seu apoio, tê-lo em minha vida do jeito que era antes!

Eu conheço papai: o único lugar em que ele poderia estar agora é no píer. E é lá que eu o encontro. Dá para perceber, pelo modo como está ali, parado, apoiado no gradil e olhando para o rio, que ele está arrasado. E eu sou a responsável por isso.

— Ei, garota! — diz papai.

Apoio no gradil ao lado dele.

— Foi um erro não ter contado a você — diz ele. — Eu pretendia te contar antes de me mudar.

— Por que não contou, então?

Papai balança a cabeça.

— Eu tinha que levar em consideração os sentimentos da sua mãe.

Minha raiva volta com tudo.

— Como é que você pôde fazer isso com a gente?

— Era o único jeito. Não podemos estar separados e viver na mesma casa.

— Então de quem é a culpa?

— Não fique zangada com ela.

Ah, então tá certo. Como se desse para não odiar a namorada de papai.

— Ela te enviou uma carta pouco tempo atrás, não foi? — digo.

— Quem?

— A pessoa com quem eu não deveria estar zangada.

— Eu estava me referindo à sua mãe. Pra você não ficar zangada com ela.

— E por que eu ficaria zangada com ela?

Papai faz uma expressão de pouco caso.

— Ela não te contou?

— Não. Imagino que ela tenha achado que você é quem deveria fazer isso.

— E por que eu faria...? Quem você acha que mandou aquela carta?

Tento dizer "a mulher com quem você está tendo um caso", mas as palavras não saem de minha boca.

— É por isso que você está tão zangada comigo? — ele pergunta. — Você acha que estou tendo um caso?

— Não está?

— Não! É inacreditável... não, não estou. Eu nunca faria algo parecido.

— Então por que é que vocês dois se separaram?

— Sua mãe não contou?

— Não. Ela não me disse nada.

Papai passa as mãos no próprio rosto.

— Não dá pra acreditar nisso!

— Dá pra você me dizer? Bem... se você não está tendo um caso, então o que é...?

— É ela! — papai explode. — A sua mãe é quem está tendo um caso.

Meu. Deus. Do. Céu!

— Desculpe — diz papai. — Não queria que isso viesse à tona desse jeito. Desc... — Ele se agacha no gradil. As veias de sua têmpora estão pulsando, como acontece quando fica nervoso.

— Não acredito que eu achei que você... Mil desculpas, papai!

— Você não sabia.

Foi mamãe. Não papai. É inacreditável!

Como é que ela me levou a acreditar que foi ele? Como é que ela pôde fazer isso com ele?

— Ei! — diz papai. — Você está bem?

— Não. Não estou nada bem. — Eu me distancio do gradil pisando duro. — Não acredito que mamãe fez isso. Eu odeio ela!

— Marisa...

— Como é que... — Estou tão furiosa que mal consigo juntar as palavras. Odeio ficar nervosa desse jeito. E conversar sobre isso só vai me deixar ainda mais nervosa. — Será que a gente pode não falar sobre isso agora?

Não está com jeito de que papai vá permitir que eu me esquive com minhas táticas costumeiras. Ele pergunta, então:

— O que mais tem acontecido em sua vida?

Continuamos no píer, durante um tempão, conversando sobre tudo o que aconteceu desde que me recusei a encontrar com ele. Tenho uma sensação boa de ter alguém para me ouvir, ainda que não dê pra eu falar sobre tudo o que deveria. É simplesmente uma sensação boa saber que ele ainda está por perto.

27

Voltar à escola na condição de namorada do Derek é simplesmente demais. Com certeza, as pessoas estão reparando mais em mim e não é por causa de algo negativo. Tudo o que quero é estar ao lado dele. Fato é que não posso contar a ele sobre meus pais. Ter falado sobre isso com Sterling foi muito bom, e eu quero muito contar a Nash, mas Derek... sem chance. Quem é que gostaria de namorar uma coitada, que não tem nada mais a oferecer além de problemas e infelicidade?

Quando estou com Derek, é como se nada disso existisse. Posso me refugiar neste lugar de felicidade e me isolar de meus problemas. Posso fingir que tudo vai bem. Tipo, como acontece quando estou em meu estúdio de revelação.

Estou revelando uma série de fotos do rio. Tenho registrado o "agora" do rio a cada estação. Até aqui, minhas prediletas são as fotos tiradas no verão. Nos dias de sol, o rio fica com um brilho todo luminoso. A luz irradia de um modo que ela parece surgir a partir do fundo do rio, em vez de simplesmente estar sendo refletida na superfície.

Penduro as cópias das fotos para secar e vou para a cozinha beber algo. Paro do lado de fora da porta. Tia Katie está ali, conversando com mamãe. Mamãe tentou falar comigo depois que descobri a verdade por intermédio de meu pai, mas eu simplesmente fui para meu quarto e bati a porta. Isso aconteceu dois dias atrás e, desde então, eu a tenho evitado. Ah, descobri de quem era a carta no envelope azul, endereçada a meu pai. Quem enviou foi Megan, sua namorada dos tempos de colégio. Ela entrou em contato com ele antes da separação, mas ele nem respondeu antes de sair de casa. Deve ser estranho se reencontrar depois de tantos anos. Pergunto se é possível ter só uma relação de amizade com alguém que você amava.

Na mesa da cozinha, há alguns lenços de papel amassados, e mamãe está com cara de quem esteve chorando. Elas não me viram, então me coloco ali ao lado, de onde possa ouvir a conversa.

— Você agiu certo — diz tia Katie.

— Talvez — diz mamãe. — Mas isso não refresca em nada a situação.

— As coisas vão melhorar. É uma questão de tempo.

— Eu devia ter previsto que ia acontecer — diz mamãe. — Não deveria ter permitido que chegasse a esse ponto. Eu ia contar à Marisa em novembro, mas...

A colher de alguém bate numa caneca fazendo um tinido. Em geral, elas se sentam na cozinha, bebendo café e batendo papo, mas eu nunca soube que conversassem sobre este assunto. Pelo menos, não aqui.

— Você precisa contar a elas agora — diz tia Katie.

— Eu sei. Não sei como é que consegui evitar isso por tanto tempo! Dei uma indireta à Marisa quando falei com ela sobre a separação, mas simplesmente não consegui confessar tudo.

— Você tem medo de quê?

— Elas vão me odiar. Olha só como a Marisa tem me tratado.

— Ela não odeia você. Elas vão acabar entendendo.

— Mas e se isso não acontecer? Vou dizer o quê ao Jack?

Jack? Quem é esse Jack?

— Não se preocupe — diz tia Katie. — As coisas vão se arranjar.

— Ele quer muito conhecer as duas... e eu sinto ódio de as meninas não saberem sobre ele... eu só queria saber o que fazer agora.

— Mamãe não ensinou muito a nós duas, nesse sentido... — As duas riem, por alguma razão particular.

Que diabo de cara é este Jack? Não conhecemos nenhum Jack. E o único lugar em que mamãe encontraria alguém novo é no trabalho, onde...

Esperem. É o Jack que veio jantar em casa? Como é que ela pôde gostar daquele cara? Ele é um completo idiota!

— Essas coisas são muito comuns hoje em dia — diz tia Katie. — Separação, divórcio, padrasto, madrasta... é muito comum.

— Meu Deus! O que é que isso diz a nosso respeito...?

— Que você não está se conformando com as coisas. Que está insistindo em buscar sua felicidade.

— Sinto que estou sendo tão egoísta!

— Não sinta isso. Jack dá a você o que precisa. Quando você se casou, não tinha como saber que isso ia acontecer.

— Foi um bom casamento — a voz de mamãe fica áspera, começa a falhar. — Passamos bons 19 anos juntos.

— Isso é que é importante.

De repente, apareço na cozinha.

— Oi, querida! — tia Katie me diz. Ela lança um olhar rápido para mamãe. — Como ficaram as fotos?

Fico olhando para mamãe. Desde que descobri que foi ela quem destruiu nossa vida, ela parece uma pessoa completamente diferente. Como é que eu pude ignorar isso tudo... esse tempo todo?

— Você deveria ter me dito! — berro. Minha raiva surge com toda a força. E é o tipo de raiva que você não consegue extravasar. Ela vai fervendo dentro da gente e, quando acontece algo desse tipo, explode.

— Estou indo pra casa — diz tia Katie.

— Não — digo a ela. — Fica. Fica para ouvir como minha mãe fez com que eu achasse que a culpa foi toda do papai, e nunca me disse a verdade.

Minha mãe tenta dizer algo, mas não permito.

— Não! Você me levou a acreditar que foi o papai! Disse que outra pessoa estava envolvida, e que foi por isso que vocês dois se separaram! Deveria ter me dito que a culpa era toda sua!

— Não foi...

— Você arruinou nossa família por causa de outro cara? Na boa? Você é casada!

— Jack e eu...

— Não quero ouvir! — grito. Subo para meu quarto e bato a porta. A seguir, abro e bato-a novamente, com mais força.

Isso não está acontecendo.

Mas talvez esteja.

Gostaria de poder contar a Derek sobre toda essa história. Gostaria que a relação com Nash fosse como era antes. Depois que nos encontramos no Shake Shack, começamos a conversar mais. Não sei se ele, um dia, vai voltar a se sentir à vontade a meu lado, mas parece que está tentando.

Meu computador emite um sinal sonoro e aparece uma caixa de mensagens. É Nash. Parece que leu meu pensamento.

dorkbot10013: vc está aí?

f-stop: mas gostaria de estar em qualquer outro lugar.

dorkbot10013: seria boa ideia. como está indo a tarefa de química?

f-stop: meu cérebro se recusa a fazer qquer tarefa.

dorkbot10013: vc deveria fazer o pedido de devolução do cérebro. Ou... ei, ouvi dizer que eles estão em liquidação, na Target.

f-stop: espera! eles vendem cérebros lá?

dorkbot10013: vc não sabia?!
f-stop: deixa pra lá. sou um caso perdido, de qquer modo.
dorkbot10013: não é assim. todo mundo odeia tarefa de casa.
f-stop: não, é pior do que isso. está tudo uma enorme confusão.
dorkbot10013: tipo o quê?
f-stop: tipo meus pais.
dorkbot10013: têm brigado?
f-stop: pior que isso.
dorkbot10013: estou te ligando.

Quando meu celular toca, me sinto aliviada. Finalmente consigo contar tudo a Nash. Meu pressentimento é de que ele vai encontrar um modo de fazer com que eu me sinta melhor.

Conto a ele sobre a separação e tudo o mais, tudo que meu pai disse e a discussão que acabo de ter com minha mãe.

— Consigo entender muito bem — ele diz.

— Sério?

— Minha mãe nos abandonou quando eu tinha 11 anos.

Eu sabia que Nash morava somente com o pai, mas nunca lhe perguntei onde estava sua mãe. Aprendi a não me meter na vida dos outros, e do modo mais complicado. Eu era amiga de uma garota do Ensino Fundamental que morava só com a mãe. Quando perguntei a ela onde estava seu pai, ela me disse que estava num programa de reabilitação de viciados. Desde então, não perguntei mais.

Mas foi Nash quem tocou no assunto. Pergunto, então:

— Por que ela foi embora?

— Não sei muito bem. Ela só disse: "Não aguento mais isso tudo". No dia seguinte, foi embora.

— É bem parecido com o que meu pai fez. Só que ele não me disse nada.

— É horrível, isso tudo que você está passando — diz Nash.

— É tão injusto... meus pais eram, tipo, os únicos pais que não estavam no ponto de querer matar um ao outro. Eles nem mesmo brigavam!

— Tive uma ideia. Você não quer vir aqui em casa?

— Quando?

— Tipo, em meia hora?

— OK, eu vou. — Não vejo a hora de sair daqui...

— Quando minha mãe foi embora, teve uma coisa que fez com que eu me sentisse melhor. Acho que também pode funcionar no seu caso.

— O que é?

— Quando chegar aqui, você vai ver.

Não sei bem o que eu esperava encontrar. Mas quando Nash escancara a porta de seu quarto e alardeia: "Tcha-ram!", não é o que eu imaginava.

Ele preparou o quarto como se fosse uma sala de projeção de filmes. Sobre a mesinha de centro, há uma pilha de DVDs. Na cama, uma enorme tigela com pipoca. E com travesseiros extras para eu encostar: ele sabe que eu adoro vários travesseiros a meu redor.

— Uau! — exclamo. — É impressionante.

— Obrigado, obrigado!

— Não precisava de tudo isso.

— Eu sei, mas eu quis.

Nash está na fase de curtir filmes do gênero "obscuro" ou retrô. Eu não gosto muito do gênero obscuro, mas estou curtindo muito os retrôs. Uma vez em que estávamos, os dois, exaustos com o maior relatório de laboratório que já tivemos de preparar, fizemos um intervalo para assistir a um filme. Ele queria assistir a um filme chamado *Psicopatas americanos*, mas eu votei em *Harry e Sally — feitos um para o outro*. Foi então que Nash começou a fazer uma crítica detalhada de todos os filmes da década de 1980 a que ele já tinha assistido. Hoje, ele tem uma pilha de filmes dessa década.

De alguns, já ouvi falar; de outros, não. O plano dele é que a gente assista a todos, juntos. Achei demais a ideia.

É uma ótima sensação ser novamente amiga de Nash. Sinto algo mudando entre nós, voltando a ser o que era antes. Pelo modo como rimos e batemos papo, é como se fôssemos amigos esse tempo todo. Como se ele nunca tivesse tentado me beijar. Como se eu nunca o tivesse rejeitado. Do jeito que éramos antes.

Fevereiro ⁂ Abril

28

Nash está de camisa nova.

Uma novidade como esta, em geral, pode parecer tão sem importância que mal poderia ser chamada de novidade. Mas, no caso de Nash, a história é bem diferente.

Esse fato tem muita importância.

Nash nunca usa camisas novas. Todas as roupas dele aparentam ser de uma época não identificável, em que as roupas das pessoas simplesmente nada tinham de legal. Calças masculinas de flanela de número maior do que o dele, jeans com aparência esquisita, tênis antiquados, coisas assim. Ele nunca se preocupou com as roupas que usa. E ainda que ele tenha uma altura maior do que tinha no início das aulas, as roupas aparentemente ainda lhe servem. Bem, mais ou menos. Sempre sinto vontade de pegar Nash e ir com ele ao Deque para obrigá-lo a comprar umas roupas da nossa década.

Essa camisa nova dele é demais!

— Camisa nova, hein? — chamo sua atenção. Estamos na cama dele, assistindo a mais um filme retrô. Este é sobre um rapaz do tipo acomodado que se apaixona pela oradora oficial da turma, e sobre a relação entre os dois, depois da cerimônia de graduação.

— É verdade. Gostou?

— Adorei. Onde você comprou?

— No Urban Outfitters.

— Fala sério!

— É, eu acho...

— Impossível. — Sem chance de que, além de ter comprado camisa nova, ele tenha ido a uma loja descolada para comprá-la. Eu nem fazia ideia de que ele sabia da existência da Urban Outfitters.

— Impossível por quê?

— Quando foi a última vez que você comprou uma camisa?

— Hã... — Nash fica pensando. — Tipo... — Continua pensando.

— Deixa pra lá. É que eu nunca vi você de camisa nova.

— Bem, acabou de ver.

— É o que parece. Quando é que você comprou?

— Não fui eu. Foi a Rachel que me deu.

Eu devia ter desconfiado que era coisa da Rachel. Ela, com certeza, está influenciando Nash. Por que outra razão ele se ligaria assim, de repente, em moda?

— Legal — digo.

— Obrigado.

— Então, como estão indo as coisas entre vocês dois?

— Tudo ótimo.

— Você nunca me disse que gostava dela. Eu nem sabia que vocês estavam saindo juntos até aquele dia em que você apareceu na Claire's.

— É.

— Por que você não me contou?

— Ah. Bom... acho que foi pra não dar azar. Ou algo assim.

Nash me conta uma história divertida envolvendo um cubo mágico qualquer e o primeiro encontro dos dois. Penso por que sinto vontade de ouvir a história e, ao mesmo tempo, não sinto. Por que é que não consigo ficar feliz por ele? Por que é que tudo me incomoda tanto?

Coloco a mão na tigela de pipoca ao mesmo tempo que Nash. Nossas mãos se tocam.

— Quando é que ela comprou esta camisa pra você?

— Ontem. O que foi bom, já que eu esqueci completamente de lavar minhas roupas.

Nash tem problemas com roupas para lavar. Nash e o pai dele... Tem uma porção de coisas básicas que eles não conhecem. Eles ainda não aprenderam, mesmo, a fazer coisas simples como lavar roupa. Parece que não houve uma situação em que a mãe dele, a caminho do trabalho, parou e voltou para explicar a eles como fazer. Lembro-me de uma vez, no ano passado, quando Nash colocou roupas brancas e coloridas, tudo na mesma lavagem, e todas as camisas brancas ficaram cor-de-rosa. Ou então da vez em que se esqueceu das roupas molhadas dentro da máquina de lavar a noite inteira, e tudo acabou ficando com cheiro de mofo. Foi ridículo.

Em comparação com esses episódios, esta camisa é um progresso total.

— Uau, então... — digo.

Tecnicamente, Nash e eu somos amigos. Isso significa que deveríamos ser capazes de conversar sobre assuntos normais entre amigos, tipo com quem estamos namorando, e as coisas que fazemos com o namorado.

— ... então vocês dois estão...

Só que... tem alguma coisa que atrapalha. Tipo, o fato de eu saber que Nash gostava de mim mais do que como uma amiga.

— ... tendo um relacionamento sério — concluo.

— É isso.

Pensando bem, não estou mais a fim de ouvir coisas sobre Rachel, assim como Nash provavelmente não está a fim de saber de coisas sobre Derek.

29

Certa vez, ouvi dizer que o tempo, na verdade, não existe. Que não passa de um conceito inventado pelos humanos. E que a rapidez com que o tempo passa depende da percepção que temos dele. Tipo, quando estou beijando Derek, o tempo acelera a uma velocidade alucinante. Mas, quando estou no trabalho, ou então à espera da próxima vez em que vou encontrá-lo, cada minuto dura uma eternidade. Digamos, simplesmente, que o tempo tem passado muito depressa ultimamente.

Temos passado juntos todo o tempo que podemos. Tudo que quero é estar com ele. E quando estou longe dele, tudo que consigo pensar é na próxima vez em que estarei com ele. Ficamos nos beijando horas a fio. Nunca imaginei que um simples beijo poderia ser uma coisa tão intensa. Mas é. Portanto, o relacionamento está ficando sério. No Dia dos Namorados, Derek chegou a dizer que me ama. Claro que também disse a mesma coisa. Isso foi há quatro dias, e desde então estamos em estado de êxtase.

Quer dizer, até hoje. O dia de hoje tem duas versões.

Versão nº 1: o modo como as coisas deveriam acontecer.

Quando chego à escola, Derek já está lá, esperando por mim, em nosso local de encontro. Ele me beija. Duas garotas passam por nós e nos olham com um olhar nostálgico. Entramos e viramos a sensação do pedaço, com nosso relacionamento perfeito pairando acima dos cacos de todos os namoros rompidos ao nosso redor.

Versão nº 2: o modo como tudo aconteceu, na verdade.

Chego à escola e Derek não está no nosso local de encontro habitual, no gramado da frente da escola, junto à árvore pequena. Ele sempre está lá. Espero por ele durante dez minutos, num frio de lascar. Passado esse tempo, entro.

O desânimo e o nervosismo me atacam o estômago. Acho que sei por que Derek não estava lá. E onde ele está. Mas isso talvez seja apenas a minha paranoia.

"Não tire conclusões precipitadas. Pense racionalmente, com base em informações reais."

— Ei, gata! — Derek me dá um empurrão no corredor. Ele está usando a camiseta nova que dei a ele. Na estampa, aquele cara do clássico anúncio da Maxwell sentado numa poltrona, diante de um alto-falante ligado num volume tão alto que sua gravata e seus cabelos são jogados para trás. — Onde você esteve?

— Estava esperando você.

— Eu é que estava esperando você!

— Onde?

— No nosso lugar de sempre.

— Eu estava lá, e você não.

— Ah, você chegou lá mais cedo?

Não estou mesmo a fim de brigar. Sobretudo por causa de uma coisa que provavelmente não tem importância nenhuma. Então digo:

— Deixa pra lá! Vamos embora.

— A sua sala não fica do outro lado?

— E daí? Eu ia acompanhar você.

— Mas você vai se atrasar.

— Não, não vou. Ou então você pode me acompanhar.

Derek sorri.

— Nesse caso, eu é que vou me atrasar. — Ele me beija de um modo completamente diferente do beijo da versão nº 1, e eu acabo sem saber o que fazer com aquilo.

— Não dá pra fazer daquele jeito aqui, dá? — digo, tentando atenuar o sarcasmo em meu tom de voz.

— Não dá muito... Vejo você mais tarde.

— OK! — grito na direção dele. — Até mais. — Mas ele já está na metade do corredor.

Meu humor fica péssimo pelo resto do dia. E não é só porque Derek está agindo de modo estranho. Estar com ele, no final das contas, é estimulante, mas também muito cansativo. Às vezes, tenho a sensação de que estou representando, tipo, como se agisse de um modo que acho que talvez ele queira que eu seja, ou de um modo como eu gostaria de ser. Nem mesmo sei por que faço isso. Nunca me sinto completamente à vontade quando estou com Derek, nunca posso simplesmente ser eu mesma.

Na aula de Estudos Globais, a sra. Maynard nos dá um exercício para ser feito em grupo. Darius já está a pleno vapor. Não faz nem dois minutos que ela passou o exercício, e ele já fez metade.

Darius voltou. E com tudo.

Ninguém consegue superá-lo agora. É como se ele tivesse ressuscitado em meio às cinzas da destruição acadêmica do início do semestre e estivesse agora com as pilhas totalmente recarregadas. Ele certamente compreendeu que não valia a pena gastar tempo na companhia dos acomodados com quem ele andava antes. Era tão estranho ver Darius na companhia daqueles palermas que acham legal matar aula para fumar, e arruínam a própria vida antes mesmo de dar a ela uma chance de começar! Isso é bem uma prova de que as pessoas são sempre capazes de surpreendê-lo, por melhor que seja o conceito que você tem delas.

Sou capaz de imaginar como esse tipo de grupo pode parecer atraente à primeira vista. Tente se colocar no lugar do Darius. Desde o jardim da infância, você tem sido o CDF, o cara que sabe tudo e que pensa que o mundo vai acabar se tirar, numa prova, um A-. Portanto, depois de anos tentando ser perfeito, você está cansado, certo? Eis que surgem, então, alguns adolescentes que, seja lá por qual razão, permitem que você comece a fazer parte do grupo deles. E você nunca pertenceu, de fato, a grupo nenhum. Mesmo que este seja um grupo de gente inútil, ainda assim é um grupo, e você pode ser membro dele. Isso se você mudar sua maneira de vestir; o seu jeito de ser. Você quer muito ser membro de algum grupo, e este grupo permite que você faça parte dele; você não se importa se isso será ruim ou não.

Custou muito para que os professores entendessem isso. Eles viviam repetindo que era uma pena que Darius estivesse destruindo a própria vida, com esse jeito de dar uma de maioral, que eles simplesmente não o reconheciam mais. Eles nunca foram capazes de imaginar como é que seria estar na pele de Darius. Eles só se preocupavam com a imagem de Darius, que, para eles, era perfeita.

É claro que as chances de ele entrar em Harvard agora são menores. O fato de ter vagabundeado durante três meses o colocará abaixo dos adolescentes que só tiram A e que não deixam de fazer a tarefa de casa por uma única noite sequer. Mas ele ainda tem a esperança de conseguir, junto ao diretor, a carta mágica de recomendação que é entregue no último ano. Mesmo na época em que Darius não fazia nada, ele ainda tinha um desempenho melhor do que a maioria de nós.

Kelvin arrasta ruidosamente sua cadeira para junto do grupo. Ele é novo na turma deste ano. Tudo o que sei a seu respeito é que se mudou, vindo de Nova York, e se transferiu do quarto horário de Estudos Globais para a nossa turma, quando seus horários foram completamente alterados neste semestre.

— Escreva aí que Malcolm X estava prestes a anunciar que havia mudado sua postura em relação à violência, quando foi assassinado — Kelvin diz a Darius. Estamos fazendo um trabalho sobre líderes que exerceram um impacto significativo, positivo ou negativo, sobre a sociedade.

— Já escrevi isso — Darius resmunga, enquanto rabisca a página freneticamente.

— OK, pessoal! — a sra. Maynard diz, finalmente. — Vamos dar uma passada pelos grupos e ver as ideias e sugestões de cada um.

As mãos de Kelvin se levantam como um foguete. A sra. Maynard o chama.

— Acho um absurdo que um imbecil que nem chegou a ganhar a eleição tenha sido eleito o presidente — Kelvin começa dizendo. — Como é que puderam permitir isso? Eu fico simplesmente pasmo que isso tenha acontecido numa sociedade democrática.

Ele olha ao redor para os demais colegas. A maioria deles o observa, atônita. Não estamos acostumados a tanta agitação assim nesta escola.

— Isso aconteceu de verdade! — Kelvin grita.

Todos têm o olhar fixo nele.

— Obrigada, Kelvin — a sra. Maynard diz. — Vamos ouvir os demais grupos. Linda, o que vocês...

— Ninguém mais fica indignado com isso? — interrompe Kelvin. — Ninguém mais liga pra isso?

— Sim, a gente liga — diz Darius, tentando acalmar Kelvin antes de ele se levantar abruptamente de sua cadeira e derrubar o caderno de Darius no chão —, mas não há muito o que a gente possa fazer a respeito. Esta é a História.

— Isso — diz Kelvin — não tem nada de verdade. O objetivo de aprender a História é que, com isso, podemos melhorar o futuro. Vocês nunca ouviram falar das iniciativas dos movimentos comunitários? Ou das iniciativas políticas de nível nacional? Nós podemos ser a mudança, pessoal!

Sinto pena de Kelvin. Está claro que está acostumado a uma empolgação muito maior e a adolescentes que se importam com essas coisas, em Nova York. O tédio é tão denso neste lugar em que vivemos, que é como se fosse uma camada de neblina permanente. Seria preciso algo de grande impacto para mudar isso.

Derek vem me esperar após a aula. Todos o veem esperando por mim no corredor, ao sair. Por isso, levo um tempão para juntar meu material de escola. Quero que todos saibam que formamos um casal sólido e que nada pode nos destruir. Além disso, adoro a sensação de saber que ele está esperando por mim.

Só que, dessa vez, tudo se passa de outra maneira. Quando saio no corredor, Derek não está me olhando de modo apaixonado. Não há nenhum comentário sarcástico sobre o saco que é a aula de Estudos Globais. Não fazemos plano algum para o fim de semana.

O que acontece é que Derek está conversando com Sierra.

Espero até que ele perceba minha presença, perto da porta. Derek está de costas para mim, mas Sierra me vê observando os dois. Ela se aproxima de Derek e diz algo. Ele ri do que ela diz.

Odeio isso! Quero dar um fim a esta cena.

Mas não consigo. Não sou capaz disso.

Ou talvez seja.

Eu me aproximo e fico parada perto de Derek. Ele diz:

— Ah, oi, Marisa!

— Ah — digo. — Oi.

Sierra me lança um olhar gelado.

— Vamos indo — Derek me diz.

Caminhamos pelo corredor. Espero até que ele me diga o que estava acontecendo.

Ele não diz nada.

Evito falar a maior parte do tempo, dando a ele a oportunidade de contar.

Ele não diz nada.

— Então, sobre o quê vocês estavam conversando? — pergunto.

— Sobre o Anuário.

— Ah.

Fico esperando outras explicações. Ele não diz nada.

— Então, vocês dois são... tipo... amigos, agora? — pergunto.

— Algo assim.

— O que significa isso?

— A gente não... a gente não fica junto ou coisa do tipo, mas temos uma relação de amizade.

Penso no quanto de amizade tem nesta relação.

Como é que Derek consegue continuar amigo dela? Não foi ela que terminou? Então, por que é que ainda quer ter alguma relação com ela? E por que ela ainda quer conversar com ele?

Estou tão confusa!

Mas é claro que não posso lhe perguntar estas coisas. Ele ficaria sabendo como sou paranoica ou, então, acharia que não confio nele. Preciso simplesmente relaxar. Aliás, qual é o grande problema? Ele pode conversar com quem quiser. Eles são só amigos.

Só que... não quero que eles sejam amigos.

Eis o que eu quero que aconteça: que Derek e Sierra não se falem nunca mais. Que ele comece a odiá-la. Isso facilitaria tanto a minha vida! Não por causa de Derek. Ele disse que são apenas amigos. Só que eu vi a expressão no rosto de Sierra quando conversava com ele e o modo como ela se inclinou para mais perto dele. Conheço aquela expressão. Conheço aquele modo de se inclinar.

Ela ainda gosta dele.

— Você acha que Sierra ainda gosta de você? — pergunto.

Derek ri.

— Depois do que ela fez? Acho que não.

— E o que ela fez?

— Hã... me largou.

— Ah, achei que você estava falando de outra coisa.

— Acho que isso é prova suficiente que uma pessoa dá de não gostar mais de você, não acha?

— Acho. — E realmente acho. É por isso que não entendo o porquê de ela ainda gostar dele. A única coisa de que tenho certeza é de que ela gosta dele.

Sinto uma dor no coração. Sempre achei que este sentimento tivesse a ver com amar alguém que não ama você, ou com sentir saudade de alguém que está longe. Nunca imaginei que o coração pudesse mesmo doer.

É o momento da terapia *All Talk, No Action*.

No programa dessa noite, Dirk me faz gargalhar a ponto de eu ter de sentar no chão. Às vezes ele apresenta este quadro chamado "Estranho comportamento humano: observações de campo", em que fala de como as pessoas conseguem ser ridículas. Ele faz com que nossas atitudes cotidianas pareçam hilárias. Coisas do tipo andar de elevador podem ser uma coisa muito menos desconfortável do que normalmente é.

— Já reparou como ninguém se olha dentro dos elevadores? — Dirk pergunta. — As pessoas olham para qualquer lado, menos para o outro. Fixam o olhar nos números dos andares, como se fossem a coisa mais fascinante do mundo. O que haveria de errado em olhar na cara dos outros? Por que é que as pessoas têm tanto medo das outras em ambientes pequenos?

— E por que é que os restaurantes sempre colocam aquele aviso no banheiro, que diz "Os empregados devem lavar as mãos"? O aviso não deveria ser "Os empregados devem lavar as mãos, mas você também"? Quem olha para o aviso pode pensar: "Ei, ótimo, como não trabalho aqui, posso ir diretamente para a mesa com minhas mãos sujas e infestadas de bactérias, e avançar na refeição. Ótimo!". Na boa, será que precisamos mesmo de avisos como este? Sério?

Quando vou para a cama, ainda estou rindo. E mal me lembro de Derek.

30

Acabamos de passar por uma enorme nevasca. A cidade inteira está coberta de camadas de neve que chegam a 60 centímetros. Se não estivéssemos no recesso escolar do inverno, esta seria a primeira neve do ano letivo. Mas é claro que estamos.

Já estou cheia do inverno. E não consigo parar de pensar sobre o episódio envolvendo Derek e Sierra. Por isso, só tenho vontade de ficar entocada em meu quarto e escrever em meu mural.

Minhas mensagens de "manifesto" começaram com um pequeno pedaço que eu escondia sob uma partitura que afixei na parede. Agora, metade dela está coberta de mensagens. Ali há textos meus, frases interessantes tiradas de livros, citações de filmes, coisas assim. Uso lápis carvão, de modo que dê para apagar quando quiser. Mamãe ficou furiosa quando me viu escrevendo na parede. Só se acalmou quando eu lhe mostrei que o carvão é facilmente apagado, sem afetar a tinta da parede. Ela ainda odeia o fato de eu escrever na parede do quarto, mas papai a convenceu a estimular a minha "expressão criativa".

Para mim, isso funciona mais como uma espécie de desabafo. Quando começo a ficar muito incomodada com alguma coisa a ponto de não conseguir pensar em mais nada, sou capaz de concentrar todas as minhas energias nisso. E mesmo quando digo a mim mesma para parar de pensar no assunto, tentando me forçar a pensar em outra coisa, esta outra coisa nunca permanece, e aqueles primeiros pensamentos voltam a ocupar seu lugar. Isso chega a durar dias.

É o que acontece com o episódio entre Derek e Sierra.

Alguém bate à minha porta.

— Entra.

Papai está todo encasacado, com suas pesadas roupas de inverno. Ele telefonou há pouco, dizendo que estava vindo para cá. Ainda tem a intenção de fazer coisas que normalmente fazíamos juntos. A cada ano, no primeiro dia de neve (ou, neste caso, naquele que seria o primeiro dia de neve), todos sobem as montanhas para andar de trenó. É como se a cidade inteira interrompesse suas atividades e todos saíssem para celebrar; agimos como se tivéssemos 10 anos de idade novamente.

— Pronta para subir a montanha? — ele pergunta.

— Acho que não.

— Tem algum encontro especial marcado?

— Pai!

— Isso é um "não"?

— Estou a fim de escrever.

— Bem, estamos saindo daqui a pouquinho. Caso mude de ideia, encontro você lá fora.

— Quem mais está indo?

— Só eu e Sandra. Vejo você lá!

— Talvez... — Mas eu só tenho vontade de escrever. É como se, uma vez que tire estes pensamentos obsessivos da mente, que consiga escrevê-los, de algum modo eu os liberte e, então, possa seguir em frente.

Pego uma foto de Sterling e de mim na praia, tirada no verão de dois anos atrás, e a mudo de lugar, colocando-a no quadro de avisos. Transfiro de lugar um pôster do Jared Leto, de *Minha Vida de Cão*, que Sterling encontrou numa edição antiga da revista *Sassy*. A seguir, retiro da parede alguns diagramas que contêm aqueles testes psicológicos divertidos.

Meu mais recente ataque verborrágico ao mural estava relacionado com o hábito de antecipar as coisas. Aquilo que você espera ansiosamente parece uma maravilha quando o imagina do jeito que espera que aconteça. Mas quando a coisa realmente acontece, é uma frustração tremenda. De que adianta ficar imaginando como será sua vida, quando a realidade é sempre uma decepção?

Pego um grosso lápis carvão. Num espaço livre, escrevo:

"Ainda me escondendo e
com medo de me desapegar.
Esperando que você me encontre
e me mostre o caminho."

O tempo se comporta de modo estranho quando estou escrevendo. Passa tão rápido que a impressão é que uma hora passa em apenas um minuto. Simplesmente entro num clima de concentração absoluta, e o dia inteiro voa. Isso é uma coisa boa se a escrita está fazendo com que eu me sinta melhor. Mas tudo o que consegui fazer hoje foi ficar entocada em meu quarto me sentindo mal. Quando entro numa fase assim, devo buscar novos modos de comportamento e de reação. É por isso que preciso sair do quarto.

Sterling já deixou uma mensagem e Nash me telefonou, para saber se vou com eles. Coloco, então, as calças de neve, meu suéter mais grosso por cima de duas camisas, calço as botas e desço. Papai ficará aliviado de me ver indo às montanhas.

Mamãe está sentada na poltrona, tomando chá e lendo. Na maior parte do tempo, eu a tenho ignorado, e na maior parte do tempo, ela tem permitido que eu tenha meu próprio espaço. Mas é claro que isso não vai durar para sempre.

Sento-me junto dela. Minha calça de neve está toda amarrotada.

— Decidiu ir, então? — pergunta mamãe.

— É. Por que você não vai também? — Acho que mamãe só foi uma vez ao evento de trenó na neve. Ela curte quando não tem mais ninguém em casa e o ambiente é todo dela, ainda que fique somente lendo e tomando chá, o que daria para fazer facilmente quando estamos em casa.

— Este livro é tão bom que simplesmente não consigo largar.

— Que livro é? — me inclino para olhar a capa.

— *Dezenove minutos*. É sobre uma chacina que aconteceu numa escola.

— Adoro Jodi Picoult! — Estranho, pensar que minha mãe gosta de livros da mesma autora que eu gosto.

Tenho o pressentimento de que mamãe quer começar uma conversa meio pesada, da qual realmente não tenho vontade de participar, então digo "tchau" e saio de casa.

Quando chego à montanha, a primeira coisa que acontece é que um garotinho, vindo em velocidade em seu trenó, colide comigo. Há uma multidão por aqui. Não consigo encontrar Sterling, mas Nash está ali, junto da árvore grande.

— Ei! — diz Nash. — Você veio.

— Eu vim.

— Bem-vinda à festa! A coisa está bem animada por aqui. A gente senta nestas pranchas de plástico e escorrega morro abaixo.

— Parece criativo.

— Originalidade é com a gente mesmo.

— Cadê a Rachel?

— Está com gripe. E o Derek?

— Ele odeia andar de trenó.

— Como é que alguém consegue odiar trenó?

— Pois é. Ele acha estes eventos da cidade meio sentimentaloides.

— Bem, ele que nos dê licença, então.

— Você viu Sterling?

— Acabou de ir embora. Ela convidou algumas pessoas para irem à casa dela, tomar chocolate quente.

— Quem?

— Um pessoal do Clube Francês, acho.

Sterling prepara o melhor chocolate quente que existe. Usa três tipos de chocolates no preparo e sempre serve *marshmallows* quentes.

Fico saltitando no meio do frio congelante.

— Com frio? — diz Nash.

— É pra levar a sério a pergunta?

— Não. Só uma pergunta retórica.

Estou congelando total. Mesmo com todas estas camadas, o frio sempre acha um meio de penetrar no corpo. O inverno não é para mim. Simplesmente não tenho vontade alguma de participar das atividades. Mas todos estão se divertindo muito, eu adoro trenós, e Nash parece estar muito contente de eu ter aparecido. Então, entro na onda dos demais.

Temos apenas dois trenós em casa, e papai trouxe os dois para ele e Sandra. Nash, então, me deixa usar o dele. Subimos até o topo do morro, o que leva uma eternidade, já que a camada de neve é espessa. Envolvo o rosto com o cachecol, deixando só os olhos à vista. Tudo o que preciso agora é de uma daquelas almofadinhas que aquecem os olhos.

Quando chegamos ao topo, Nash pergunta:

— Quer ficar na frente ou atrás?

— Hã... que tal no trenó inteiro?

— E onde vou me sentar, então?

— Ah! Achei que a gente ia se revezar.

— E por que a gente faria isso? Se formos juntos, podemos fazer um número de percursos duas vezes maior.

Em todas as outras vezes em que estive aqui, junto de Nash, ele era apenas um vizinho que eu encontrava na escola e nos eventos da cidade, ou no píer, um menino com quem eu brinquei muito, muito tempo atrás. Lembro-me de vê-lo puxando seus colegas em seu trenó, há alguns anos, permitindo a eles dar várias voltas. Hoje, ele é meu amigo, e estamos dividindo o espaço do trenó dele.

— Eu fico atrás — digo a ele. — Dá menos medo, aqui.

— Não se preocupe — diz Nash. — Eu protejo você.

Montamos. Fico sem saber onde colocar as pernas.

— Aqui — diz Nash. Ele coloca minhas pernas em volta dele, de modo que minhas botas fiquem pressionando a frente do trenó. As pernas dele ficam dobradas em cima das minhas, e seus joelhos encostam-se a seu queixo.

— Pronta?

— Pronta.

— Se segura!

Partimos. Este é o melhor dos morros para o trenó, pois a colina começa bastante íngreme e vai ficando mais suave aos poucos, então você pode andar numa velocidade assustadora e ficar deslizando pelo tempo que quiser.

O ar gelado é cortante. Tenho a sensação de que vamos cair, então me agarro ao Nash. E não o largo enquanto ele não para o trenó.

— Cara! — diz ele. — Essa foi irada!

— Total!

— Você estava a fim de ir mais longe? Eu achei... sabe como é, já que temos que subir todo o percurso...

— Não, eu também vou. A parte íngreme é a mais divertida.

— Exatamente.

Subimos de volta e descemos novamente tantas vezes, que meus dedos ficaram dormentes e meu nariz começou a escorrer. Mas não me importo. Não consigo me lembrar da última vez que me senti tão viva!

31

Dirty Dirk está em toda parte. Não sei como consegue. Ele simplesmente parece estar a par de tudo que se passa com todo mundo.

Talvez ele tenha contratado espiões. Talvez seja um adolescente rico que pode pagar gente para espionar e lhe trazer relatórios sobre os segredos das pessoas. Mas ninguém parece estar alimentando qualquer neura por estar sendo espionado. Todos estão adorando escutar o programa de Dirk quase todas as noites, quando ele sempre diz exatamente aquilo que você quer ouvir.

Antes de começar a ouvir o programa de Dirk, nunca parei muito para pensar no meu modo de falar. Mas, agora, sempre que tenho algo a dizer a todos, durante a aula, paro e imagino a maneira como Dirk diria isso. Penso em como eu poderia dizer isso melhor, do jeito que ele sempre faz com as coisas mais básicas, tanto que você não encontraria melhor maneira de falar que a dele.

E ele sabe das coisas. De muitas coisas. Coisas que, com certeza, você tem vontade de saber. Ele demonstra ter uma inteligência absurda sobre a natureza humana e o comportamento das pessoas. As observações que faz dão respostas a todas as questões que você possa ter sobre o comportamento delas. Juro! É como se houvesse uma revelação grandiosa a cada programa. Ou, então, fala exatamente sobre as coisas que têm incomodado você recentemente, como se, de alguma forma, ele estivesse dentro de sua mente.

Veja, por exemplo, o que aconteceu numa noite dessas. Meu pai passaria para me pegar na manhã seguinte, para passarmos o dia juntos, e eu tinha acabado de ter uma discussão séria com minha mãe. Ele vive me pressionando para que eu converse com ela e para que me encontre com Jack, e isso não vai acontecer de jeito nenhum. Então, me peguei pensando: "Que coisa louca! Passei de um sentimento de ódio pelo meu pai e de amor pela minha mãe para o extremo oposto", e percebi que não conseguiria dormir de jeito nenhum. Não podia deixar de pensar em como tudo isso era injusto. Foi quando o programa do Dirk foi ao ar, e ele disse que, quando a união entre os pais está sofrendo uma reviravolta, a melhor maneira de lidar com isso é distanciar-se imediatamente da situação.

— O truque é não se envolver demais — explicou Dirk. — Tá certo, eles são seus pais e, OK, é provável que você tenha de conviver com pelo menos um deles, mas isso não significa que podem controlar sua vida. Você tem sua própria vida. Viva! Deixe que eles lidem com a loucura deles.

Vindo de Dirk, isso tem um significado enorme. O simples fato de minha mãe ter tido um caso e de meu pai ter saído de casa não significa que minha vida acabou.

Está quase na hora de começar o quadro *All Talk, No Action*, então eu me preparo. Pego meu refrigerante Jones Fufu Berry e meu travesseiro lilás felpudo, que uso de encosto. Deixo tudo pronto sobre a cama.

Há noites em que o programa de Dirk não vai ao ar. A essa altura, há tantos adolescentes acompanhando a transmissão que, quando isso acontece, eles ficam no maior baixo astral no dia seguinte. Mas o programa é transmitido quase todas as noites e passa a ser o assunto durante todo o dia seguinte. Isso porque, em geral, ele expõe alguém ou alguma coisa que mereça ser trazida à tona. Ele protege inteiramente todo mundo, particularmente os adolescentes que são tratados com injustiça.

Acho que a razão por que muitos de nós adoramos Dirk é que, quando ele fala, é como se estivéssemos desabafando através dele. Como se estivéssemos todos juntos nesse barco, sentindo as mesmas frustrações e mágoas. É tão estranho o tanto de confiança que tenho nele para atravessar este mês gelado de fevereiro! E eu nem mesmo sei quem ele é. Gostaria que houvesse uma maneira de lhe dizer pessoalmente o quanto significa para mim. Mas ele continua sendo um mistério. E isso incomoda a todos nós, já que todos o adoram e querem conhecê-lo ao vivo.

Às 23 horas em ponto, os alto-falantes de meu computador começam a tocar uma música alta. O programa dele vai começar.

— E aí, galera? — diz Dirk. — Espero que vocês estejam bem esta noite. As mensagens estão se acumulando aqui, no quadro *All Talk, No Action*. Vamos lá, então.

Dá para ouvi-lo mexendo em seu teclado. Gostaria de estar sentada a seu lado, onde quer que ele esteja, do outro lado, onde mora o segredo.

— Oi, Dirk — ele começa a ler. — Estou apaixonada por um carinha lindo, mas não tenho certeza se ele gosta de mim. Pensei em convidá-lo para sair, mas não quero ficar insistindo. Estamos juntos numa disciplina em que ele não está se saindo muito bem (vi a nota que tirou no último trabalho que recebemos corrigido), e eu sou boa nessa matéria. Então pensei em oferecer ajuda a ele no próximo trabalho, algo assim. Você acha que devo dizer que gosto dele? Ou devo simplesmente fazer alguma coisa legal pra que ele comece a prestar atenção em mim? Adoro seu programa!

— Cara, se eu ganhasse um dólar a cada e-mail desse tipo, já estaria podre de rico! E morando em Aruba, com minha massagista particular.

— Vou comentar isso em detalhes pra você. É uma coisa muito simples, uma vez que você compreende o básico. O fato: os rapazes não são tão complicados assim. Nós somos animais muito simples. Gostamos de dormir, de comer e de jogar *games*. Gostamos de chamar a atenção das meninas — ou mesmo dos outros rapazes. Para aqueles que curtem essa parada, isso pode ser bom. Mas o excesso de atenção é uma coisa broxante. Ninguém gosta de se sentir acuado. Pense no seguinte: um animal selvagem gosta de se sentir preso numa jaula? OK, nós somos domesticados. Mas, ainda assim, temos as mesmas necessidades.

A maioria dos caras da nossa sala não sabe metade disso tudo. Ou então sabe, mas jamais admitiria. Só que Dirk não dá a mínima bola para a obrigação de manter a pose de um cara legal ou para a necessidade de proteger o próprio ego, ou qualquer insanidade dessas, alimentadas pela testosterona. Ele fala disso tudo do jeito que as coisas são; transmitindo sua mensagem a pessoas que querem conectar-se com alguém que as entenda.

— Ouçam uma coisa! Rapazes e garotas são diferentes entre si. Sem brincadeira. Não é porque somos humanos que temos muito em comum. É por isso, minhas ouvintes do sexo feminino, que esta é a sua noite de sorte. No programa de hoje, e somente hoje, vou expor a realidade nua e crua sobre os rapazes. Se todas as garotas soubessem como os rapazes de fato são, a vida de vocês poderia mudar assim... — Ele dá um estalo com os dedos, indicando a rapidez com que nossa vida poderia mudar. — Vocês podem poupar anos de sofrimento e de tortura se souberem nossa maneira de pensar.

— Pra começar, as garotas gastam energia demasiada em coisas que não significam nada. Por exemplo, uma menina gosta de um cara. A partir de uma pista qualquer, ela irá contorcer e distorcer o significado desta pista até que, magicamente, isso passe a significar que ele gosta dela. Então, de repente, ela está obcecada pelo cara, que mal sabe que ela existe.

OK. Mas como é que ele sabe isso tudo? Tem cinco irmãs ou algo assim?

— Simplifiquem suas vidas, meninas! Vou tornar as coisas mais simples para vocês. Eu tenho aqui — som de papéis sendo agitados — uma lista de coisas que toda garota deve saber. E quero que cada uma de vocês aí do outro lado aumente o volume, chame suas amigas e preste atenção. OK, vou dar a todas um minuto para se juntarem.

Uma música que eu não reconheço começa a tocar alto, nos alto-falantes. Não me dei conta de como eu era musicalmente ignorante. Não conheço a maioria das músicas que Dirk põe para tocar no programa.

— Se você é mulher, esta vai pra você. E, caso você goste de cultivar alguma espécie de dependência emocional, fique à vontade para discordar de mim.

— "A verdadeira personalidade dos rapazes", por Dirty Dirk. Número 1: você não tem como convencer um rapaz a gostar de você. Ou sentimos algo por você ou não sentimos. Autoexplicativo, isso tudo. Você não tem como fazer com que a gente mude de ideia. Basicamente, se gostamos de você, você vai ficar sabendo disso. Agora, se isso não acontecer...

Meu celular toca. Não estou a fim de atender, mas vejo que é Sterling.

— Oi — digo.

— Você está ouvindo o programa?

— Claro!

— Onde é que estava este cara quando eu precisava dele?

— Nem me fale. — Mantenho o celular grudado num ouvido, atenta ao que Dirk diz, com o outro.

— Número 2 — diz Dirk. — Nós odiamos conversas excessivamente sentimentais. Faremos de tudo para evitar qualquer tipo de conversa séria, sobretudo se ela for sobre o "relacionamento".

— Três. Não é porque uma garota tem sentimentos profundos pelo cara que ele, de sua parte, vai esperar mais do que um relacionamento casual. Não imagine que o interesse dele implique um interesse que vai além do seu corpo.

— Ai! — Sterling diz. — Essa doeu.

— Total.

— Sei que isso pode soar meio pesado — diz Dirk —, mas estou apresentando os fatos a vocês. Não vou dourar a pílula para que possam engolir com maior facilidade. Esta é a realidade nua e crua e estar informado a respeito dela só pode trazer benefícios a vocês.

— Ele consegue nos ouvir? — pergunto.

— É provável. Ele já sabe de tantas outras coisas!

— Quatro. Se a garota começa um relacionamento informal com um cara, sem dizer a ele que pretende ter um relacionamento sério, nunca haverá um relacionamento. Se você lhe der a impressão de que manter algo informal é o suficiente, é isso que ele sempre vai querer ter. Seja honesta com ele desde o início. Se ficar apavorado e sair correndo, é porque não era o cara certo para você.

— Total! — grita Sterling. — Isso é tão básico! Como é que eu pude ignorar estas coisas?

— Cinco. Não existe um único cara que goste de ver uma garota chorando. Rapaz nenhum gosta que gritem com ele porque ele agiu como um babaca. Portanto, quando as meninas acham que somos uns vermes porque as abandonamos, ou porque nos esquivamos completamente de qualquer conversa sobre a separação, isso acontece, na verdade, porque nossa intenção é evitar a tortura para os dois lados. É assim que vemos a coisa: se evitamos um confronto traumático no plano emocional, você vai se sentir melhor, e nós também. Isso nos leva ao item seis. Quando um cara está terminando com uma garota, tudo o que ele quer é dizer "está acabado" e então sair de cena. Ele não quer a menina se arrastando aos pés dele durante três horas.

— Uau! — digo.

— É verdade.

— Não estou dizendo que acho que nosso modo de ser esteja certo — diz Dirk. — Na verdade, essa é uma atitude bem esquisita. Sei que agimos feito babacas. Mas é assim que somos. Portanto, as meninas têm duas opções: podem lutar contra a nossa tendência natural ou navegar conforme a maré. Bem, agora vocês têm as informações.

A música explode nos alto-falantes de novo.

— Ele é um supergênio! — diz Sterling.

— São meio apavorantes, essas coisas, mas prefiro saber a não saber.

— Aaaaah! Por que é que tudo tem que ser tão complicado?

— É verdade.

— Isso está acabando comigo. Se eu não tivesse o Paul, não sei o que faria.

Não faço ideia do que dizer a respeito. Paul é um cara com quem Sterling tem conversado on-line. Ela tem passado tanto tempo on-line recentemente, que é como se estivesse totalmente viciada. Minha intenção é dar apoio a ela e, com certeza, não quero entrar numa discussão sobre como um cara sinistro está impedindo que ela tenha um namorado real. Mas não consigo me obrigar a aceitar isso. Simplesmente está errado.

— Você está aí? — pergunta Sterling.

— Estou.

— Você ficou calada.

— Não, estou só... espera, não estou reconhecendo...

— Sou eu, cara.

— Estou falando da música.

— Ah. Ah, sim, acho que são os Pixies.

— Quem são? Nunca ouvi falar deles.

— É uma... hum... é... Também não os conheço direito.

— Quem você acha que é o Dirk?

— Como se eu não estivesse tentando descobrir isso desde o começo das aulas...!

— Em que ano você acha que ele está?

— Provavelmente no último ano — diz Sterling. — Ele é muito mais maduro do que qualquer um dos imbecis do nosso ano. O que sei é que ele é o cara dos meus sonhos.

— Então entra na fila e pega uma senha. — Não conheço ninguém que não esteja acompanhando o programa do Dirk. As garotas estão todas apaixonadas por ele, e os caras gostam do modo como ele lida com aqueles que aprontam.

— Não acredito que ninguém saiba ainda quem ele é — diz Sterling.

— Tem que haver uma maneira de descobrir.

— Sim, mas como?

— Ainda não pensei nisso. Mas a gente chega lá.

32

É a primeira vez que vejo Nash nervoso desse jeito. Está tão nervoso que mal consegue me dizer o que está acontecendo.

Ele veio até a Claire's hoje. Não disse "oi" nem nada. Simplesmente se aproximou do caixa e perguntou:

— A que horas você sai? — Os olhos dele estavam completamente vermelhos.

— Ahn... 19. Saio às 19 horas.

— Ótimo. Posso ir a sua casa?

— Pode. O que é que...?

— Não dá pra falar agora — disse ele. — Até mais tarde.

Ele quase dá com a cara na porta de vidro ao sair, como se não percebesse que ela estava ali. Deu para vê-lo procurando o puxador da porta no último instante.

Nash ainda não me disse o que está havendo. É por isso que estamos juntos à toa em meu quarto, só ouvindo Colin Hay, e em silêncio. No momento em que começo a me preocupar que Nash esteja tendo algum tipo de colapso nervoso, ele diz:

— Rachel terminou comigo.

— Para com isso! Por quê?

— Ela diz que sou intenso demais.

— Mas a intensidade é uma coisa boa! As garotas gostam disso!

— Rachel, não.

— Como é que a intensidade pode ser uma coisa ruim?

— Ela diz que eu crio apego emocional muito facilmente. E que não está preparada para isso.

— Então... por que é que você não vai com mais calma?

— Eu não quero ir com mais calma! Sou intenso demais, está lembrada?

Alguém bate à minha porta com força.

— O que foi? — grito.

— Seu som está alto demais! — Sandra grita, do corredor.

— Eu sei! — grito de volta.

— Então abaixa!

Abaixo o volume. Ela sai pisando duro e bate a porta de seu quarto.

— Eu nem estava indo tão rápido ou coisa do tipo — diz Nash. — Gosto muito dela e achei que ela gostasse de mim, então...

— O que ela quis dizer com "apego emocional"?

— Não faço ideia. Talvez, tipo... talvez queira dizer que sou intrometido demais, tipo, interessado demais na vida dela ou algo assim. Mas não é assim que se age quando se está num relacionamento?

— É — concordo. Mas o que é que eu entendo disso? Tecnicamente, meu relacionamento ainda está naquela fase eufórica em que tudo é maravilhoso. Pena que não consigo imaginar como é que se faz para chegar a este lugar maravilhoso.

— Ela gosta de mim — diz Nash. — Ela disse que gosta de mim.

— É óbvio que ela gosta de você. Se não gostasse, não ia sair com você.

— É, mas ela disse que acha que gosto dela mais do que ela gosta de mim. E que isso não era justo comigo, pois mereço estar com alguém que goste de mim com a mesma intensidade.

Ui, isso deve ser doloroso! É como dizer: "Eu gosto de você, mas não muito". Ou: "Gosto de você, mas só até certo ponto. Isso porque você é um mala. Se não fosse tão mala, quem sabe eu gostasse mais de você".

— Gostaria de poder fazer algo para ajudar — digo.

— E pode.

— Diga lá.

— Posso dormir aqui hoje?

— O quê?

— Não quero ficar sozinho em casa.

— Seu pai não está em casa?

— Não. É por isso mesmo que eu disse "sozinho".

— Ah! Total. Claro que pode. Tem um colchão inflável no closet do corredor.

Isso é pior do que eu imaginava. Acho que Nash gosta mesmo de Rachel. Talvez até sinta amor por ela. Quando alguém parte seu coração, não há o que fazer para mudar seu sentimento por essa pessoa. Só lhe resta continuar sentindo isso até que a coisa desapareça.

Mas pode ser que isso jamais aconteça.

33

Temos um professor substituto de Geometria. É preciso reconhecer que ele tem se esforçado. Está tentando nos dar as instruções para um trabalho que acaba de nos passar, mas ninguém está ouvindo. Ninguém vai terminar esse trabalho. Há alunos que não vão nem se incomodar em olhar para ele. Todos sabem que isso é só para ocupar nosso tempo e que não terá peso na nota final, não importa o que o professor diga.

Professor substituto de Geometria + trabalho que não vale nota = tempo livre.

Só que, mesmo assim, você precisa manter a aparência de que está fazendo o trabalho; caso contrário, estará encrencado. Assim, grupos de três ou quatro alunos se juntam. Nós nos debruçamos sobre a tarefa durante um minuto, escrevendo nossos nomes no topo da folha. Fazer isso já nos deixa exaustos; começamos então a fofocar. Eu me desligo de tudo. Ontem, encontrei Derek e Sierra no corredor, e a cena me pareceu ainda pior do que na primeira vez que eu os vi conversando. Passei a noite toda em claro, repassando na mente a cena do pequeno flerte dos dois, até ter vontade de eliminar por completo a memória de meu cérebro.

Preciso analisar isso junto com Sterling. Depois das aulas, me encontro com ela no corredor, à frente dos armários.

— Preciso falar com você — digo.

— O que foi?

— O episódio Derek e Sierra. Não consigo parar de pensar nisso.

— Já não falamos disso ontem à noite?

Ela tem razão. Trocamos mensagens durante, tipo, duas horas, tentando pensar como eu devo agir. Nossa conclusão é que não posso ficar me preocupando com coisas que não posso controlar. E que Derek é meu namorado, e não de Sierra. E que eu tenho que relaxar. Quero ser esse tipo de pessoa: a namorada autoconfiante, que não sente ciúme, que não se irrita nem se importa com quem o namorado dela conversa.

Então, deito na cama e tento relaxar. Mas não dá certo. Tudo que vem à minha cabeça é: se Derek e Sierra estiveram conversando nas duas situações, em quantas outras eles conversaram sem que eu ficasse sabendo? E o que significam todos aqueles toques que um dá no corpo do outro? E por que é que Derek insiste em ficar com uma pessoa que o abandonou?

Sterling bate a porta de seu armário.

— É, falamos — digo. — Mas não funcionou.

— Muito obrigada!

— Não... quer dizer, claro que você me ajudou muito. Mas isso continua a me incomodar.

— Você não quer vir em casa? Vou preparar uns *cupcakes*.

— Legal.

Saímos caminhando juntas. Sterling conta algo que se passou na academia, enquanto olho ao redor, procurando Derek. Me sinto bastante culpada, mas, nesse momento, preferia estar com Derek a estar com Sterling. Não é horrível isso?

Ele está me esperando em nosso local de sempre. Quando nos vê atravessando o gramado, sorri e acena. Aceno de volta. Sterling continua falando e não repara na presença dele.

Então, ela o vê.

Ela diz:

— Ah, ele está esperando você?

— É, mais ou menos.

— Ou está ou não está — Sterling fala, estalando os dedos.

— Ele está. Desculpa! Esqueci completamente que a gente ia ficar junto hoje.

— Você esqueceu...?

Derek caminhava em nossa direção, mas parou ao ver Sterling. Era como se pudesse sentir a raiva dela, do lugar onde estava.

— Você está mesmo a fim de ir lá em casa? — Sterling pergunta.

— Sim! É que... acho que não posso.

— Porque você gostaria de estar com Derek.

— Não! — Eu nem sei direito o que dizer a ela. Nunca vi Sterling desse jeito. Ela sabe quanto tempo esperei para ter um namorado, e agora tenho. Então, por que é que está agindo como se eu estivesse fazendo algo para ofendê-la?

— Você está fazendo uma coisa que combinamos que a gente nunca faria quando encontrássemos um namorado, e eu não estou fazendo drama — ela diz.

— O que é que estou fazendo?

— Você está me abandonando por causa dele. E nós...

— Não é verdade!

— ... prometemos que nunca faríamos isso uma com a outra.

Não sei o que fazer para que ela não se sinta ofendida. Seja como for, ela não pode dizer muita coisa: tem passado quase o tempo todo com esses tais caras on-line recentemente.

Derek ainda está esperando.

Ninguém faz qualquer movimento.

Sterling diz, então:

— Deixa pra lá! Não tem importância.

— Sério?

— Total. Não sei qual é o problema comigo.

— Posso ir a sua casa amanhã?

— É bom que vá mesmo! — Ela passa por Derek e diz "oi". Fico aliviada de Sterling não estar zangada comigo. Mas essa foi por pouco. Senti aquele fluxo de adrenalina que se sente quando uma amiga pega pesado com a gente.

Derek se aproxima e diz:

— Você está bem?

— Não. — Dou um abraço nele. — Abraça mais forte!

Ele me aperta entre seus braços.

— Mais forte — digo a ele.

— Não quero machucar você.

Afasto-me um pouquinho para olhar para ele.

—Promete que você nunca vai me magoar — digo.

Derek ri.

— Claro que eu nunca vou te magoar.

— Não tem graça nenhuma.

Ele para de rir.

— Desculpa!

— Eu sou meio sensível.

— É, percebi. Você ainda está a fim de ir até minha casa?

Faço que sim com a cabeça. Isso é exatamente do que eu preciso. Passar bons momentos com meu namorado incrível. Meu namorado incrível, que vai fazer com que eu me sinta melhor, me fazer esquecer como a vida pode se transformar numa chateação quando você menos espera.

34

— Precisamos conversar — minha mãe me diz.

Estou na cama, lendo um livro chamado *Interligados*. Para ser mais exata, estou lendo um parágrafo. O mesmo parágrafo que já li sete vezes. A cada vez que recomeço, digo a mim mesma que preciso manter o foco, senão vou passar o dia inteiro tentando ler a mesma droga de parágrafo.

— Mais tarde, pode ser? Estou tentando ler isso aqui.

— Prefiro conversar agora — responde mamãe.

— Mas estou na melhor parte!

— Marisa...

Paro a leitura e olho para ela.

— Seu pai está lá embaixo. Precisamos conversar com você e com Sandra.

— Sobre...?

— Você já vai saber. É importante.

A última coisa que tenho a intenção de ser é uma adolescente complicada. Prefiro ser a adolescente equilibrada. E também não quero ficar importunando mamãe para sempre. Mas não consigo não ficar zangada com ela.

Papai está sentado no sofá. Só que não está todo esparramado, com os pés esticados, como costumava fazer. Não parece estar à vontade; é como se estivesse sentado num sofá que não é o seu. Tem a postura que normalmente se tem quando se está na casa de um estranho.

Ele parece tão deslocado! Gostaria muito que tudo simplesmente voltasse a ser como era antes, todos nós felizes, e papai deitado no sofá, monopolizando o controle remoto.

— Ei, garota! — diz papai. Sandra está sentada ao lado dele. Calada.

Meus pais trocam olhares. Mamãe acena com a cabeça para papai.

— Tem uma coisa que precisamos dizer. Achei que seria melhor estarmos todos juntos para esta conversa — ele fala.

Eles têm um ar sério. Isso não está me cheirando bem.

— Pensamos muito sobre isso e achamos que é melhor... — diz mamãe.

— Eu quero que vocês duas saibam — papai interrompe — que nunca quis que isso acontecesse. Mas é a única maneira de a gente poder seguir em frente.

— A gente vai se divorciar — mamãe diz, num impulso.

Eles vão se divorciar. Não é uma simples separação. É tão insuportável estar na companhia um do outro que eles precisam fazer disso uma coisa permanente. Colocar um ponto final na história deles e tornar isso público.

Eles têm o olhar fixo em mim. Não sei bem o que esperam que eu faça. Que eu grite? Que chore, como Sandra está fazendo? Que tenha um ataque histérico? Deixa pra lá! Eles não vão ter reação nenhuma. Não merecem isso.

Mal consigo olhar para minha mãe. Ou para meu pai. Foi ela quem começou isso tudo, mas ele deixou que acontecesse.

35

Estamos tristes.

Nós nos sentimos tristes e miseráveis.

E não vamos nos recuperar tão cedo.

Até nosso almoço fica triste. Nash está comendo um espaguete insosso, com um molho barato. Eu, um sanduíche de frios com sabor de borracha e pão amanhecido. Mal tocamos na comida, na verdade. A gente está se sentindo triste e miserável demais para ter apetite. Se Sterling estivesse aqui, conosco, aposto que ela nem conseguiria nos tentar com seus famosos *brownies*. Fiquei tão aliviada com a mudança de horários de Nash e que ele tivesse aparecido durante meu almoço! Agora podemos ficar tristes juntos.

— Pelo menos você não foi abandonada — diz Nash.

— Não importa — argumento. — Ainda assim, é um saco isso tudo.

— É um saco ainda mais pesado no meu caso.

De vez em quando, fazemos isso. Discutimos para saber quem se sente mais deprimido. Na soma total, Nash ganha. Ele está tentando esquecer Rachel, mas durante o almoço ele pode vê-la toda contente e rindo com suas amigas.

Nash parece totalmente arrasado. Exatamente como eu me sinto.

— Então, o que eu devo fazer em relação a Derek? — pergunto. Já disse a Nash tudo que tem acontecido entre ele e Sierra.

— Você acha que devo voltar a falar com ele, tentar saber dele o que está se passando? Ou devo simplesmente acreditar que não está rolando nada?

— Acho que sempre que alguma coisa incomodar você, deve falar sobre isso.

— Mas eu tentei falar! Ele disse que não está acontecendo nada.

— Então talvez não esteja acontecendo nada.

— Mas eu sei que tem algo — pego minha garrafinha de água. — Sabe quando às vezes você simplesmente sabe? Quando tem um pressentimento?

— Por que você pergunta, então?

Ele tem razão. Se isso é mesmo verdade, e a minha obsessão não é à toa, então é verdade, Derek admitindo ou não.

— Se eu tivesse a mesma sorte que o Derek teve — diz Nash —, nunca faria isso com você.

O que é que ele acabou de dizer?

Nash continua.

— Eu não ia nem mesmo olhar para outra menina. Não faria nada que pudesse magoá-la.

De onde veio tudo isso? Nash deve estar mesmo se sentindo mal por mim. É tão meigo isso! E tão intenso. Ele é mesmo... uau!

Tento pensar no que vou dizer. Nash tira seu iPod da mochila. Seleciona uma música, olhando para a tela, sem olhar para mim. Está com um dos fones no ouvido e o outro, pendurado sobre o ombro.

— O que você está ouvindo? — pergunto.

— Ouve aqui. — Ele me passa o outro fone e o coloco em meu ouvido. Não sei que música é essa, mas ela é demais. Adoro, de cara. Na tela do iPod, o nome da música: "Treasure".

Tiro o fone.

— Música triste — digo.

— É verdade. The Cure é assim. Mas sempre melhora meu astral. A tristeza gosta de companhia.

Nunca imaginei que os rapazes tivessem músicas que fazem com que se sintam melhor. Sempre achei que isso fosse uma coisa só das meninas.

— Acho que a gente deveria comer alguma coisa — diz Nash.

— É mesmo. Estou meio tonta.

— Eu estou com enjoo.

Ficamos com o olhar fixo na comida. Não temos fome. Afastamos nossas bandejas.

— Você escutou, ontem à noite? — Linda pergunta a um cara qualquer do penúltimo ano, no outro lado da mesa.

— Cara — ele diz —, eu sempre ouço.

É óbvio que estão falando do Dirk.

— Você acredita na história sobre a sra. Hunter? — Linda diz.

— Babaquice total.

— Não, é verdade. Quer dizer, ele não disse que ela é a professora que fez isso, mas, com certeza, ele estava se referindo a ela.

— Ela não faria isso. Sem chance.

— Agora você vai começar a defender os professores?

— Provavelmente foi culpa da Tabitha. Aquela menina é uma demente.

Eles continuam conversando. Continuamos calados e de mau humor.

Nash olha para Rachel pela bilionésima vez.

— Vem cá, vamos trocar de lugar — digo.

— Por quê?

— Vamos trocar. — Eu o puxo com força da cadeira e trocamos, de modo que ele fique de costas para Rachel. Não consigo ficar vendo-o olhar para ela. Me parte o coração.

Pego um cookie. Parto um pedacinho na ponta para mim e estendo o cookie para Nash.

— Quer?

— Cara, não. Se eu comer qualquer coisa, vomito.

— Mas você já está com enjoo.

— Esse é o problema.

Encosto a cabeça na mesa e olho pela janela. Como se eu não tivesse problemas o suficiente, não para de chover. Já faz três dias que não para de chover. Três dias com meias molhadas, mau humor e o vestiário da escola cheirando a mofo. A chuva varia entre garoa e torrencial. Isso mexe com a cabeça. Faz pensar que as coisas sempre serão assim, que nunca vão melhorar, deixando você de baixo astral bem na hora em que achava que o pior já tinha passado.

36

Na aula optativa de Psicologia, atiram um bilhete na direção da minha carteira. Olho para trás para ver quem jogou. Julia está olhando para mim.

Seguro o bilhete por debaixo da carteira para que a sra. Knight não perceba. Ela tem a má fama de notar essas coisas. Desdobro o papel devagar para ela não ouvir nada. Leio, então:

> "Derek se sentou ao lado de Sierra durante o almoço. Achei que você deveria ficar sabendo."

Sem chance. Se eles vêm se falando desde a última vez em que eu os vi juntos, por que é que Derek não me disse? E como é que, de repente, ele começa a almoçar com ela?

Olho de volta para Julia. Ela levanta os ombros como quem diz: "Desculpa por ter que contar isso".

E por que ela tinha que me dizer? Só se achou que era importante. Tipo, se achou que ainda existia alguma coisa entre os dois.

Procuro Julia depois da aula.

— Por que você me contou aquilo?

— Achei que você ia querer saber.

— Mas pareceu pra você que... — É tão constrangedor! Eu mal a conheço e tenho que perguntar isso a ela. — ... eles estavam, tipo, você teve a impressão de que alguma coisa estava rolando?

Julia fica quieta durante um minuto. É uma pessoa legal e sei que não falou isso para me magoar. Ela não quer dizer nada que eu não queira mesmo saber.

— Não, na verdade não — diz ela. — Mas eu não estava perto deles o suficiente pra perceber.

— Ah!

— Eu só não tinha certeza se você já sabia, então...

— OK. Obrigada!

— Desculpa!

Fico furiosa. A necessidade de falar com Derek queima aqui dentro. É impossível pensar em qualquer outra coisa antes de eu falar com ele e descobrir a verdade. Mas preciso esperar, já que ainda temos mais uma última aula pela frente. Tenho certeza de que nada aconteceu.

Mas... se tenho tanta certeza, por que não consigo parar de pensar nisso?

Depois de uma eternidade, toca o sinal da última aula. Saio correndo da sala e chego em frente do armário de Derek antes dele.

— Oi, gata! — diz Derek, ao chegar. Ele me abraça como se nada estivesse acontecendo. Como se eu fosse a única menina em que ele estivesse interessado. Como se não tivesse sentado ao lado de Sierra no almoço.

Ele não sabe que eu já sei. Quero ver se admite sem que eu diga nada.

— O que você conta de novo? — pergunta ele.

— Nada de novo por aqui. E você?

— Daquele jeito... o de sempre.

— Então, tipo... não aconteceu nada de diferente hoje?

— Onde, aqui? Boa, essa! — Segura minha mão e começa a andar, mas eu não me mexo. Ele me olha. Seu olhar não é de medo. Parece que, além de não saber que eu já sei, ele não tem a mínima intenção de me contar sobre seu encontro na hora do almoço. — Pronta pra ir embora?

— Não muito.

— O que aconteceu?

— Você... almoçou com a Sierra?

— É isso que está te incomodando? — Derek ri. — Eu não chamaria isso de "almoçar junto". Ela simplesmente veio e se sentou à mesa.

— Por quanto tempo?

— Sei lá. Cinco minutos...?

— O que ela queria?

— A gente estava só conversando, Marisa. Não teve nada.

— Mas, se não teve nada, então por que você não me contou?

— Porque não teve nada! — Derek larga minha mão. — Não tenho nada pra dizer!

Sabe aquilo que você sente quando sabe que o outro não está contando a história inteira? Então! Mas vou fazer de tudo para evitar brigas. Digo:

— Desculpa! — Seguro na mão dele. — Eu estava dando uma de esquisita.

Derek sorri e encosta a testa em meu ombro.

— A gente pode esquecer isso, por favor?

— Esquecer o quê? — digo. Ele está certo, afinal. Tenho um namorado que me ama. Preciso mais do quê? — Está em pé o lance de eu ir pra sua casa, né?

— Está. E o lugar é todo nosso por... — Derek segura nossas mãos entrelaçadas e gira o pulso para ver o relógio — ... duas horas e meia. Se a gente andar logo.

Saímos rapidinho pelo corredor. É quando encontramos Sierra afixando um pôster.

É claro que é Sierra afixando um pôster. Óbvio, de todas as pessoas imagináveis que poderiam estar no corredor nesse momento, ali está Sierra. Com seu pôster.

— Oi, meninos — ela diz.

— Oi — dizemos de volta.

E fim de papo. Nenhuma piadinha. Nenhum olhar secreto.

Sinto-me muito melhor. Até chegarmos ao final do corredor. É quando Sierra grita:

— Derek!

Ele se vira.

— Oi?

— Você pode vir aqui um minuto?

Derek olha para mim.

— Se isso te incomoda, eu não vou.

— Não. Vai lá.

Ele corre pelo corredor. Observo os dois conversando. Então, Derek pega o pôster e sobe na escada para afixá-lo na parede. Ela recua alguns passos para verificar se não está torto. Isso tudo leva muito mais tempo do que normalmente levaria. O pôster não parece nada torto, mas estou meio longe deles. Mal dá para ouvir o que estão dizendo.

Derek desce da escada. Sierra diz algo a ele. Vejo que está sorrindo. Observo-a tocando em seu braço quando ele se vira e caminha de volta na minha direção.

Continuo calada enquanto seguimos. Quando chegamos ao lugar onde a pessoa que nos daria carona ficou de nos encontrar, ele diz:

— Droga!

— O que foi?

— Não posso ir pra casa, ainda... esqueci de pegar uma coisa na biblioteca.

— Tudo bem, volto lá com você.

— Mas daí o Evan não vai saber onde estou.

— Então eu espero aqui e digo a ele que você já está vindo.

Evan chega e estaciona seu utilitário esportivo ridículo. Ele acabou de tirar a carteira de motorista, por isso acho que ainda não pode dirigir sem a presença de um adulto ao lado. Mas ele dá carona a Derek até em casa, quando ele não está a fim de andar.

— Eu não quero que ele fique me esperando. — Derek dá a volta até o lado do motorista e diz a Evan que terá de ficar até mais tarde na escola. Então me diz: — Você quer uma carona ou...?

— Não, tudo bem. — Não preciso de um cara qualquer pra me levar para casa mesmo.

— Até mais, cara — diz Derek. Evan vai embora.

Ficamos ali, então, só os dois. Resolvendo para onde ir.

Derek diz:

— Então... ainda quer voltar lá comigo?

Uma parte de mim quer ir com ele. Isso porque tenho o sentimento incômodo de que ele está voltando para ver Sierra. Duvido muito que ele precise mesmo buscar alguma coisa na biblioteca.

Mas meus pais sempre me ensinaram a importância da confiança. E se eu quero que tudo dê certo entre mim e Derek, preciso confiar nele.

— Não. Eu vou a pé pra casa.

Como é que, num minuto, tudo corre perfeitamente ao lado de uma pessoa e, no minuto seguinte, tudo de repente dá tão errado?

37

Quando comecei a achar que Nash estava se livrando de seu estado de aflição e perturbação, a pior coisa que se podia imaginar lhe conteceu. Rachel começou a namorar oficialmente outro cara. E este cara é Edwin.

— Espera aí, Edwin, aquele jogador de futebol monumental? — pergunto, quando Nash me fala da novidade.

— O primeiro e único — Nash resmunga.

— Isso está absurdamente errado.

— Como se eu não soubesse...

Pego uma carta, antes que ela saia voando. Nash me ensinou a jogar Set, um jogo de lógica com cartas, que é o máximo. Temos passado bastante tempo juntos desde que Rachel terminou com Nash, seja jogando, seja fazendo relatórios para o laboratório. Hoje começa oficialmente a primavera, o que geralmente significa que o inverno ainda não se lembra de que o clima já deveria estar mais quente. Ainda assim, faz um calor esquisito lá fora, e o dia está bastante ensolarado. Então, resolvemos jogar Set lá fora, no píer.

— Como é que você descobriu? — pergunto.

— Darius me contou quando o encontrei no Shake Shack.

— Darius? Que interesse ele tem nisso tudo?

— Éramos amigos, até que ele começou a agir de modo esquisito comigo, esqueceu?

Tinha esquecido completamente disso. Nash está competindo na Olimpíada de Matemática e Darius estava na mesma equipe, até que resolveu desistir. Ouvi dizer que ele tentou voltar ao grupo quando saiu de sua fase rebelde, mas o técnico não permitiu que retornasse. Nash e Darius eram bons amigos. Sei bem como essas coisas podem mudar rapidamente.

— É tão estúpido! — reclama Nash. — O que é que eles têm em comum? A Rachel é inteligente demais pra este homem de Neandertal entender o que ela diz.

— Esse namoro não vai dar certo, de jeito nenhum.

— Como é que ela consegue gostar dele? Achei que fosse uma garota de classe.

— É tão triste isso.

— Está tirando onda de mim?

— Não! É triste mesmo. Ela não percebeu a sorte que tinha de ter você.

Nash olha para mim. Esta é uma daquelas situações em que gostaria de retirar o que acabei de dizer. Isso porque o episódio em que ele tentou me beijar ainda paira no ar. Sei que ele gostava de mim e isso está no ar. E, uma vez que estas coisas pairem por aí, você não pode mais voltar atrás.

— Tenho uma ideia — digo. — Vamos jogar "O que você preferia"?

— Agora?

— Por que não? Ou você quer continuar a jogar Set?

Nash atira um pedaço de galho no rio. Ficamos o observando rodopiar. Aperto os olhos para enxergar, por causa da luz do sol que brilha na superfície da água.

— Ou pode se sentir miserável e ficar de mau humor para sempre.

Nash dá um suspiro.

— OK, você começa.

— OK. Você preferia... hum, deixa eu ver... você preferia estar apaixonado por uma pessoa a vida inteira ou ter vários relacionamentos diferentes?

— Isso, por acaso, é pra que eu me sinta melhor?

— Desculpe, posso pensar em outra coisa. OK...

— Não, espera, eu respondo! Eu preferia ter relacionamentos com dezenas de namoradas, de modo que pudesse abandoná-las quando bem entendesse e nunca tivesse que passar por este sofrimento de novo.

— Você não está falando sério.

— Como é que você sabe?

— Porque eu te conheço! Você não é assim.

— Ah, é? E como é que eu sou?

— Você é fiel. Nunca magoaria ninguém. E mesmo que magoasse, isso não faria você se sentir melhor. Você se sentiria péssimo!

Nash sorri.

— É, você me conhece.

— Sua vez agora.

— Você preferia poder mandar no mundo inteiro durante um dia ou poder fazer o que quisesse durante um mês?

— Será que as pessoas realmente vão me dar ouvidos enquanto eu estiver mandando no mundo?

— Vão. Você vai poder fazer as leis que quiser.

— Vou poder fazer com que a paz no mundo vire uma lei?

— Sim.

— Combinado.

A brisa joga meu cabelo para trás. À nossa volta, o rio inteiro está brilhando. Quem dera o "agora" pudesse sempre ser assim.

— Sua vez — diz Nash.

— OK... você preferia ter toda sua coleção de sinos roubada ou ser reprovado em todas as matérias de um trimestre?

— Cara... — Nash pensa a respeito. — Eu prefiro perder os sinos.

— Ah, então tá. Você abriria mão de todos os seus sinos só pra não comprometer sua média de notas no trimestre?

— Eu teria que fazer isso, sim.

— Isso parece coisa de gente sonsa.

— Sonso? Gíria velha, hein?

— Meu estilo é *vintage*.

— É verdade. Esta é uma das suas melhores qualidades. — Um fluxo de energia circula entre a gente, e tenho a sensação de que não estou sozinha no mundo.

Sentamos no píer durante um tempão. O céu começa a perder a cor, tornando-se laranja. Ficamos assistindo ao céu refletido na água, mudando de forma, mas continuando a ser céu.

38

Alguns colegas suspeitam que Dirty Dirk seja Kelvin. Andrea é uma delas.

— Tenho certeza que é ele — ela me sussurra. — Quem mais tem aquele jeito?

— A gente não sabe se Dirk é mesmo desse jeito na vida real — sussurro de volta.

— Escuta o que estou te dizendo — ela sussurra com vigor —, é ele!

O sr. Silverstein está nos fazendo trabalhar pesado. Isso tende a acontecer sempre que tocamos peças mais ligeiras com várias passagens complicadas. Ele está trabalhando agora com o naipe dos *cellos*.

— Eu o estou observando — Andrea me sussurra.

— Quem? Kelvin?

— É. Observando em busca de pistas.

— Tipo o quê?

— Qualquer coisa que prove que ele é Dirk!

Como hoje é dia de ensaio com a orquestra toda, os nerds da banda vão tocar conosco. Neste semestre, tem um colega novo tocando triângulo. Ele é do primeiro ano, por isso talvez não tenha percebido ainda o tamanho da idiotice que é um cara — ou qualquer outra pessoa — ter de tocar triângulo. A menina que tocava triângulo no semestre passado está agora descobrindo as maravilhas do oboé. O garoto novo até agora não me impressionou. Ele é tão ruim que consegue desafinar até no triângulo! Coisa que nunca achei que fosse possível.

— Compasso seis, violinos! — diz o sr. Silverstein, com estrondo. Tomamos nossas posições, com os arcos prontos pairando sobre as cordas.

Passo o dia inteiro atrás de Dirk; em busca de dicas que ele teria dado durante seu programa, tentando adivinhar quem é ele. Talvez seja o Kelvin, mas não estou convencida. Depois da aula, meu cérebro ainda esta a mil, considerando uma variedade de possibilidades. Mal posso esperar para estar a sós com Derek, mas, no momento em que abro meu armário, cai um bilhete escrito por ele. No bilhete, ele avisa que vai ficar na escola depois das aulas, para uma reunião sobre o Anuário, e que depois me explica. Então decido falar com Sterling, perto de seu armário, para ver se ela está a fim de fazer alguma coisa.

— Vamos ao Deque? — convido.

— Até gostaria, mas não posso.

— Por que não?

— Ah... Tenho um compromisso. — O rosto dela está corado e ela está toda ansiosa. Do jeito que você fica quando está apaixonada por alguém e acaba de encontrá-lo.

Deve ser um cara novo no pedaço.

Dou uma espiada ao redor, para ver se tem algum gato por perto, mas não há ninguém que faça o estilo dela.

— Então — digo —, você não vai me contar sobre seu novo namorado?

O rosto de Sterling fica ainda mais vermelho.

— Ele não é meu namorado. Ainda não.

— Ooooh! Esse é sério, então?

— Exatamente.

— Qual o nome dele?

Sterling abre o armário com um sorriso.

— Chris.

— Nome bacana.

— A-hã.

— E quando é que vamos conhecer este tal Chris?

— Em breve.

Não sei por que ela está sendo tão misteriosa em relação a ele. Nem por que eu precisei trazer o assunto à baila. Ela não deveria estar doida para me contar sobre ele? Na boa, quanto tempo precisamos esperar até nós duas termos namorado?

Pergunto: — Que tal sairmos nós quatro, no fim de semana?

— Vou perguntar a ele.

— Você não parece lá muito animada.

— Não é isso, é que ele... não está na área.

— Cadê ele, então?

— Ele... a gente se encontrou on-line.

— Ah.

— Então. E ele não mora aqui. Mora em Nova York.

— Em que ano ele está?

— Não está mais.

— Ahn, ele largou os estudos? Sterling, você não pode...

— Ele não largou os estudos. Ele terminou o Ensino Médio.

— Tipo... no ano passado?

Sterling balança a cabeça.

— Ele tem 21 anos.

OK. Veja só! E eu tenho que ter uma reação toda *cool* diante disso? Ser compreensiva e tudo o mais? Mas isso já é demais! Ela está trocando mensagens on-line com um tarado qualquer (que poderia muito bem ser uma mulher de meia-idade, aliás), que nem sequer mora em nossa cidade. E que está violando a lei. Ou que, pelo menos, tem a intenção de fazer isso.

— Mas isso é ilegal — digo.

— Não tem nada de ilegal em conversar com alguém. Nem nos encontramos, ainda.

Ainda. Está mesmo com planos de encontrar o cara. Ela acha, de verdade, que ele pode vir a ser o namorado dela.

— Mas um dia vocês vão acabar se encontrando — digo. — E então?

— Não sei. Tudo o que sei é que ele é muito mais maduro do que todos os inúteis com quem já tive a chance de sair. Olha, sei bem que sou uma pessoa que precisa de muita atenção, mas o Chris entende isso. Tudo o que ele quer é cuidar de mim. E daí que ele é mais velho? Isso é o que eu quero. Preciso de muito mais carinho do que aquilo que um cara entediante de 16 anos poderia me dar.

Sabe quando as pessoas falam de luzes vermelhas que se acendem? Que, quando elas se acendem, você deve manter distância daquele cara? Estou vendo uma fileira dessas luzes, acesas, piscando sem parar e gritando: "Perigo!".

— Preciso dizer — continua Sterling — que eu já estava começando a ficar com medo de que ninguém fosse capaz de me amar o suficiente. Tipo, como se o problema fosse eu, sabe como é? Só que Chris me aceita do jeito que eu sou. E se preocupa comigo. E está sempre por perto, quando preciso dele.

Ela está falando sério. Está se apaixonando seriamente por um tarado virtual e não tem nada que eu possa fazer a respeito. Pois uma coisa eu aprendi: quando você se apaixona, ninguém pode impedir isso. Aconteça o que acontecer.

Vou com ela até a saída.

— Está bem — digo. — Mas estou marcando o número de vezes que você fura os nossos planos.

— Não estou furando.

— Não vou discutir, aqui, o sentido das palavras.

— Bom, eu tenho que ir.

— Então vai. — O episódio todo me deixa possessa. Será que ela não sabe que o cara pode ser um lunático desvairado?

Mas Sterling não vai embora. Larga a bolsa no chão e diz:

— Posso fazer uma pergunta?

— E desde quando você precisa perguntar se pode me fazer perguntas?

— Sei disso, mas... quando é que você disse ao Derek, pela primeira vez, que amava ele?

— No Dia dos Namorados, logo depois que ele me disse a mesma coisa. Tá lembrada?

— Ah, é.

— Por quê?

O olhar dela fica distante e nebuloso.

— Por nada, não...

É quando me cai a ficha. Sterling e Chris já devem estar se falando há algum tempo.

Uma estupidez tão grande isso tudo! Ela está deixando de fazer planos com pessoas de carne e osso para ir para casa e trocar mensagens com o esboço de um cara. Está colocando toda sua energia numa fantasia que considera realidade. E daí que Chris troca mensagens on-line com ela todos os dias (aparentemente, mais de uma vez ao dia), enquanto eu, às vezes, só consigo ter um papo real com Derek no fim de semana? Pelo menos, sei com quem estou falando.

Tenho um pressentimento ruim em relação a isso tudo e ao rumo que as coisas estão tomando, mas não quero que Sterling se aborreça comigo. E, se eu continuar dizendo a ela o que realmente penso sobre a situação, é exatamente isso que vai acontecer. Então, guardo isso comigo, junto com todas as outras coisas que eu deveria colocar para fora, mas que não vou colocar.

39

Sierra convidou Derek para se juntar à turma que está preparando o Anuário e ele aceitou. Ah, e ele me contou isso pelo Face.

thederek: estou me juntando à turma do anuário.

f-stop: por quê?

thederek: me parece uma boa ideia, e vai pegar bem qdo começar a me inscrever nas faculdades.

f-stop: mas o que é que vc vai fazer lá?

thederek: hã... as coisas normais q as pessoas fazem lá... vamos preparar juntos o anuário.

f-stop: eu é q deveria estar neste grupo. me convidaram para fazer as fotos, mas recusei.

thederek: e pq recusou?

f-stop: pq não queria estar na turma do anuário!

thederek: OK, mas eu quero.

f-stop: mas qual é o motivo real?

thederek: já te disse o pq.

f-stop: ora... tenho sérias dúvidas de q vc se juntaria à turma do anuário se sierra não estivesse no grupo.

thederek: vc vai começar de novo com essa besteira? já te disse: NÃO TEM NADA A VER.

thederek: pq vc não acredita em mim?
f-stop: talvez pq seja difícil pra eu acreditar que vc quer continuar sendo amigo de uma pessoa que vc nem gosta mais.
thederek: qdo é que eu disse isso a vc?
f-stop: derek, vc já me disse milhões de vezes q ela é q se aproxima de vc, e q vc nem mesmo está a fim de conversar com ela. como naquela vez, durante o almoço.
thederek: aquilo aconteceu uma ÚNICA vez. vc precisa começar a olhar para o futuro.

Ele é que precisa olhar para o nosso futuro. O que é bastante improvável de acontecer, já que os dois estão na mesma turma do Anuário. Isso significa passar vários dias juntos depois da aula. Trabalhando naquele pequeno escritório, pertinho um do outro e com maior intimidade. Continuam vindo à minha mente as imagens dos dois encostadinhos diante de uma tela de computador, selecionando as fotografias. Lembrando da sua história juntos. Se aproximando.

Só tem uma pessoa capaz de me tirar dessa areia movediça. Sei que preciso estar com ele, pois não posso ficar sozinha agora. Envio, então, um torpedo dizendo que precisamos de uma sessão de vídeo de emergência. Ele me responde dizendo que a ideia é genial e é para eu ir encontrá-lo na sua casa. Quando chego lá, seu pai é quem atende a porta.

— Oi, Marisa. — Ele se afasta, me dando passagem. — Nash já deve estar chegando.

— Obrigada!

— Quer beber alguma coisa?

— Não, agora não.

Pensativo, o pai de Nash balança a cabeça, analisando a frase profunda que está prestes a dizer.

— Bem — diz, finalmente, o sr. Parker, enquanto verifica seu relógio —, ele deve chegar a qualquer momento. Você pode esperar... quer esperar por ele aqui embaixo ou lá em cima, no quarto dele?

— Vou subir, então, sr. Parker. — Rola um clima tão estranho com o pai de Nash. É como se ele nunca soubesse o que fazer na minha frente. Sempre tenho a sensação de que ele fica pouco à vontade diante de mim. Vai ver que, quando a mãe de Nash o deixou de repente, ele teve um trauma que o impede de se relacionar com mulheres.

Quando abro a porta do quarto de Nash, alguns dos sinos que pendem do teto ressoam. Os sinos deles estão por todo lado. Tento me lembrar de quantos sinos ele tinha na primeira vez que estive em seu quarto, no 5º ano. Não consigo. Mas, com certeza, tem um número muito maior agora.

A única parte da cama dele que está meio arrumada é do lado dos pés, à direita. Sento-me ali e fico olhando ao redor. O quarto dele é muito maior do que o meu, o que me causa inveja. Mas Nash é tão bagunceiro! Se tivesse um quarto enorme como este, nunca que eu iria deixar tudo esparramado do jeito que ele deixa. Mal dá para perceber que existe uma escrivaninha por debaixo de todas as coisas empilhadas ali.

O sr. Parker bate à porta já aberta e diz:

— Como está indo a escola?

— Bem.

— Você já tem ideia do que quer cursar na faculdade?

— Ainda não.

— Nunca é cedo demais. O mundo hoje está diferente. Está tudo tão competitivo...

— É, eu ouço dizer isso...

— O Nash está considerando a possibilidade de tentar a CalTech.[3] O curso de Robótica deles é excelente!

[3] California Institute of Technology (N. T.).

Não sabia que Nash já estava com planos para a faculdade. Nem sabia que ele queria se graduar em Robótica. Aliás, este é um curso de graduação propriamente dito? Imaginei que o nome técnico fosse Engenharia ou algo assim. Não acredito que Nash nunca tenha me dito que já estava planejando essas coisas.

O sr. Parker examina, um a um, os DVDs ao lado da TV.

— Ele fica acordado até tarde, assistindo a estes filmes. A culpa é minha, por ter comprado a TV pra ele.

— Eu sou igualzinha.

Ele sorri.

— Deve ser assim com todos os adolescentes. E também o hábito de adiar as tarefas até a última hora e ficar fora de casa até tarde da noite, não?

— Achei que Nash não tinha permissão de ficar fora de casa até tarde da noite.

— Nos fins de semana, sim.

— Ah, achei que o horário dele de voltar para casa era 22h30 e que valia para todas as noites.

— O quê? — Com certeza, o pai de Nash não faz ideia do que estou dizendo.

— Ele não tem que estar em casa às 22h30?

— Não. Confio nele. Contanto que as notas dele continuem boas, eu estarei satisfeito. — Toca o telefone. — Dá licença — diz ele. Dá um tapinha no batente da porta ao sair.

Por que é que Nash mentiria para mim desse jeito? Por que ia querer estar em casa cedo, quando poderia estar fora, se divertindo?

Estranho!

E por que é que a escrivaninha dele é esta zona? Tenho certeza de que a do pai dele é ainda pior. Sinto, de repente, um sentimento de pena por Nash, como se a vida tivesse lhe dado uma rasteira.

Recolho todos os livros que estão espalhados pela escrivaninha e os empilho num dos lados. Estou prestes a organizar todas as pastas que estão espalhadas quando reparo num pedaço de papel que me é familiar, debaixo de um calendário de mesa do South Park (que não foi mudado de mês desde o início das aulas) e de um fone de ouvido. O papel me é familiar porque, na verdade, é meu.

No 8º ano, eu desenhei o contorno de minha mão sobre um papel preto, com uma caneta de tinta prateada, e, dentro do contorno, escrevi o nome de todas as minhas músicas prediletas. Um dia, esse papel sumiu. Achei que tivesse simplesmente caído, já que a capa estava solta, mas, no fim das contas, não perdi o papel. Ele está bem aqui, na escrivaninha do Nash.

Não fazia ideia de que ele gostava de mim há tanto tempo.

De repente, entro em pânico ao me lembrar de que Nash está para chegar e pode perceber que encontrei o papel. Então, eu o escondo no lugar onde estava.

— Oi... desculpe-me — diz Nash, quase sem fôlego. — Eu vim correndo, tipo, da metade do caminho pra cá. — Ele desaba na cama, resfolegando.

— O que aconteceu com você?

— Uma história meio louca. Faz tempo que você chegou?

— Não. Tipo, quinze minutos.

— Desculpa.

— Você tem uma porção de sinos!

— Ué, acabamos de nos conhecer?

— Não, é que você tem um número bem maior do que quando eu vim aqui pela primeira vez. Lembra-se disso? No 5º ano?

— Lembro.

— Ou então eu ainda não conheço você.

— Como você está metafísica hoje! Meu nome é Nash.

— Marisa.

Nós nos damos as mãos.

— Pronta para a sessão de vídeo de emergência? — ele pergunta.

— Não poderia estar mais pronta.

Enquanto Nash escolhe um filme em meio à sua enorme coleção, olho para o quarto dele de uma maneira diferente, em vez de simplesmente considerá-lo como o quarto de um rapaz desorganizado. Adoro o fato de sempre me sentir em casa aqui. E poder perceber tudo o que aconteceu desde que começamos a brincar juntos, quando éramos crianças, como se tudo tivesse sido preservado no interior de uma cápsula do tempo. Ali está uma pulseira de plástico que costumávamos usar na praia. Os objetos de arte *spin*, do evento River Ramble. O projeto de árvore genealógica que tivemos de fazer no ano passado. É como se fosse uma linha do tempo de nossas vidas paralelas, a maneira como vivemos a experiência das mesmas coisas: uma nostalgia agridoce dos tempos que nunca mais vamos viver novamente. É tudo muito intenso.

Intenso de uma maneira positiva. Pois tenho todas estas lembranças que nunca vou querer deixar para trás. Elas vão se tornar parte de mim, da pessoa em que vou me transformar quando for adulta. E estas mesmas lembranças também pertencem a Nash.

40

Estou superanimada com o fato de já estarmos no recesso da primavera, que, neste ano, acontece mais cedo do que o normal. Todos os anos, no início da primavera, temos o River Ramble. Esse evento é um tipo de carnaval organizado no primeiro fim de semana de abril, no calçadão, à beira do rio. Nele há brinquedos do estilo parque de diversão, comidas e jogos, e todos comparecem, até mesmo os que se consideram velhos demais para isso. Faz parte da tradição. Há até uma seção de mesas reservadas para o jogo de bingo.

Antes de Derek ter se juntado à turma do Anuário, a gente costumava ficar juntos quase todas as tardes depois das aulas, na casa dele ou na minha, assistindo à TV ou se beijando. Agora, quando dou sorte, nos vemos duas vezes por semana. Apesar de a gente estar no recesso escolar e poder se ver com maior frequência, não sei se ele vai estar por aqui hoje. Ele odeia estes "eventos idiotas da cidade" — é como se refere a eles. Disse a Nash, então, que o encontraria ao lado da roda-gigante.

Observo as famílias passeando pela área. É tão estranho participar desses eventos, agora, quando todos já sabem que meus pais estão se divorciando! Observo um menininho ao lado de seus pais. Parece tão feliz de estar ali ao lado dos dois. Lembro-me de ter vindo aqui com meus pais e com Sandra, quando éramos pequenas. Eu devia demonstrar a mesma felicidade que este menininho, hoje. Mas agora tudo desabou e não há jeito de consertar as coisas.

Então, Nash aparece e eu, imediatamente, me sinto melhor só por vê-lo. Parece mágica.

Ele olha para a roda-gigante.

— Vamos andar nela?

— Acho que não. — Andar de roda-gigante é legal, mas esta aqui parece cafona demais.

Nós nos dirigimos à barraca em que você estoura balões com dardos. Nash gosta dela. Lembro-me de vê-lo aqui no ano passado e do modo como ele praticamente monopolizava tudo, querendo jogar o tempo todo. É estranho como me lembro das coisas mais aleatórias e me esqueço de outras muito mais importantes.

Nash passa direto pela barraca dos balões.

Digo:

— Achei que você curtia os balões.

— E curto. Mas prefiro jogar bingo.

— Sei, sei.

— É sério.

Olho para ele. Parece mesmo sério.

— Bom... acho que pode ser divertido... A gente podia...

Nash cai na gargalhada.

— Não dá pra manter uma expressão séria a seu lado!

Dou um soco no braço dele.

— Há-há.

Ficamos assistindo ao bingo, assim mesmo. Algumas senhoras que estão jogando são meio que viciadas. Uma velhinha tem, tipo, dez bloquinhos de tíquetes, de diferentes cores, todos dispostos em semicírculo ao redor de suas cartelas. Muitos têm saquinhos de cereal Lucky Charm e brinquedos ao lado.

Nash diz:

— Lembra-se da vez em que você se levantou gritando "Bingo!", quando na verdade tinha comido bola?

— Boa, essa. Só um detalhe: nunca joguei bingo.

— Jogou, sim.

— Não joguei.

— Como é que você pode ter se esquecido disso?

— Ahn, tipo assim, talvez porque eu só me lembre de coisas que aconteceram mesmo...?

— Você saiu pulando e gritando: "Bingo! Bingo!", e agitando a cartela que tinha nas mãos. Quando foram conferir, você tinha marcado um número que não tinha sido cantado.

— Espera lá! Isso não foi, tipo, no 8º ano?

— A-há! Está se lembrando agora.

— Meu Deus! — Ele tem razão. Eu joguei, sim, uma vez, só de brincadeira, ou como aposta, algo assim. Lembro-me das velhinhas olhando pra mim como se eu estivesse estragando a festa delas. Fiquei mal depois daquilo. — Não acredito que você se lembra daquilo!

— Ah, lembro. E muito bem.

— Mas eu só fiz aquilo como aposta. Ou algo assim.

— Sei, sei.

— É sério! — Dou outro soco nele.

— Cara, qual é seu problema? Por que fica me dando soco desse jeito?

— Eu estava me perguntando a mesma coisa — diz Derek, que acaba de surgir atrás de nós.

— O que você está... quando é que você chegou aqui? — pergunto.

— Faz um tempinho.

— Bom... tenho que estourar uns balões aí, praticar minha habilidade profissional no dardo. Então... — diz Nash.

— Vejo você mais tarde — digo.

Derek só fica olhando para ele. Não daria para o Nash ter saído de cena mais rápido.

— O que foi? — digo.

— Você sempre se comporta desse jeito com ele?

— Que jeito?

— Assim, com esse clima de paquera...?

— Eu não estava paquerando ele. Meu Deus! Nash só estava me zoando porque disse que eu...

— Então, tá. Eu observei bem a cena.

— Como se você pudesse falar alguma coisa.

— O que você quer dizer com isso?

— Você nem mesmo está totalmente presente quando está aqui!

— Eu só estou aqui porque você quis que eu viesse.

Nas últimas semanas, quando estou ao lado de Derek, tenho a sensação de que ele está longe ou, então, que quer estar em outro lugar e tem que se conformar com minha companhia. Como se eu fosse seu prêmio de consolação. E por mais que ele diga que quer ficar comigo e que não quer ficar com Sierra, isso simplesmente não soa verdadeiro.

— Sei disso — digo —, mas é que tenho a sensação... de que em vários momentos você está com a cabeça longe.

— Você também.

— Mas não do mesmo jeito que você.

— Escuta aqui, eu não leio mentes. Se tem alguma coisa que você quer que eu saiba, tem que me dizer.

— Eu preciso que você esteja aqui meu lado e estou tendo a sensação de que você não está.

— Onde é que eu estou então?

— Com a turma do Anuário!

— É isso, então? Essa história, de novo?

— Você sempre fica lá depois das aulas. Não o vejo mais durante a semana.

— Se você quer que a gente passe mais tempo juntos, por que não me disse isso?

— Eu não queria ter que dizer isso a você. Queria que você estivesse a fim, sem que eu precisasse forçá-lo a fazer nada.

— Por que você acha que eu precisaria ser forçado a passar mais tempo com minha namorada?

Sinto vontade de dizer: "qual delas?", mas fico quieta. Sei que estou pegando pesado, mas não consigo me controlar. É como se uma força incontrolável tomasse conta de minha personalidade, me transformando numa maluca obsessiva e paranoica, incapaz de se comportar bem num ambiente social qualquer.

O que não estou conseguindo admitir é que estou com medo. Eu reconheço esse sentimento. Na última vez que me senti assim foi um pouquinho antes do maior descontrole emocional que já tive. Na época, não conseguia impedir que a ansiedade e a depressão tomassem conta de mim, me transformando numa pessoa que eu nunca quisera ser. A pessoa que estou me esforçando para nunca voltar a ser.

— Como é que você acha que eu me sinto, vendo você com o Nash? — Derek pergunta.

— Nós somos só amigos.

— Sim, e Sierra e eu também.

— Mas vocês dois saíam juntos! Eu nunca saí com Nash.

— Mas você compartilha seus problemas com ele, certo?

Ele tem razão. Em parte, faço isso por não querer importunar Derek. Ninguém quer estar ao lado de alguém que sempre tem problemas.

Será que Derek está mesmo com ciúmes de Nash? Será possível uma coisa dessas?

— Não quero brigar com você — diz Derek.

— Eu sei. Também não.

— Então por que é que você está fazendo isso?

Bem que eu gostaria de saber. Será que não estou dando uma dimensão exagerada a um problema que nem existe?

— Desculpa! — digo. — É que eu sinto sua falta.

— O combinado para amanhã está em pé, né?

— Está.

Quero acreditar que tudo vai ficar bem, mas talvez nunca mais fique bem. Talvez não exista ninguém que seja perfeito e qualquer pessoa que encontre vá fazer que, no fim das contas, você ache que exista alguém melhor.

41

Nos dias seguintes, tento centrar o foco em atividades criativas e controlar minha ansiedade em relação a Derek. Faço a revelação de dois rolos de filme. Inauguro uma nova seção em meu mural de parede. Pratico violino. E Sandra não me perturba enquanto eu ensaio no banheiro, o que é um bônus.

Nesse período, não aconteceu nenhuma catástrofe importante. Encontrei meu pai algumas vezes. Uma colega irritante de meu trabalho pediu demissão. A maioria de meus professores passou tarefas para o período do recesso, mas grande parte já está feita. Nash e eu temos nos encontrado todos os dias. E Derek também disse que quer passar mais tempo comigo.

Ele está em minha casa, agora, segurando uma caneta diante de meu rosto. Ela tem uns pontos brilhantes e penas cor-de-rosa.

— Uuiii!

— Sabia que você ia gostar.

— Está brincando? Eu amei!

— Legal.

— Onde você comprou?

— Na Alphabets. Era a última que eles tinham.

— Obrigada! — Só mesmo Derek para agir desse jeito tão meigo comigo. Não sei se todos os namorados são assim, mas, se não são, com certeza deveriam ser.

— Ei — diz ele —, o que pretende fazer no sábado?

— Terminar aquele projeto idiota sobre Bolsas de Valores.

— Eu nem comecei ainda — Derek confessa. — Meu plano era fazer isso no domingo à noite.

— Tá falando sério?

— Estou. Por quê?

— Bom... o negócio é trabalhoso. Já perdi dois dias com ele.

— Acho que estou ferrado.

— Sinto muito!

— Sem problema. Você pode compensar isso.

— E como?

— Ficando comigo no sábado à noite.

Por que é que ele está me pedindo para fazer isso? Ele sabe que Sterling e eu temos nosso compromisso fixo todo sábado à noite.

— Não posso.

— Por que não?

Lanço a ele um olhar de quem diz: "você sabe bem por que não".

— Sábado? Eu tenho programa com Sterling.

— Mas este é superimportante. A banda do Evan vai tocar, e eu disse que a gente iria.

— Mas e a Sterling?

— E a Sterling?! — Derek repete, alterando o tom. — Você não é obrigada a passar todas as noites de sábado junto com ela, ou é?

— Bem... sim. Meio que sou.

— Por quê?

— Porque nós prometemos!

— Mas o acordo não era que vocês sairiam juntas todo sábado até que encontrassem seus namorados?

— Justamente! E a Sterling tem namorado? — Não considero o Chris uma pessoa real.

— Não, mas você tem.

— E você acha justo eu abandoná-la desse modo?

— Tenho certeza de que ela ia entender.

— Ela ia entender que sou uma má amiga, isso sim.

— Cara — diz Derek —, se você não está a fim de ir, é só dizer.

— Não, eu estou.

— Então nós vamos.

Como é que vou dizer isso a Sterling? E se os papéis fossem invertidos, e ela fizesse isso comigo? Com certeza, eu ficaria furiosa. Quem garante que ela também não vai ficar?

Mas... e se ela nunca encontrar um namorado? Vou ter que continuar saindo com ela todo sábado à noite até a gente se graduar?

Derek tem razão. Tenho certeza de que ela vai entender desta vez. Mas, quando ligo para ela, me sinto nervosa.

Sterling pergunta:

— Que filme nós vamos ver no sábado?

— A gente precisa falar sobre isso.

— Ah, não. Eu não vou assistir à parte três de um besteirol qualquer.

— Não é isso. É que... não vou poder ir.

— Hã?

— Eu vou sair com Derek.

— No sábado?

— É.

— No nosso sábado?

— Eu sei disso, mas...

— Sabia que isso ia acontecer — diz Sterling.

— O quê?

— Sabia que você não ia se manter fiel. No minuto em que começou a namorar, tudo começou a mudar.

— Não é verdade!

— É, sim. Você não consegue perceber, porque está envolvida nisso.

OK. Eu estava me sentindo mal com isso, mas agora ela está me deixando irritada.

— Eu não sabia que não tinha permissão de fazer outros planos — digo.

— E eu não sabia que você estava a fim disso.

— E não estou. É que... não posso sair como você todo sábado. Só isso.

— Minha nossa! Desculpa se isso foi tamanho sacrifício pra você. Minha impressão era de que você gostava de sair comigo.

— Mas eu gosto! Você sabe disso.

— Hum. Eu achava que sabia. Mas agora estou achando que Chris tinha razão a seu respeito.

Ah, não mesmo! Um tarado virtual falando bobagem a meu respeito quando ele nem me conhece?

— Não interprete isso mal, acho que é ótimo você estar animada desse jeito por estar falando com esse tal Chris, tal e coisa, mas só que... você nem conhece ele. Você não sabe como ele é na real.

— Eu o conheço. Sei que ele é meigo, carinhoso, divertido, e nós temos muita coisa em comum. Então, não gosto nada desse piti todo que você está fazendo em relação a isso.

— Desculpa. Eu só estava preocupada com você.

— Ou talvez fosse só ciúme.

— Ciúme? De quê?

— Ahn... não sei. Talvez por eu ter um namorado que, de fato, presta atenção em mim?

— Namorado? Você nem conhece ele!

— Quer parar de dizer isso? — Sterling grita. — Conheço Chris muito melhor do que você conhece Derek!

— Sterling...

— Eu vivo dando chances a você. Sempre fico achando que as coisas vão melhorar, mas elas só pioram.

— Não é verdade!

— Preciso desligar — ela diz.

E desliga o telefone.

42

No dia seguinte, fico na expectativa de que Sterling me ligue pedindo desculpas. Mas isso não acontece. Ela não liga, não envia mensagens, torpedos, nada. Desde nossa volta às aulas, Sterling tem andado o tempo todo com algumas garotas do Clube de Francês. São as mesmas de quem tirávamos sarro, dizendo o quanto elas eram esnobes. Acho que Sterling já se esqueceu disso tudo. Ou então não dá importância a essas coisas. Quando passo por ela no corredor, ela vira o rosto. Está furiosa. Sinto-me péssima com isso, mas o que foi que eu fiz? Foi porque arrumei um namorado? Como se ela não quisesse que Chris fosse o namorado dela!

Ah, e mais uma coisa: Sterling tingiu novamente o cabelo, de volta para o castanho.

Tento esquecer isso e me concentrar em outros amigos meus, do mesmo modo que Sterling está fazendo. Hoje, por exemplo, Derek e eu vamos nos encontrar com Evan e Julia depois da aula. A gente já começava a se perguntar quando esse encontro finalmente iria acontecer. Só saímos juntos uma vez, e o encontro foi meio sacal, já que não tenho nada em comum com nenhum dos dois. Nunca temos muito assunto para conversar. Às vezes é uma dificuldade enorme pensar em algo a dizer quando Julia está por perto.

Mas ela é boa no boliche. Então, depois da aula, nós quatro vamos ao Cosmic Bowling, onde eles apagam as luzes, deixando acesas só as luzes das pistas. Lá eles têm bolas que brilham no escuro, usam luz negra, e os sapatos de quem joga têm listras brancas. Há até luz estroboscópica e gelo seco.

Acho que a gente precisava apenas de algum tipo de atividade, mais do que propriamente fazer algo. Pois eu estou achando o máximo! Nosso jogo é de meninas contra rapazes, e nós estamos ganhando.

— Não valeu! — Evan grita.

— Sem essa! Foi dentro das regras, total.

— Você pisou além da linha.

— Não pisei!

— A-hã.

Mostro a língua para ele.

— Supermaduro da sua parte! — Evan provoca.

— Acho que ela pisou antes da linha.

— Meu herói! — falo com suavidade.

Ficamos ali, parados, com olhos arregalados e sorrisos cafonas.

Julia diz:

— Vocês preferem que a gente vá embora ou...

— Não, já acabamos — diz Derek, ainda com os olhos arregalados.

Mudam a música de fundo e as luzes piscam, acompanhando o ritmo dela.

— Ei, esta é a minha música! — Evan grita. Ele começa os passos de uma dancinha ridícula, que faz a gente cair na gargalhada.

Trouxe minha câmera comigo. Sempre que vou jogar boliche, digo: "Preciso trazer minha câmera na próxima vez", e sempre acabo me esquecendo. Dessa vez, me lembrei.

Quando chega a vez de Derek jogar, centro o foco na direção dele.

— Pegou um ângulo bom? — ele pergunta e se inclina. — Que tal assim?

— Ótimo — diz Julia.

Evan fica olhando para ela.

— O que foi? — ela pergunta. — Não posso mais olhar?

— Não, não pode — diz Evan. — E por que teria que olhar quando você já tem um namorado?

— *Yes*! — grita Derek. — Fiz um *strike*!

Uso um filme inteiro tirando fotos. Mal posso esperar para ver como elas vão sair, então as revelo assim que chego em casa. Elas ficam simplesmente o máximo! Tem uma do Derek que ficou meio desfocada, as luzes formando uma mancha roxa e azul por detrás dele. Adorei! Quando ela fica pronta, levo-a até meu quarto e a coloco como nova capa de meu fichário. O tempo voa enquanto decoro meu fichário ao redor da foto, sentada na cama.

Sandra entra no quarto pela porta de nosso banheiro.

— Você poderia bater antes — digo.

— Você poderia ser menos idiota — diz ela.

— Falando com você mesma, de novo?

— Até parece. — Sandra se senta em minha cama e olha para meu fichário. — Quem é esse?

— Dãããã...! Derek! — Viro o fichário de modo que ela possa ver. — Tá vendo?

— Ah! Está meio sem foco.

— Este é o espírito da coisa.

— Qual o sentido de colocar uma foto sem foco no fichário?

— É uma opção artística. Você estava querendo alguma coisa?

Sandra fica inquieta, do jeito que acontece quando está prestes a me perguntar alguma coisa importante, como quando me perguntou sobre como usar absorvente e assuntos relacionados a sexo. Não é que a gente não converse com a mamãe a esse respeito, mas é muito menos constrangedor quando falamos disso só nós duas.

— Imagine que um cara está sempre provocando você — diz Sandra. — Isso significa que ele gosta ou que odeia você?

— Quem é que está provocando você?

— A pergunta é só uma hipótese.

— Sei.

— Então? Isso significa o quê?

— Bom, depende de como ele a provoca. De maneira hipotética.

— Vamos supor que ele se senta atrás de você, na sala de aula. Tipo, na aula de Ciências. E que ele fica o tempo todo cutucando. E, quando você se vira, finge que não fez nada. Ele está simplesmente sendo irritante ou isso quer dizer que ele gosta de mim — digo, da pessoa...?

Será que a minha vida alguma vez já foi simples assim? Quando meu maior problema era saber se um garoto imaturo gostava ou não de mim?

— Eu diria que ele gosta de você. Quero dizer, dessa pessoa. Da pessoa hipotética. — Estou fazendo um esforço enorme para não rir. — Isso porque, se ele não gosta, por que estaria prestando tanta atenção nesta pessoa?

— Foi isso mesmo que eu imaginei.

— Não que eu seja uma especialista no assunto, ou coisa assim.

— Você entende dessas coisas. Você tem namorado.

Derek ficou tão gato nesta foto! A falta de foco, de algum modo, faz que ele pareça ainda mais lindo.

Sandra diz:

— OK. Então... digamos que, em tese, essa pessoa talvez esteja gostando do cara que está provocando ela. O que ela deve fazer?

— Hum... que tal não fazer nada, já que ainda não tem idade suficiente para namorar...?

— Eu já tenho!

— Quem disse isso?

— Papai.

— Você já perguntou ao papai se ele deixa você namorar?

— Ainda não, mas vou perguntar.

— Quando? Quero estar por perto quando isso acontecer.

— Quando eu tiver certeza de que ele gosta de mim.

— Ele tem nome ou vamos continuar fingindo que não é um cara de verdade?

— Por enquanto. Você já tem todas as informações de que precisa — Sandra me fala num tom ríspido. E sai rapidamente na direção de seu quarto, com um ar de superioridade.

Pego meu fichário e dou um beijo no Derek desfocado. A gente se divertiu tanto hoje. A sensação que tive foi a mesma de quando começamos a sair, época em que tudo era perfeito e não tínhamos problema nenhum. Não é porque ele está na mesma turma do Anuário com Sierra que está acontecendo alguma coisa de sério entre os dois. Talvez ela goste dele, mas o amor é uma via de duas mãos.

Ouço um sinal da caixa de entrada.

dorkbot10013: ocupada?
f-stop: não muito.
dorkbot10013: vc fez seu trabalho de literatura?
f-stop: ugh! não. e vc?
dorkbot10013: terminei o meu anteontem.
f-stop: como é q vc consegue ser tão MALA?
dorkbot10013: hum, vamos ver... que tipo de mala?
f-stop: ha ha
dorkbot10013: o q vc vai fazer sábado à noite?
f-stop: já tenho compromisso.
dorkbot10013: de que tipo?
f-stop: com o Derek.
dorkbot10013: o q aconteceu com suas noites de sábado com a Sterling?
f-stop: a gente não está se falando.
dorkbot10013: pq não?
f-stop: é uma história complicada. basicamente, pq ela está com ódio de mim.

dorkbot10013: cruel.
f-stop: ☹
dorkbot10013: o q foi q vc fez?
f-stop: nada! pq vc já concluiu automaticamente q a culpa é minha?
dorkbot10013: então, pq ela de repente ficou com ódio de vc?
f-stop: eu te disse. é complicado.
dorkbot10013: mas você já tem programa p/ o sábado.
f-stop: já.
dorkbot10013: então não dá pra te convidar...
f-stop: convidar pra q?
dorkbot10013: pra vir comigo assistir às finais do dorkbot.
f-stop: *engasgo* fala sério!
dorkbot10013: vai ser no sábado, às 20h.
f-stop: já estou lá!
dorkbot10013: mas e o Derek?
f-stop: ele vai entender.
dorkbot10013: tem certeza?
f-stop: só me diz onde eu te encontro.
dorkbot10013: eu vou te buscar.
f-stop: oooh! como num encontro!
dorkbot10013: (sem resposta)
f-stop: é brincadeira.
dorkbot10013: ah! só agora eu percebi.
f-stop: dá pra sentir seu tom de sarcasmo pela tela.
dorkbot10013: ótimo. sinal de q ele está funcionando.
f-stop: 😑
dorkbot10013: ei! boa sorte com o trabalho pra escola.
f-stop: eu te odeio.
dorkbot10013: o sentimento é recíproco.

43

Quando eu disse a Nash que Derek entenderia a minha vontade de assistir às finais do Dorkbot no sábado, eu estava meio que mentindo. Eu sabia que ele ia ficar furioso. Ele não fez nenhum comentário quando eu disse que iria — só que eu estaria perdendo um bom programa — mas valeu tanto a pena! Os projetos do Dorkbot eram incríveis. O do Nash era bem bacana, chamava-se *Warm Fuzzy*. Consistia de um travesseiro em formato de coração que se acendia em várias cores diferentes, conforme o seu humor, quando você o apertava. Para esse projeto, ele construiu um detector de movimentos capaz de fornecer energia a pequenos aparelhos domésticos, substituindo o uso de pilhas ou de eletricidade. Fico pasma de ele ter construído uma coisa tão complexa. Ele deveria, na verdade, ter conquistado o primeiro prêmio, em vez de ficar com o terceiro lugar.

A sra. Maynard nos colocou hoje para trabalhar em dupla, em Estudos Globais. Disse que, em grupo, estávamos enrolando demais. Fui colocada para trabalhar com Tabitha. Todos estão reclamando por terem de fazer gráficos para esta atividade, uma vez que só nos pedem gráficos nas disciplinas de Ciências e Matemática. Então, quando a sra. Maynard tenta começar uma explicação sobre conceitos que são universais para todas as matérias e blá-blá-blá, ninguém dá a mínima.

Tabitha me pergunta:

— Como é que você construiu seu eixo X?

— Coloquei o tempo aqui, ó.

— Isso eu sei, mas como é que você dividiu... como é que fez as divisões?

— Dos diferenciais?

— É, isso.

— Fiz de cinco em cinco, com duas pequenas linhas no meio.

Tabitha se inclina para olhar a minha folha.

— Ah — diz ela. — Era isso que eu ia fazer.

— Acho que é melhor assim, porque se você contar...

— É, de dez em dez não daria.

— Não ia caber.

— A-hã. — Nunca dá para saber até que ponto Tabitha entende mesmo da matéria. Tipo, ela diz que entendeu uma determinada coisa, mas sempre fica com aquele olhar de quem está boiando. Como se estivesse esperando você continuar com a explicação que está dando. Mas ela nunca reconhece que empacou num determinado ponto.

Fazemos nossos gráficos.

— Então — diz a Tabitha —, você devia ter vindo ao show do Evan. Foi o máximo.

— Não pude ir.

— É, ouvi dizer.

— Quem foi que disse?

— Por quê? A informação era confidencial?

Tabitha deve achar isso engraçado. Nunca sei direito. Nunca consigo entender direito o senso de humor dela.

— Na verdade, não.

— Foi Derek que me disse.

— Ah.

Quando cheguei em casa, vindo das finais do Dorkbot, liguei para Derek, e a ligação caiu na caixa postal. Deixei uma mensagem. Não me ligou de volta. Bom, ele ligou de volta no domingo à tarde, ao acordar, e disse que seu celular ficou desligado a noite toda.

— Eu não sabia que ele ainda estava saindo com Sierra — diz Tabitha.

— Como é que é?

— Eles foram ao show juntos.

— Tem certeza? — Não pode ser verdade. Derek deve tê-la encontrado lá por acaso.

— Bom, eles chegaram juntos e saíram juntos. Tenho certeza.

Não pode ser verdade, de jeito nenhum.

Mas... e se for?

— Desculpa por eu estar contando isso — Tabitha acrescenta.

Vou até a sra. Maynard e peço licença para ir ao banheiro. Sei onde Derek está, e esse assunto não pode esperar até o final da aula.

Saio de fininho, pelo corredor, na direção da sala dele, e fico parada em frente à porta, de modo que os alunos possam me ver, mas a professora, não. Acho Derek, mas ele não está olhando em minha direção. Alguns alunos notam minha presença, o que significa que, dentro de alguns segundos, a professora vai se dar conta que há alguém parado à porta.

Rachel está olhando para mim. Faço sinal a ela para que chame Derek. Ela joga o lápis em cima dele.

Derek olha ao redor. Rachel faz um sinal para ele apontando para mim. Quando ele me vê, faço um sinal para ele sair da sala. Estou prestes a ser vista, então corro para o canto e espero.

Minutos depois, Derek sai.

— O que está acontecendo?

— Você foi ao show do Evan com Sierra?

— O quê?

— Sábado passado. Você foi ao show com ela?

— Não. Quem foi que te disse isso?

— Não interessa.

— Acho que interessa sim, já que tem alguém mentindo nessa história.

— Então, por que é que ficou parecendo que você foi junto com ela?

— Não sei. Ela estava lá, assim como um monte de gente. Era um programa de um grupo de pessoas.

— Você saiu de lá com ela?

— Não. — Derek passa a mão no próprio rosto. — Bom, depois do show algumas pessoas saíram pra comer pizza.

— Ah, e por acaso ela estava incluída entre estas "pessoas"?

— Estava. Mas nós saímos num grupo.

— Por que você não me contou?

— Porque sabia que você ia ter um piti.

— E por que achou isso?

— Porque é justamente o que está acontecendo!

— Não estou tendo um piti. Só estou perguntando.

— Não. Você está me acusando de uma coisa que eu não fiz.

— De quê?

— De ter ido ao show com Sierra!

— Você acabou de me dizer que não saiu com ela, e logo em seguida disse que sim, que saiu. Qual das duas é a versão verdadeira?

— Você está dando uma de maluca agora. — Derek chega mais perto de mim. — Por que você está se comportando assim?

— Quando alguém me diz que meu namorado saiu com sua ex, acho que isso me deixa incomodada. E isso não é maluquice. Qualquer outra pessoa sentiria a mesma coisa.

— Bom, eu não fui lá com ela. Ela simplesmente estava lá. Não aconteceu nada.

Não tem isso de "nada". Certamente aconteceu algo que ele achou que precisava esconder de mim.

Quando você está ao lado de uma pessoa que realmente quer estar com você de um modo que, tipo, você é a única garota do mundo para ele, isso fica evidente e todos percebem que isso está acontecendo. Até as pessoas que observam você andando pelas ruas são capazes de sentir. Você começa a irradiar uma felicidade contagiante, como os raios do sol. É como se iluminasse o mundo todo só com a irradiação de sua euforia.

Por outro lado, aqui estou eu. Sou o oposto dos raios de sol. Sou um verdadeiro temporal. Um temporal estrondoso e eterno, em que a ameaça de chuvas é constante e todos os dias são sombrios.

— Vou voltar pra minha sala — digo.

Apesar de isso ser meio que maldade de minha parte, me sinto melhor em saber que outras pessoas também estão sofrendo. O Dirk, por exemplo. Isso porque a identidade dele foi revelada.

Dirk é, de fato, Kelvin.

Ontem à noite, Dirk fez um discurso inflamado sobre como estamos poluindo o planeta. Fez fortes críticas à política ambiental de nosso país e se queixou que nossa escola não tem sequer um programa de reciclagem. Ou seja, justamente as coisas de que Kelvin está sempre se queixando. A outra pista é que Dirk sempre põe para tocar umas bandas underground de Nova York que ninguém mais conhece, e o Kelvin sempre comenta ter assistido a umas bandas legais, no tempo em que morava lá. Chegou mesmo a dizer que conhecia o vocalista de uma banda que o Dirk pôs para tocar na noite anterior.

Desde o programa em que Dirk leu uma carta superconfidencial, escrita pelo diretor, alguns funcionários da direção da escola têm acompanhado seu programa, à espera de um deslize, para poder apanhá-lo. Já estão convencidos de que ele é o Kelvin.

Só que Kelvin não concorda com isso.

— Não sou eu! — Kelvin diz a todos na aula de Estudos Globais. Depois que voltei à sala, ele chegou, atrasado, e está agora parado, em pé, diante dos alunos da classe. A sra. Maynard lhe deu a chance de falar. — Mas seja o Dirk quem for, ele é o máximo!

Não me convenceu. Aquilo podia ser simplesmente Kelvin elogiando a si mesmo.

— Vocês sabiam que vários funcionários da direção da escola acabaram de me trancar na sala do diretor e me fazer um interrogatório? — pergunta ele.

Claro que todos nós queremos saber o que aconteceu. Então Kelvin nos conta que foi chamado à sala do diretor e interrogado durante, tipo, uma hora. O diretor ameaçou vasculhar o quarto da casa dele se ele não parasse de transmitir o programa. Kelvin disse que ele não tinha o direito de vasculhar seu quarto sem um mandado oficial, mas o diretor respondeu que não seria difícil conseguir um.

— Esta é uma total violação de privacidade — diz Kelvin. — Mesmo que eu fosse o Dirk, o que não é o caso.

Não acredito que Kelvin foi tratado desse jeito! Talvez o diretor tenha achado que, caso ele realmente fosse Dirk, não contaria a ninguém sobre o interrogatório.

É claro que todos estão superansiosos para ouvir o programa do Dirk de hoje à noite. E, às 23h em ponto, ele entra no ar.

— OK, pessoal — Dirk começa. — É evidente que está rolando uma discussão sobre minha identidade. Tem uma pessoa que foi acusada, falsamente, de ser eu. Acreditem, eu não desejaria isso a meu pior inimigo. Mas fiquem tranquilos: Kelvin Rodriguez e Dirty Dirk são duas entidades distintas. E, para provar isso a vocês, vamos falar com ele pelo telefone.

Dirk liga para Kelvin. Não sei ao certo se ele telefonou antes ao Kelvin, para avisá-lo de seus planos, mas Kelvin atende de imediato.

— Oi, Dirk, tudo beleza?

— Tudo sussa.

— Belê.

— Então, ouvi dizer que você recebeu um tratamento desumano da parte do sr. diretor hoje.

— É, e dentro da própria escola, Dirk.

— Isso é errado.

— Extremamente errado.

— Profundamente errado.

— Não poderia estar mais errado.

— Você vai dar queixa ao Conselho da escola?

— Hum... Sabe que estou pensando, sim, em fazer isso? Você acha que ele está ouvindo o programa, agora?

— Ah, tenho certeza de que sim.

— Oooh, então vamos falar mais um pouquinho sobre ele!

— Pera lá, Kelvin! Isso seria se rebaixar ao nível dele. Um dos dois tem que mostrar uma atitude adulta aqui.

Estou adorando isso tudo. Acho possível que algum truque tecnológico esteja sendo usado, e que Kelvin realmente seja Dirk, mas acho que não é o caso. E acho que ninguém nunca vai descobrir quem é Dirk. Claro que ele escondeu muito bem as suas pistas. Respeito isso, total, mas ao mesmo tempo me pergunto se ele se sente bem em jamais ser conhecido por sua verdadeira identidade. Bem, talvez seu objetivo não seja esse. Seu objetivo talvez seja ajudar as outras pessoas fazendo isso tudo. Talvez seja o bastante para deixá-lo contente.

44

Imagine a seguinte situação: você está casado com o amor de sua vida; tem dois filhos, um emprego excelente, e tudo parece perfeito demais para ser verdade. É quando você se dá conta de que a perfeição era mesmo ilusória.

A pessoa com quem você estava casado há quase 20 anos está tendo um caso. Os seus filhos não estão mais presentes como antes. E a casa onde você morou durante esses anos todos não passa de uma vaga lembrança hoje.

O conjunto de condomínios onde papai mora se parece perfeitamente com dois dados enormes. São dois edifícios grandes e monolíticos, brancos e com círculos pretos aqui e ali. Quem será que faz o projeto de uma coisa dessas? Será que a pessoa não percebeu que projetou dois dados imensos? O condomínio todo é bizarro. E o fato de meu pai morar aqui, agora, é pra lá de bizarro.

A sensação de visitar papai já está menos estranha, mas ainda sinto como se estivesse num filme ou algo assim, fazendo o papel da menina cujo pai saiu de casa. Às vezes, venho junto com Sandra, mas hoje estou sozinha. Sentada neste sofá novo, fico impressionada que meu pai o tenha limpado antes de minha visita. E por trás da aparência de sala ensolarada e de almofadas coloridas sobre o sofá, há algo de frio e de solitário. É triste ele ter que viver aqui, longe da gente. Isolado neste caixote impessoal, enquanto todas as coisas e pessoas que ele ama estão a vinte minutos dali.

— Quer beber alguma coisa? — papai pergunta da cozinha, que, na verdade, fica do outro lado da sala.

— Quero. O que você tem?

— O que eu não tenho, você quer dizer? — Ele abre a porta da geladeira, que se revela repleta de bebidas. — Temos suco de maçã, suco de uva, chá gelado, *Jones Soda*, suco de laranja...

— Pra que tamanha variedade?

— Eu sinto sede, geralmente.

— Com certeza. — Passo os olhos pelas fileiras intermináveis de garrafas e latinhas.

— Obrigado por ter vindo! — ele diz.

— Obrigada por ter me convidado!

Saímos caminhando na direção da praia e do farol. Fazemos isso há um tempão, desde que me conheço por gente. Tem uma citação que eu ouvi há muito tempo, uma frase dita pelo meu pai. A frase é que você é como um farol, sempre em busca de algo distante no horizonte, porém, esta coisa que procura está, na verdade, perto de você, e sempre esteve. É por isso que você precisa olhar dentro de si mesmo em busca das respostas, em vez de procurá-las no exterior.

Dobro a barra da calça jeans e tiro as sandálias para caminhar na água. Está superfria, então volto à areia seca. Papai caminha na areia molhada.

— Como vão as coisas em casa? — papai pergunta.

— Mal.

— Você não deveria culpar sua mãe.

É mais triste ainda do que o apartamento dele. Papai chamar a mamãe de "a sua mãe". É assim que um se refere ao outro quando ambos se odeiam.

— Como é que consegue ficar tão tranquilo em relação a isso? — pergunto. — Você não está zangado?

Papai apanha uma de suas pedrinhas lisas favoritas. Ele ainda coleciona as pretas; eu, as brancas.

— Fiquei zangado no começo. Não estou mais.

— Por que não?

— Não era bem uma questão de perdoar a sua mãe para que ela se sentisse bem. Eu precisava perdoá-la pra poder seguir em frente com a vida. E o tempo ajuda nisso tudo.

Sei que ele tem razão, mas eu ainda não entendo. Como é que as coisas podem desaparecer e como os sentimentos podem mudar de maneira tão drástica só com a passagem do tempo? Como é que o tempo pode mudar as coisas que aconteceram?

Continuamos a caminhar. Encontro três pedrinhas brancas. Coloco-as no bolso, onde estarão bem guardadas.

— A sua mãe está tentando — diz papai. — Você devia dar uma oportunidade a ela.

Quero mesmo ser o tipo generoso de pessoa que faz isso. Que segue em frente com a vida, que perdoa as pessoas, de maneira saudável e feliz. Parece que, quando faço isso mentalmente, é uma coisa fácil. Mas, quando tento na vida real, não é tão fácil assim.

45

Essa vida é mesmo uma coisa difícil.

Veja, por exemplo, o que está acontecendo agora. Tudo o que consigo fazer é ficar deitada aqui em minha cama, olhando para fora da janela. Não sou mais capaz de fazer as coisas mais simples, tipo sair da cama, ir até a escrivaninha e começar a fazer minhas tarefas de escola. Já dá para dizer que esta noite vai ser um fracasso total. Do mesmo jeito que foram todas as outras noites nesta semana.

Não tenho feito as tarefas da escola. Há dias que faço parte do trabalho, tipo as coisas mais simples, mas a maior parte fica por fazer. E, tipo, não tem nada que eu possa fazer a respeito. Em algum canto, escondido sob todo este sofrimento, tem um desejo meu de fazer as tarefas, mas este desejo é uma luzinha muito fraca e distante, que mal consigo enxergar. Estou afundando e não tem nada a que eu possa me agarrar. Tenho um sentimento ameaçador e horrível de que estou presa em meu próprio corpo, quando tudo o que quero é sair dele.

Todas as noites, fico sentada na frente da TV durante horas. Só faço isso agora. Nesta semana, só me encontrei com Derek uma vez. No restante do tempo, ele tem ficado na escola, após as aulas, na reunião do grupo do Anuário ou para seja lá o que for. Então, fico plantada diante da TV, ignorando as tarefas e sabendo que vou me sentir péssima por não fazê-las. Já sinto a depressão me puxando para baixo, e é muito mais certo eu afundar do que lutar contra ela.

Estou cansada. Realmente cansada. É o tipo de cansaço que se sente até nos ossos. Tenho dormido entre onze e doze horas por noite, às vezes mais que isso, no fim de semana. A primeira coisa que faço ao chegar em casa, da escola, é desabar na cama e dormir até a hora do jantar. A seguir, assisto à TV até a hora de dormir de novo.

Minha mãe está ocupada com seu próprio mundo e não é capaz de ver como as coisas têm mudado ao redor dela. Ela desistiu de tentar me convencer a perdoá-la — é assim que ela sempre reage quando demonstro certa hostilidade durante algum tempo. Papai consegue aguentar isso durante o tempo que a coisa durar, mas mamãe desmorona diante desse tipo de pressão. Tenho certeza de que ela está mais feliz agora, sem se preocupar comigo. Isso lhe dá mais tempo para voltar sua atenção a Jack. Na maioria das noites, ela chega em casa bastante tarde; não sabe, então, como estou me sentindo mal. Ou talvez ela esteja pressentindo isso e tenha me evitado de propósito. Talvez ache que a depressão é contagiosa. Então, mamãe está se mostrando mais distante no momento em que mais preciso dela. Mas estou cansada demais para ficar contando a ela as coisas que estão se passando comigo. E simplesmente não tenho energia para conversar com papai.

Vou apagando aos poucos em meu cochilo. Só que hoje, no instante em que estou começando a pegar no sono, abro os olhos de repente. Isso não é vida que se leve. Tenho que lutar, se quiser sobreviver. De jeito nenhum que vou me afundar nessa escuridão.

Giro as pernas para o lado da cama e me sento. Tenho dor de cabeça. Além disso, sinto tontura. Talvez eu tenha um tumor no cérebro. Provavelmente tenho um tumor no cérebro e só mais dois dias de vida. O que você faria se tivesse só mais dois dias de vida? Aliás, se você vai morrer de qualquer modo, isso faz alguma diferença? O que vai fazer não terá a mínima importância, já que vai morrer.

Tem uma coisa cor-de-rosa e peludinha na parede do meu quarto. Nem sequer me lembro de ter colocado ela ali. Odeio coisas cor-de-rosa e peludinhas. Quero pôr fogo em tudo que seja cor-de--rosa e peludinho.

Parece que tem outra pessoa morando em meu quarto. Fui eu mesma quem pendurou todo esse lixo nas paredes? Está me deixando ainda mais tonta olhar todas estas colagens, estes escritos, pôsteres e fotos, e... o que é isso tudo, afinal?

Começo pela extremidade da parede que tem mais colagens. Começo a arrancar tudo da parede.

Sandra diz:

— O que você está fazendo?

— Vai embora! — Ah, e mais uma coisa: estou num mau humor terrível e contínuo. É, tipo, como se estivesse irritada com o mundo inteiro, mesmo quando alguém só está tentando ajudar.

Sandra não mostra a mínima surpresa.

— Por que você está rasgando tudo?

— Você não tem mais o hábito de bater à porta?

— Talvez, mas não quando a porta já está aberta. — Ela fica me observando destruir uma colagem. — Mas levou um tempão para você fazer isso aí! — ela grita.

— Eu ouço bem. Não precisa gritar.

— Você está louca? Por que está fazendo isso?

— Vou redecorar o quarto.

— Vai pintar? A mamãe já te perguntou se você queria pintar quando eu...

— Eu sei, quando você mudou a decoração de seu quarto no ano passado. — Sandra ainda está ressentida, pois escolheu uma cor que ela supostamente adorou e, logo em seguida, resolveu que gostava muito mais de outra cor, isso depois que as paredes já tinham sido pintadas. Mas mamãe não deixou que ela mudasse, pois a tinta era cara. Assim, sempre que não consegue o que quer, Sandra usa o pretexto da situação em que não lhe deixaram mudar da cor "Brisa Tropical" para o "Rosa Valentine".

— Ela disse que era sua última chance, caso você quisesse mudar o quarto — Sandra me relembra.

— Sei disso.

— Então, por que é você tem permissão de refazer tudo agora?

— Porque sou especial.

— Não é justo. Mãae! — Sandra sai pisando duro escada abaixo. Ela sempre faz um dramalhão. Eu nem mesmo disse que ia repintar o quarto. Nem cheguei a pensar nisso ainda.

Continuo arrancando e rasgando coisas de meu mural. Mas não é tudo que eu vou jogar fora. Tem coisa que quero guardar, então tiro com cuidado o durex ao redor desses cartazes. Isso vai me tomar um tempão.

Alguns minutos mais tarde, mamãe entra no quarto.

— Sandra disse que você está rasgando todas as coisas de seu quarto.

— Estou redecorando.

— Parece, mesmo.

— Por que todo mundo está tendo um piti? Estou só tirando umas coisas da parede. Nada de mais, meu Deus!

— Você tem dormido muito ultimamente — diz mamãe. — Está se sentindo bem?

— Só estou cansada.

— Eu sei que o divórcio não é...

— Não quero falar sobre isso.

— Vamos ter que falar sobre isso alguma hora, querida. Você não pode simplesmente...

— Não quero falar sobre isso! — grito.

Isso deixa minha mãe em estado de choque. Eu nunca grito.

Ela diz, então:

— Mas e o nosso trato?

Nosso trato funciona assim: enquanto eu estiver bem, não voltarei a fazer terapia. Minha sensação era a de que obtive toda a ajuda terapêutica de que precisava no ano passado, e me incomodava continuar falando das mesmas coisas. Mas se eu não estou me sentindo bem, terei que voltar.

— Eu não preciso voltar lá — digo. — Estou bem.

Sei o que está acontecendo. É uma enxurrada de desespero, que já é bastante familiar para mim, como naqueles pesadelos em que você sabe que vai acabar caindo. E sei também que, por mais que eu tente lutar contra ela, esta espiral que me puxa para baixo já tomou conta de mim.

Maio ⁂ Junho

46

Quando chego à casa de Derek, sua mãe me diz que ele ainda não chegou, mas que posso esperar no quarto dele. Ele já deveria estar aqui. Nosso plano era ir juntos à festa da Andrea, no feriado de 1º de maio.

Acho que ele se esqueceu. De novo.

Então, aqui estou, sozinha, no quarto dele. Um quarto que contém as respostas simplesmente esperando que eu as encontre.

A escultura em argila, que fiz para ele quando trabalhamos com cerâmica na aula de Artes, está em seu criado-mudo. Eu a pego nas mãos e, nesse instante, todas as lembranças me tomam de sobressalto. O primeiro dia em que Derek se sentou à minha mesa, me convidando para sair, num momento em que eu já tinha perdido a esperança de que ele gostasse de mim. Derek me beijando no Shake Shack. A foto desfocada que tirei dele no Cosmic Bowling. Todas aquelas noites intensas, beijando-o durante horas.

Deixo a escultura cair e me agacho para apanhá-la. Debaixo da cama dele, há uma caixa de sapatos Rocket Dog, com uma das extremidades aberta. De imediato, sinto vontade de saber o que tem dentro da caixa. Talvez as respostas que estou buscando estejam bem ali. Ou, talvez, eu esteja fazendo todo esse drama por motivo nenhum. Talvez não haja nada de sério ali dentro. Talvez seja apenas um Manual de Escoteiros e algumas conchinhas de praia do período de férias, quando ele tinha 8 anos de idade.

Mas eu sei que essa história tem um final diferente. Sei que a caixa contém histórias. E sei que preciso de provas concretas para poder, finalmente, seguir adiante com minha vida. Odeio este meu jeito ciumento que só faz piorar minha depressão. Não vou me sentir melhor enquanto não descobrir a verdade.

Existe a probabilidade de eu ser flagrada. Derek pode aparecer a qualquer momento e me encontrar vasculhando suas coisas. Mas, se fosse para ele estar aqui, já teria chegado a essa hora.

Deslizo a caixa para fora um pouquinho e removo a tampa. Vejo um maço de envelopes, amarrados com um barbante. Sinto um nó no estômago na hora. Aqui estão, os dois. As cartas dela. As cartas enviadas a Derek por Sierra, enquanto ela estava distante, no verão em que eles saíram juntos. Ouvi dizer que ela enviou a ele um cartão, ou uma carta, todo santo dia, durante um mês. E agora aqui estão eles, bem na minha frente, e posso ler a troca de mensagens deles se eu quiser. Posso ler, e ele nunca vai ficar sabendo.

Isso se eu realmente quiser.

Se eu ler a correspondência dos dois, simplesmente vou me aborrecer e ficar zangada com Derek por uma coisa que aconteceu antes mesmo de ele me conhecer. Se eu não ler, vou continuar imaginando para sempre o que é que eles diziam. Ficarei furiosa comigo mesma por ter perdido a oportunidade de descobrir.

Então, decido arriscar. Retiro a primeira carta do maço. A letra dele está escrita em caneta rosa-choque. Rosa-choque? Isso não é coisa típica de 4º ano do Fundamental?

Por fim, leio só algumas cartas, na eventualidade de Derek chegar de repente. Elas são todas iguais, não há dúvida de que não estou perdendo grande coisa quando decido não ler as outras 20. Em todas, ela diz o quanto sente a falta de Derek, que mal pode esperar para encontrá-lo novamente e outras declarações melosas desse estilo.

Não era isso que eu procurava, de qualquer modo. O que eu preciso, mesmo, é saber o que está se passando com os dois neste momento. Por que é que não pensei nisso antes? OK, volte a seu foco. Onde é que eu poderia encontrar informações recentes? Numa caixa de sapatos sob a cama dele? Ou na sua escrivaninha?

Ali está o computador de Derek. Na escrivaninha, no modo "em espera". E ele ainda não chegou em casa. Sua mãe está lá embaixo. E se Derek chegar, ou se alguém começar a subir as escadas, posso escutar perfeitamente.

Se Derek fizesse comigo o que estou prestes a fazer com ele, eu ficaria realmente furiosa. Mas não me importo nem um pouco.

Mexo no mouse, e a tela se ilumina. A caixa de e-mails do Derek está aberta. Vejo uma pasta com o nome "Sierra". Clico duas vezes nela.

Meia hora mais tarde, e Derek ainda não chegou. Praticamente não dou a mínima se ele vai ou não descobrir que estive mexendo em seu computador. Mas me certifico de que, ao terminar, tudo esteja da mesma forma que quando comecei, para que ele não consiga provar nada. Que saco isso! Além de Derek ter se esquecido dos nossos planos, de novo, ainda não chegou em casa. E mais: ele é um mentiroso, sacana e cafajeste.

Vou embora.

No dia seguinte, por milagre, Derek arruma tempo para me ver. Está me esperando no nosso local quando chego na escola.

— Desculpa de novo, por ontem — diz ele. — Me esqueci completamente.

Não digo nada. É bom mesmo que ele peça desculpas.

— Não vai acontecer de novo — ele insiste. Ele também me ligou ontem à noite para pedir desculpas. Horas depois de eu ter ido embora de sua casa.

— Minha mãe disse que você esteve em meu quarto.

— É. Ela disse que eu poderia esperar por você lá.

— Você ficou lá um tempinho, né?

— Sim, você não chegava mais... então, fiquei.

— Você mexeu nas minhas coisas?

— Que coisas?

— Você sabe que coisas.

— Não, na verdade não.

— As coisas dentro da minha caixa.

— Que caixa?

Ele suspira.

— A caixa debaixo da minha cama.

— Hum, não. Não mexi. — Não sei de onde ele tirou isso. Coloquei tudo de volta do modo como encontrei. Pelo menos acho que fiz isso.

Derek me lança um olhar de quem diz: "Ah, então, tá".

— Por que você está me acusando?

— Simplesmente acho que você abriu a caixa.

— OK. Vamos admitir a hipótese de que eu tenha aberto. Como é que você pode ter certeza disso?

— Eu me lembro da maneira como eu deixei as coisas dentro da caixa. E estava tudo reorganizado.

Ora, ora! Quantos rapazes desleixados mantêm suas coisas organizadas a ponto de saber o modo como deixaram os objetos dentro de uma caixa? Cinco, talvez?

— O que você tanto teme que eu tenha visto? — pergunto.

Derek olha para mim, semicerrando os olhos.

— Vamos entrar — ele diz.

Eu deveria ter dito a ele que li suas mensagens de e-mail. Deveria ter dito a ele que sei de tudo. Mas não posso fazer isso. Não posso admitir que sei, porque teria que admitir que li seus e-mails. E isso não é o tipo de atitude que se espera da boa namorada. A boa namorada é compreensiva, apoia você e sempre está a seu lado quando precisa dela.

O mesmo acontece com o bom namorado. Que também não se esquece dos planos que vocês dois fizeram nem deixa você esperando uma eternidade. Ele não mente a você sobre o porquê de ter se juntado à turma do Anuário. E, com certeza, ele não passa seu tempo ao lado de uma ex que o quer de volta. Era isso que dizia a mensagem de e-mail de Sierra. Ela disse, ali, que cometeu um erro e que quer que ele volte para ela. A mensagem é de um mês atrás. Ah, e o show do Evan, naquela noite? Eles foram juntos, total. Num outro e-mail, eles fizeram os planos para combinar isso.

É óbvio que ele quer ficar com as duas. E que pretende ter nós duas pelo tempo que conseguir fazer isso.

O fato é o seguinte: bem no fundo, Derek sabe que se dá melhor com Sierra, como as peças de um quebra-cabeça que se encaixam com perfeição. Uma constatação das mais deprimentes que já existiram. Sierra terminou com Derek: este é o problema. Porque quando uma menina larga um cara, acho que ele nunca consegue esquecê-la completamente. Como poderia? Ela parte o coração dele, mas o coração continua batendo. E, é verdade, o mesmo acontece com as meninas, mas acho que é ainda pior no caso dos rapazes. Tem toda uma questão de ego envolvida nisso.

Mas e quanto a Derek e eu? Acho que existia uma ligação entre a gente, mas ele não é "o cara". O cara nunca faria com que eu me sentisse péssima assim. Então, não importa que tipo de namorada eu esteja sendo, isso tem de acabar. É como John Mayer diz na música "Slow Dancing in a Burning Room": quando a coisa fica ruim desse jeito, você tem que sair desta, senão vai se queimar.

— Espera! — digo.

Os adolescentes que passam por nós sentem que algo está acontecendo. Eles nos lançam olhares, caminhando mais devagar do que normalmente fazem, tentando escutar a conversa. Vejo Sterling nos observando perto da porta. Ela, então, vira o rosto.

— Eu já estou sabendo — continuo.

— Sabendo o quê?

— O que está acontecendo.

— Já disse que não tem nada...

— Não, Derek. — Chego bem perto do rosto dele, mas demonstro uma calma sinistra. — Eu estou sabendo.

Agora começa a parte em que ele me pergunta como é que eu fiquei sabendo, e eu respondo que li seus e-mails. A seguir, ele vai ficar zangado comigo e distorcer a história toda, para dar a impressão de que eu é que estava fazendo algo errado. O que, aliás, é verdade; mas a questão não é esta, mesmo!

Só que as coisas não se passam assim. Derek fica quieto durante um longo tempo, olhando fixamente para o gramado. Tem algo diferente na expressão facial dele. Ele sabe que já estou sabendo. *Game over*.

— Desculpa por não ter contado antes! — diz Derek.

— Por que você mentiu pra mim?

— Eu sabia que você ia ter um piti. Estou com você agora. Tudo mudou.

— Interessante, isso, pois parece que algumas coisas continuam iguais.

— Ouça bem! — Derek coloca sua mão em meu braço. — Se ela ainda gosta de mim, isso não interessa. O que importa é o que eu faço em relação a isso.

— Justamente! — digo. — Está bastante claro o que você está fazendo.

— O que é que eu estou fazendo?

— Paquerando. Ficando com ela, tipo, todos os dias. Você está...

— Já disse que nós...

— Não! — grito. Juro que, se eu continuar ouvindo as desculpas dele, vou ter um treco. — Para. Com. Isso.

— Por que você está tão...

— Ela quer que você volte pra ela. Você sabe que ela quer você de volta. E é óbvio que você também a quer de volta.

— Nós não estamos...

— Basta!

Derek parece aliviado.

— Está bem.

— Não, Derek. Basta pra mim.

— Marisa, não faz isso! Eu quero ficar com você.

— Não, não quer. Você quer ficar com nós duas. Você quer poder fazer o que bem entender achando que está tudo bem. Só que... quer saber? Nada disso está certo. Pra mim, acabou.

Meu plano não era terminar com ele. Na boa, talvez bem lá no fundo, num lugar em que é difícil enxergar, eu já soubesse há um tempão que isso tinha que acabar. Só que nunca achei que era eu quem ia tomar a iniciativa.

47

Não sei como é que consegui aguentar aquele dia horrível, com todo mundo sabendo que Derek e eu terminamos. No final da terceira aula, todos já estavam sabendo. Não que eu ache que ele tenha contado a alguém. Havia um número suficiente de adolescentes à nossa volta, ouvindo. E basta que um deles tenha escutado a conversa.

Antes de a gente terminar, eu estava mal. Agora, me sinto tão pior que não consigo me levantar de manhã. Nem fui à escola hoje. Literalmente, não conseguia arrastar meu corpo para fora da cama. Já é a terceira vez nesta semana. Se eu faltar ao trabalho mais uma vez, é bem capaz de eles me demitirem.

Odeio que nós, Sterling e eu, ainda estejamos em clima de briga. Estou precisando muito dela. Mas, se eu ligar, ela pode achar que é só por causa de Derek, e não porque sinto falta dela. Eu sinto, é verdade. Além disso, Nash tem estado superocupado ultimamente, então nem sempre tem tempo para conversar. Não que ele queira conversar sobre Derek. Talvez nem mesmo sobre o fim de nosso namoro.

Minha mãe não quer mais meu pai. Derek não me quer. Sterling me odeia. Nash superou o episódio com a Rachel e está tocando a vida adiante. As coisas desmoronam, mesmo quando você acha que são mais sólidas do que seria possível.

Tia Katie está em casa. Não sei bem se ela veio porque estava mesmo a fim ou se mamãe lhe pediu que viesse. Mamãe sabe que quando tia Katie fala, eu ouço. Faz uma hora que estamos conversando. Ainda estou na cama, de pijama. Então, tia Katie veste a calça de um pijama meu e entra debaixo da coberta comigo.

— Vamos ficar na cama "até mais tarde", mas durante o dia desta vez — ela diz.

— Gostaria de poder fazer isso todos os dias.

— Eu também! — Tia Katie parece triste.

— Você está bem?

Ela me conta sobre seu último encontro e que gostou muito do cara. Mas, depois daquilo, ele nunca mais ligou. Então, somos um verdadeiro poço de carência, as duas. É uma reunião do clube da autopiedade.

— As coisas melhoram — diz tia Katie.

— Que parte das coisas, exatamente?

— Tudo. Você vai ver.

— É difícil acreditar nisso, neste momento.

— Sei disso, mas você não pode ficar entocada na cama o dia inteiro.

— É tão injusto! Você pode faltar quando está doente, mas e se estiver triste?

— Há! Em vez de faltar ao trabalho por causa de doença, faltar por causa de tristeza...

— Exatamente. Por que isso não existe?

Tia Katie puxa o cobertor um pouco mais para o lado dela.

— Porque se as pessoas tivessem permissão de ficar em casa toda vez que se sentissem tristes, ninguém jamais iria para a escola. Nem para o trabalho.

— É triste, essa tristeza toda.

— Você não tem mais o direito de ficar curtindo essa tristeza. Lembre-se do que aprendeu na terapia: se estiver sendo tomada por pensamentos negativos, mude o foco. Tente centrar o foco em coisas positivas.

Concordo com um movimento de cabeça. Mas não posso fazer nada em relação a tais pensamentos. Só consigo pensar nisso.

— Derek não merece você — ela diz.

Eu me aconchego mais perto de tia Katie. Ela coloca os braços em volta de mim. Ficamos sentadas desse jeito um longo tempo.

No momento em que ela vai embora, me sinto um pouco melhor. Ela tem razão. Derek não me merece. O único cara que me merece é aquele que acredita que sou a melhor pessoa com quem ele poderia estar. Não que eu já saiba quem é esse cara. Mas nunca vou desistir de esperar que ele me encontre.

Já que faltei à aula hoje, eu talvez devesse tentar recuperar as tarefas atrasadas. A essa altura, estou tão atrás que nem mesmo sei qual é o assunto que a maioria dos professores tem tratado em sala. Especialmente em Geometria. É como se o sr. Wilson estivesse falando alguma língua estrangeira, e eu fosse a única pessoa da sala incapaz de decifrá-la.

Então, abro meu livro de Geometria e tento imaginar em que página eu deveria estar. Tenho pesadelos por estar tão atrás do restante da sala, que está, tipo, quatro capítulos na frente do último assunto que estudei. Parece que minha espiral descendente tem durado mais do que duas semanas. Não me lembro mais de qual é a sensação de estar bem.

Viro a página do livro. Nada faz sentido. Não faço ideia do que este livro está tratando.

Quando meu celular toca, voo para atender. É papai.

— Ei, garota! — diz ele. — Como você está se sentindo?

— Já estive melhor.

— Gostaria de estar aí com você.

"Mesmo?", me pergunto. "Você não poderia estar aqui, ainda, se realmente quisesse? Não poderia fazer com que as coisas dessem certo?"

— Odeio fazer isso, mas tenho que adiar nosso programa de sexta-feira. Megan acaba de me falar sobre uma festa, no trabalho dela, que eu preciso ir — ele diz.

Não estou nada pronta para lidar com a namorada de papai. É isso que ela é, afinal. Na boa, dãã, qualquer um poderia dizer que isso estava acontecendo há tempos, mas não ajuda em nada saber, agora, que a coisa é para valer.

— Claro, pai.

— Desculpa! Vamos fazer isso na sexta que vem, está bem?

— OK. — Eu compreendo que ele precise ir a esse compromisso, mas isso não faz com que me sinta menos solitária.

Depois de desligar o telefone, ligo para Nash. A ligação cai direto na caixa postal. Desligo sem deixar mensagem. O que é que eu poderia dizer a ele? Que gostaria que ele não tivesse superado o episódio com a Rachel? Perguntar que caminho ele tomou?

48

O significado do nome Marisa é "oceano de amargura", e é isso mesmo que eu sou.

Alguém bate à porta. Não dou atenção.

— Marisa! Posso entrar? — pergunta mamãe.

Viro a página.

— Estou entrando — diz ela.

Maldita porta que não tem tranca.

Mamãe entra, com ar de quem está pouco à vontade, mas determinada. Para chegar até mim, ela tem de pisar em montes de papéis amassados e desviar de pôsteres rasgados que pendem das paredes. Ainda não tive energia para arrumar meu quarto desde o dia em que tirei tudo aquilo das paredes, então, estou vivendo no meio dessa bagunça. Tudo aqui está numa espécie de limbo.

E há também a caixa de meu violino. Pela primeira vez, reparo que ela está coberta de pó. Nem consigo me lembrar de quando foi a última vez que pratiquei. Sei que o sr. Silvestein sabe que eu tenho sido negligente. Na semana passada, no ensaio da orquestra, deixei escapar um guincho agudo com a corda mi, no meio de um intervalo, e ele me fuzilou com o olhar de um jeito que achei que fosse me enforcar.

Continuo fingindo que estou lendo.

— Como você está se sentindo? — diz ela.

Que pergunta mais bizarra! Mesmo sem considerar o fim do namoro ou todos os dias em que não fui à escola, a pergunta é bizarra. Ela já me viu nesta espiral descendente antes. Ela sabe qual é a sensação.

— Não vai falar comigo?

— Só respondo a perguntas que valem a pena ser respondidas — informo.

— Sei. — Mamãe se senta na cadeira de braços largos que papai fez para mim quando me graduei no Ensino Fundamental. Adoro essa cadeira. Tem braços largos, feitos com madeira de bordo polida. Papai a construiu com braços largos, pois sabia que eu ia querer colocar copos e livros nela, ao me sentar.

— Ligaram da escola — mamãe diz. — Seu professor de Matemática, o sr. Wilson.

Eu, tipo, esperava que o sr. Wilson me ligasse. Há alguns dias, ele pediu para eu esperar no fim da aula e disse que poderia lhe contar qualquer coisa que estivesse me incomodando. Eu não sabia nem mesmo como começar a me explicar, então respondi que qualquer hora, sim, talvez.

— O que ele queria? — pergunto.

— Ele disse que você não entregou nenhum trabalho a semana toda. E que não tem mais participado das aulas.

— Eu nunca participo daquela aula. É Matemática.

— Bom, ele disse que parece que algo está incomodando você.

Mamãe se levanta e vai até a janela. O rio está fluindo e brilhante. Ele parece contente à luz do sol da primavera. Gostaria, também, de estar contente.

— Marisa, se você...

— Eu estou bem.

— Mas se você...

— Eu estou bem. — Não vou voltar a fazer terapia, tenho certeza que é sobre isso que ela vai me perguntar de novo. Não quero nem ouvir isso. Não quero estar naquela situação nunca mais. Tenho que ser capaz de passar por tudo isso sozinha. Só preciso de mais tempo.

— Você não pode continuar faltando às aulas — diz mamãe.

— Eu sei.

— E você precisa fazer suas tarefas.

— Eu sei, mãe!

— O sr. Wilson disse que vai aceitar trabalhos atrasados se você entregar até segunda-feira.

Continuo a fingir que estou lendo.

— Você pode deixar o livro de lado, por favor?

Continuo a fingir.

— Coloca o livro de lado.

Faço isso.

— Eu gostaria muito de saber por que você está tão zangada comigo — diz mamãe.

— Você sabe por quê.

— Não, não sei. Talvez eu soubesse no início, mas não sei mais. Eu peço desculpas pelo divórcio. Peço desculpas se eu tive um caso amoroso. Mas não peço desculpas em relação ao Jack.

— Dá pra você não falar este nome?

De repente, algo muda. O rosto de mamãe fica todo tenso. É óbvio que fui longe demais. Em vez de simplesmente deixar meu quarto, como ela normalmente faz, ela fica imóvel.

— Você acha que eu queria mesmo que as coisas estivessem desse jeito? — ela grita. — Você acha que era isso que eu queria ter na minha vida?

Não digo nada. Não sei o que ela queria.

— Quando é que vai ser a minha vez, Marisa? Quando você e sua irmã forem embora, fazer faculdade? Não posso esperar tanto assim! Por que é que eu tenho que colocar tudo em compasso de espera?

Nunca tinha ouvido minha mãe gritar desse jeito. Não imaginava que ela poderia ficar zangada assim. Que poderia reagir desse modo.

— Eu amo Jack. Ele me ama também, e nós queremos ficar juntos. E realmente sinto muito que tudo tenha que mudar, mas as coisas são assim.

Mamãe sai pisando duro e bate a porta.

Minha adrenalina está a mil. Estou tremendo e sinto medo. Nunca vi mamãe chegar nem perto dessa fúria toda. Ela me assustou completamente.

Tudo isso é demais pra mim. O fim do namoro com Derek, porque ele gosta de outra. A briga com Sterling. Nash, que não tem mais tempo para me encontrar. Papai, que fura nossos planos. E agora essa!

Às vezes me pego imaginando como seria me matar. Ou melhor, tipo, o que aconteceria depois que eu morresse. Será que alguém sentiria minha falta? Alguém repararia que não estou mais por aqui? O que as pessoas diriam a meu respeito?

Será que estar morta é melhor que estar do jeito que estou?

Na verdade, não tenho instintos suicidas. Existe uma diferença entre realmente querer se matar e simplesmente pensar a respeito disso. Mas não consigo deixar de pensar nessas coisas. Se eu fosse mesmo me matar, o que eu faria? Cortar os pulsos me parece óbvio demais. Todos fazem isso. Tomar comprimidos talvez seja o modo mais fácil e, provavelmente, o menos doloroso, mas como é que eu encontraria estes comprimidos? E que tipo de comprimidos deveria tomar? Com certeza, não faria algo estúpido como tentar me enforcar ou dar um tiro na cabeça. Um plano como esse poderia sair pela culatra e, então, em que eu me transformaria? Num vegetal que vive e respira, mas com uma vida ainda pior.

Existem pessoas no mundo que são torturadas diariamente. Pessoas são estupradas e assassinadas, e vivem em condições horríveis, e nem mesmo lembramos que elas existem. Eu poderia ser uma dessas pessoas. Poderia estar vivendo numa zona de conflito, neste instante, sem água potável e aleijada de uma perna. Deveria me sentir grata por tudo que tenho.

Porém, saber tudo isso não faz com que me sinta melhor. E isso me deixa ainda pior.

Mas há uma saída.

Levo o laptop para minha cama e começo a escrever para ele. Sei bem que ele pode me ajudar, se quiser. Só não tenho certeza se vai mesmo fazer isso.

Não é estranho que eu me sinta conectada com um rapaz que nem sequer conheço?

Durante o resto do dia, fico uma pilha de nervos. E se ele não ler meu e-mail? E se não se der conta do quanto eu preciso dele?

Por fim, são 23 horas, e o programa dele vai entrar no ar.

— OK, pessoal, tem uma pessoa aí entre vocês que precisa de nossa ajuda. Se alguém tiver algum conselho que queira dar, vá em frente e envie para nós. Estou por aqui 24 horas por dia, sete dias na semana, atento à sua necessidade de ser ouvido.

Ele vai ler minha mensagem. Estou pressentindo isso.

— Oi, Dirk. Preciso muito de seus conselhos. No ano passado, eu estava seriamente deprimida, e havia dias em que não queria continuar viva. As coisas melhoraram durante um tempinho, mas agora estou de volta à mesma situação. Tudo está uma droga e preciso me sentir melhor. Ouço seu programa todas as noites e sei que você pode me ajudar. Por favor, me ajude!

Meu coração está batendo de um jeito completamente descompassado e, em meus ouvidos, há um zunido assustador. Espero que ninguém descubra que o e-mail que ele acabou de ler foi enviado por mim.

— A mensagem foi enviada por "Desamparada Confiante", diz Dirk. — A situação dela não é fácil, meus amigos. Quer saber minha opinião? Você chegou ao fundo do poço. Muitos de nós já estiveram lá. Mas a boa notícia é que, a partir desta situação, a vida só pode melhorar. E isso vai acontecer. Eu costumava pensar que, se a pessoa não passou pelas coisas que passei, ela jamais poderia compreender, e tentar explicar isso a ela seria inútil. Mas não é bem assim. Os seus amigos sempre são capazes de ajudar você de alguma forma. Mesmo que apenas ouvindo você, isso vai ajudá-la. Tenho aqui uma mensagem enviada à Desamparada Confiante: "Por favor, não machuque a si mesma! Você estará ferindo muito mais gente além de você". E tenho aqui alguns telefones de serviços de assistência 24 horas que gostaria de repassar a todos vocês, ouvintes.

Anoto os números passados por Dirk, mas não estou muito convencida de que conversar com um estranho possa me ajudar. Seria parecido com voltar à terapia, só que obtendo conselhos piores.

— Desamparada Confiante — diz Dirk —, seu nome mesmo indica que você ainda tem confiança. Ou seja, você não quer desistir. Não desista! Além disso, você não está desamparada. Você pode lutar contra isso. Seja forte! Você já foi forte no passado e superou; pode enfrentar isso novamente. E se você acha que vai machucar a si mesma, me prometa que vai telefonar para um destes números que acabo de passar. Cara, este é um daqueles momentos em que gostaria de não permanecer anônimo. Eu sou esta voz que vocês estão ouvindo. Mas quem sou eu? Não sou especialista em nenhuma dessas coisas. Sinto as mesmas coisas que todos vocês sentem. Portanto, lembrem-se de que estamos todos no mesmo barco. Se você machucar a si mesma, estará me machucando e machucando a cada um de nós.

É neste momento que tenho um clique. De fato, é como se todos nós estivéssemos no mesmo barco. Todos nós ouvindo o programa, neste momento, no quarto de nossas casas, esperando que a verdadeira vida comece. Do modo como Dirk fala, é como se estivéssemos conectados de uma maneira muito ampla, mesmo que um não conheça o outro. É como se fôssemos parte de uma família verdadeira, só que os membros dessa família não podem ser separados.

Não estou sozinha nessa. Não preciso resolver todos os problemas sozinha.

Quando o programa termina, caminho, pé ante pé, em direção à porta do quarto de mamãe. Preciso me entender com ela. Quero muito fazer isso, mas ainda tem muita raiva entre nós duas. Se eu deixar que essa raiva me destrua, nunca poderei ser a pessoa que quero ser. Tudo o que mamãe está dizendo é que ela quer viver no "agora", assim como eu. Isso é tão errado assim?

Saio de fininho e corro através do gramado, na direção da casa de Nash. Já passou de meia-noite, então não dá para bater à porta dele. Apanho algumas pedrinhas na entrada de sua casa e me coloco sob a janela dele. Atiro uma na janela dele, ela atinge uma árvore e ricocheteia no escuro da noite. Tento de novo. E mais uma vez. Isso sempre parece tão fácil nos filmes!

Uma pedrinha finalmente atinge sua janela. Espero até que ele apareça. A luz de seu quarto estava acesa quando cheguei aqui, então sei que ele está acordado. Atiro uma pedra maior. Ela bate na janela com um estalo mais forte.

Nash afasta duas tiras de sua persiana e me vê. Como as luzes do píer estão acesas, consegue perceber que sou eu. Ele faz alguns gestos desesperados com a mão, que não consigo decifrar. Então, desaparece. Aguardo.

Ele sai no jardim, dizendo:

— O que está acontecendo? Você está bem?

— Vou ficar bem.

Saímos caminhando na direção do píer e conto tudo a Nash. Falo a ele sobre minha ansiedade e que estou fazendo terapia. Digo como eu me sentia deprimida no ano passado e que estou deprimida de novo. Todas essas coisas que eu vinha esperando para dizer a alguém, esperando pela pessoa certa para ouvi-las, consigo, então, desabafar tudo. E Nash me ouve. Ele é a única pessoa a quem quero contar tudo isso. Então, conto, e ele me apoia, do modo como sempre quis que ele fizesse.

49

No momento em que Sterling abre a porta de sua casa, sinto que tudo vai ficar bem. Ela parece aliviada em me ver.

Ela diz:

— Ei!

— Desculpa! — digo. — Me desculpa, mesmo!

Então ela me abraça, e entramos neste turbilhão emocional em que choramos juntas, pedindo desculpas uma à outra e buscando lenços de papel. Estou tão feliz que tudo isso acabou! Subimos ao quarto dela e é como se nunca tivéssemos brigado. Como se tudo tivesse voltado ao normal.

— Senti muito sua falta! — ela diz.

— Eu também.

— É que... depois que você passou a sair com Derek, eu comecei a ter a sensação de que nunca mais encontrava você. Fiquei com raiva dos furos que você vivia me dando.

É claro que ela tem razão. Fui uma idiota.

— Mas sabe o que era irritante? É que eu conseguia entender você. Tipo, não é bem entender, mas... como se eu estivesse em seu lugar. Podia me ver, total, agindo da mesma maneira — ela diz.

— Mas isso não é desculpa. Eu não deveria ter passado tanto tempo ao lado dele.

— Não, é claro que você tinha que fazer isso. Mas eu me senti excluída.

— Eu sei. Me desculpa!

— E eu me senti, tipo... eu estava feliz por você, mas também tinha ciúme. Então, vivia um conflito enorme e não sabia como lidar com ele.

— Sem problema.

— A sensação era que você estava entrando numa vida totalmente nova e me deixando para trás.

— Mas você tem dezenas de amigos!

— Você é a única amiga a quem dou importância — diz Sterling. — Eu não me relaciono com meus outros amigos do jeito que me relaciono com você. Você é minha melhor amiga!

Antes de vir até aqui, eu tinha medo de duas coisas. A primeira, que Sterling não quisesse fazer as pazes comigo. E também que ela achasse que eu vim até aqui só porque terminei com Derek. Tenho de ter certeza de que ficou claro para ela o porquê de eu estar aqui.

— Só pra você saber — digo —, não estou aqui só porque terminei com Derek.

— Eu sei. Eu ouvi as histórias... hum, acho que vi vocês dois do lado de fora da escola naquele dia. No dia que vocês terminaram, não foi?

— Foi. — Eu me lembro de Sterling parada perto da porta, nos observando. Sempre me perguntei o que é que ela pensava a respeito, se sabia ou não que aquilo era o fim.

— Foi... por causa de Sierra?

— É.

— Que saco!

— Um saco mesmo. Mas prefiro estar com alguém que quer mesmo estar comigo. Na boa, é ruim a gente ter terminado, mas era muito pior estar ao lado dele sabendo que ele preferia estar com ela.

— Você merece muito mais do que ele.

Sei que ela tem razão. Estou tão cansada de esperar! Quando é que esta espera vai acabar e quando é que a vida vai começar?

— Odeio me sentir solitária! — digo.

— Você?

— Eu o quê?

— Você, solitária?

— É.

— E por que é que você estaria se sentindo solitária? Você tem bons amigos, uma família verdadeira...

— Nada disso tem importância.

— É tão estranho — diz Sterling. — Eu daria qualquer coisa pra ter a vida que você tem!

— A minha vida?

— Você tem todas estas coisas incríveis que mal consegue enxergar. Tem coisas que sei que nunca vou ter.

— É isso que eu sinto em relação à sua vida.

— Sério?

— Total. Você não precisa lidar com a relação entre os pais. Você não tem irmãos ou irmãs. Está sozinha e pode fazer o que quiser.

— É por isso mesmo que é tão solitário!

Lembro-me de "Clarity". É a minha música favorita de John Mayer. A letra fala da sensação de acordar no melhor dia de sua vida, quando toda a sua ansiedade desapareceu, pois você não se preocupa mais com as coisas que não consegue controlar. O problema é que a letra da música também diz que o sentimento bom não pode durar. Será que ele tem razão? Será que os sentimentos bons sempre têm que desaparecer?

O dia está lindo lá fora, então convido:

— Vamos caminhar na praia?

— Ótimo! — Somos iguais em relação à praia. Só que, em vez de pedrinhas, ela gosta de colecionar cristais marinhos.

— Achei um! — Sterling apanha uma pedra azul e transparente da areia. Olha contra a luz. O raio de sol atravessa a pedra, dando um colorido azul à bochecha dela.

É incrível como as pequenas coisas são capazes de fazer uma pessoa tão feliz, num momento em que ela está tão triste. Estou tentando prestar mais atenção às pequenas coisas que considero importantes, no "agora". Ter esses breves instantes de magia para me proteger me ajuda quando estou deprimida. São lembretes de que as coisas sempre podem melhorar.

Tento me lembrar disso no momento em que voltamos para casa. Isso porque Sterling começa a falar em ir a Nova York para encontrar Chris. No início, achei que ela estava de brincadeira, porque: primeiro, ele nem sequer mora aqui, então qual é o sentido de ir encontrá-lo?; segundo: por que ela ia querer fazer uma coisa tão idiota? Mas ela está falando sério. Pelo menos, parece sério.

— Não importa se minha mãe vai me deixar ir ou não — Sterling me diz, de perto do fogão. Está preparando macarrão com molho *pesto*. Esse desgaste emocional sempre nos deixa com fome. — Eu vou de qualquer jeito.

— Mas e se ela descobrir?

— E daí? O que ela pode fazer, me prender aqui? Ela nunca está em casa.

— Sim, e, mas, se...

— Esse seu papo começa a me dar dor de cabeça. Por que você não consegue ficar feliz por mim?

Já dá para dizer que não vou ser capaz de convencer Sterling a não encontrar Chris de jeito nenhum. Ela está determinada a fazer isso. E quando Sterling está determinada a fazer uma coisa, sai da frente. Se você estiver no caminho, ela vai passar por cima.

— Só me promete que você vai ter cuidado — digo.

— Ah... você está preocupada comigo. Que bonitinho!

— É sério!

— Sim, é muito sério. — Sterling faz uma expressão facial toda séria.

Fico observando-a cozinhar e tento pensar no que vou dizer na sequência. Só que não consigo pensar em coisa nenhuma, e agora ela começa um longo discurso sobre como certas pessoas não sabem como preparar um *pesto* decente.

— Não se coloca salsa neste molho! — ela diz, toda agitada. — Seria o mesmo que se dizer vegetariano e comer peixe ou frango. Desde quando peixe e frango não são mais animais?

— É, não faz sentido mesmo.

— Está simplesmente errado, isso sim. Não pode colocar salsa! É um insulto!

— Então, é só manjericão ou...

— Claro que não. Bem, é basicamente manjericão e azeite. Mas tem outros ingredientes que são essenciais. Coisas como *pinoli* e alho.

Como é que vou dizer a ela para não ir ao encontro de Chris de um modo que ela não fique zangada comigo? Não importa o que eu disser, ela vai se zangar. Então digo:

— Talvez eu possa ir junto com você... quando você for encontrá-lo...?

— Ah, verdade! Como se isso não fosse uma coisa ridícula.

— Por quê?

— Não se vai a um encontro com o namorado acompanhada da melhor amiga. Quem é que faz uma coisa desta?

— Aquelas que põem salsa no molho *pesto*...?

— Justamente.

— E se uma pessoa quiser fazer uma loucura tipo colocar salsa neste molho, você a avisaria, certo?

— Na mesma hora. Ou até mesmo antes.

— Você... tipo... perceberia que está errado e não deixaria quieto...

Sterling larga uma panela sobre a boca do fogão, fazendo um barulhão.

— Não é isso? — insisto.

Ela não me responde. Sabe o quê, exatamente, estou perguntando. E não vai se dar ao trabalho de me responder.

50

No momento em que Sandra senta à mesa da cozinha, segurando um copo cheio de uma mistura estranha, perco completamente o apetite.

— O que é isso? — pergunto.

— É o café da manhã na minha nova dieta — diz Sandra em tom de quem pensa: "Meu, como é que você pode não saber disso?".

— Sei... e o que é que tem aí dentro?

— Beterraba, cenoura, espinafre, equinácea... — Sandra dá um gole.

Isso explica, então, o barulho de coisas sendo trituradas que me acordou num horário absurdamente cedo.

Mordo o lábio em sinal de repulsa.

— É bom, isso?

Sandra vira a página do jornal. Provavelmente é o jornal que recolheu no gramado na frente de casa, no amanhecer do dia, depois de ter corrido dez quilômetros. A eficiência dela chega a me dar náusea.

— Não é ruim — ela me diz. — Quer um pouco?

— Estou bem. — A bebida dela tem a aparência de bolor, e o cheiro é ainda pior.

— Faça como lhe convém — diz. Ultimamente, ela tem usado expressões deste tipo, que não têm nada a ver com o vocabulário de gente da idade dela.

— Qual é o sentido de uma bebida desta?

— O sentido?

— É, tipo... pra que você está bebendo isso?

— Em comparação com o que? Com esse lixo industrializado que você come?

Olho para minha tigela de cereais como quem precisa de mais açúcar. Sempre que me lembro da quantidade de açúcar que como, somente no café, me pergunto como é que meu organismo continua funcionando. Comecei a beber café numa tentativa de sair de meu eterno estado semiadormecido e me juntar ao mundo dos vivos. O problema é que acabei ficando viciada.

Sandra tem razão, de novo. Ela tem razão, eu é que estou errada.

Não consigo vencê-la nem mesmo com o cereal.

— Vocês vão chegar atrasadas — mamãe nos avisa. Ela dá uma olhada na correspondência que chegou enquanto despeja o suco no copo. Um pouco de suco respinga nas cartas.

— Nós não temos copos de plástico? — pergunto. — Tipo, daqueles com tampa?

— Copos de café, você quer dizer? — mamãe pergunta.

— É, ou então uma caneca de café.

— Pra quê?

— Pra levar café para a escola...

Mamãe mancha um envelope com a toalha de papel.

— Você não acha que está bebendo café demais?

— Talvez. Mas ainda não tenho certeza.

— Não vou trabalhar até mais tarde hoje — ela diz. — Que tal a gente ir comprar um maiô novo, depois da aula?

— Pra que eu preciso de um maiô novo a essa altura? Ainda estamos em maio.

— Se a gente esperar demais, os melhores já terão sido vendidos.

— Hoje eu não posso — digo. — Tenho um monte de tarefa pra fazer.

— Como é que você sabe? — Sandra interfere. — A gente nem foi à escola ainda.

— Eu sei que vou ter muita coisa pra fazer hoje à noite. Além disso, estou fazendo lições atrasadas, está lembrada? — Na semana passada, mamãe foi à escola participar de uma reunião. Estavam presentes o sr. Wilson, o orientador e eu. Ficou combinado que, se eu fizesse todo o trabalho que não fizera até agora, minhas notas finais do semestre ainda poderiam ser recuperadas. É óbvio que, neste período, minhas notas serão medíocres, mas, pelo menos, vou poder passar em todas as matérias.

Sandra fica me encarando. Dá um gole em sua bebida.

— O que foi? — pergunto.

— Por que você ainda está tão irritada com a mamãe? Mais da metade dos casamentos acaba em separação ou em divórcio. É uma coisa natural na vida.

Mamãe tem um acesso de tosse. Tenta beber um pouco de suco.

Depois de ter ouvido a fala do Dirk naquela noite, entendi perfeitamente que preciso perdoar mamãe. Fiz um pacto com ela, de ser mais compreensiva e senti que estava conseguindo isso. Então, fico chocada quando Sandra me diz que minha raiva ainda está no ar. Estou tentando, mas o fato é que ainda não cheguei lá. Se for para ser significativo, o perdão não pode ser uma coisa forçada. Tem que acontecer no momento certo.

O mesmo se aplica a se esquecer de uma pessoa. Quem dera fosse possível esquecer uma pessoa de imediato, assim que o namoro acabasse! Só que esperar que o tempo cure as feridas pode ser a coisa mais difícil. Achei que, no meu caso, seria mais fácil. Pois quando é você quem decide terminar com alguém, também é você quem deve esquecer o outro. Só que não é que eu não queira mais estar com Derek. É que o lance todo de Sierra entrou no meio da história. Eu sabia que, se não tivesse me antecipado e terminado o namoro, ele acabaria me largando para ficar com ela de novo.

É por isso que me dói ver os dois juntos.

Todo dia, quando chego à escola, tento ignorar nosso antigo local de encontro. Difícil fazer isso quando o seu ex e a ex-namorada dele ficam parados exatamente no mesmo lugar. E se beijando do mesmo jeito que vocês dois se beijavam.

Ver os dois desse jeito é como receber um golpe violento. Eu sabia que os dois voltariam a ficar juntos depois que a gente terminasse. Só que não estava esperando que isso acontecesse três segundos depois. Derek é um tremendo sacana. E já que ele está sendo especialmente sacana hoje, tenho que descobrir um modo de ignorar a existência dos dois. Talvez, se eu caminhar rápido, olhando para a grama, possa passar por eles sem, de fato, reparar nos dois.

Enquanto caminho em direção ao outro lado do gramado, Derek nota minha presença. E eu percebo que ele reparou em mim. E agora é tarde demais para me esconder. Fora que pra onde eu iria? Infelizmente, tenho que entrar e me sentar na sala de aula como se nada estivesse acontecendo. E isso não vai ser possível se eu olhar para eles. O que quer que eu faça, não devo olhar.

Então, é claro, olho na direção dos dois. E ali está Derek, sorrindo para mim.

Sorrindo. Como se fôssemos amigos ou coisa do tipo. Sorrindo, enquanto abraça Sierra, me olhando por cima do ombro dela, para que ela não consiga me ver.

Ele nunca vai mudar. Saí dessa na hora certa.

Durante a manhã inteira, mal posso esperar para chegar em casa. Presenciar Derek fazendo isso comigo desencadeou uma coisa dentro de mim. Mas uma coisa boa. Isso porque é hora, agora, de recuperar minha vida. Fazer dela uma coisa melhor do que nunca.

Estou toda inquieta e impaciente. Fica difícil me manter parada em minha carteira nessas aulas que não terminam nunca. Mal posso esperar para começar. Tenho o olhar fixo no relógio durante os dez últimos minutos da aula de Literatura. Não faço ideia do assunto sobre o qual a sra. Fontaine está tagarelando.

Em vez dos sessenta minutos que normalmente levo para chegar em casa, caminhando, corro e chego em dezenove minutos. Sandra ainda vai demorar um pouco para chegar. Ela tem atividades extracurriculares, tipo, todo dia. Quando penso na agenda dela, só tenho vontade de me deitar e tirar uma boa soneca. Mas é justamente o que não vou mais fazer. Chega de sonecas. Quero estar completamente desperta para tudo que aparecer daqui em diante.

No momento em que Sandra chega em casa, já terminei de tirar de meu mural todos os papéis que não quero mais. Coloco dois sacos de lixo cheios do lado de fora da porta do quarto. Estou decidindo de que cor pretendo pintar as paredes. Sandra vai ficar histérica quando souber que vou pintar o quarto, mas como vou usar o dinheiro do meu salário, ela não pode fazer nada a respeito. Tive uma sorte enorme de não ter sido demitida por ter faltado alguns dias, quando não conseguia me arrastar para fora da cama. Minha chefe é gente fina, então eu lhe contei a verdade sobre por que faltei ao trabalho e prometi que ficaria melhor. Ela foi supercompreensiva em relação à história toda.

Desço até a cozinha. Sandra está descascando uma maçã, lendo jornal e vendo o noticiário da TV, tudo ao mesmo tempo. Eu, quando consigo fazer só uma destas atividades, já estou num dia produtivo.

— Oi! — digo.

Ela não interrompe nenhuma das atividades.

Tento de novo.

— Posso falar com você?

Ela me lança um olhar de suspeita.

— Sobre o quê? — pergunta.

— Sobre o que preciso fazer para ter uma alimentação mais saudável. E fazer exercícios. — Apesar de saber que posso me sentir melhor com os exercícios, tenho dificuldade de acreditar nisso. Nas poucas vezes em que tentei fazer alguma coisa remotamente parecida com exercício físico, me senti ridícula.

Até agora, sempre achei que uma caminhada ao longo do rio, ou subir as escadas, fosse um exercício mais que suficiente. Mas se eu quero, tipo, se quero mesmo que as coisas mudem, tenho que fazer umas mudanças drásticas em minha vida. E Sandra está adorando isso.

Ela corre até o quarto dela e volta com uma pilha de cartolinas. Sentamos à mesa da cozinha, com canetas marca-texto, para esboçar um planejamento.

— OK — diz ela. — Primeiro, você tem que parar de beber café.

— Você quer dizer, tipo, reduzir ou...

— Não, quero dizer, parar completamente. A começar de agora.

Isso. Me. Dá. Medo.

— Depois — ela continua —, tem que comer mais produtos frescos. Você quase não come frutas e legumes, e eles são muito importantes. Isso está destruindo seu organismo e acabando com toda a sua energia.

Talvez ela tenha razão. Em parte, talvez seja por isso que me sinto tão cansada.

Ela faz um discurso interminável sobre minha nova dieta saudável, sobre outras coisas que não posso comer e coisas que devo fazer. Escreve tudo dentro de um diagrama.

Mas minha fixação está no item "café". Faz alguns meses que tenho bebido café (com três ou quatro colheres de açúcar) todos os dias. E então devo simplesmente... parar? Sem nenhum aviso prévio?

— Agora, precisamos planejar sua rotina de exercícios — diz Sandra.

— A minha o quê?

— Você tem que seguir uma rotina fixa, caso contrário não vai conseguir fazer exercícios. Eu a conheço, se lembra disso?

— Vagamente — resmungo.

— Quer ir correr comigo?

— Correr?

— É, vou sair pra correr hoje à noite.

— Não posso. Nash e eu vamos ao drive-in.

— Então vamos agora.

— Agora?

— Por que não?

— Eu não preciso, tipo, me preparar pra correr?

— Não, você simplesmente tem que começar.

Nada que eu diga irá convencê-la de que não devemos sair para correr neste exato momento. Não está chovendo nem nada. E fui eu quem a procurou para pedir ajuda. Além disso, se eu não começar imediatamente uma revisão drástica da minha vida, vou começar a sentir medo do que poderá me acontecer. Então, subimos até os nossos quartos para trocar de roupa. Desenterro meus tênis Nike que só uso na aula de Educação Física, quando temos de correr um quilômetro e meio. Odeio este quilômetro e meio.

Quando desço, Sandra já está fazendo alongamentos na sala. Ela me explica que, ao me alongar, não devo me esticar por mais de alguns segundos, pois os músculos ainda não estão aquecidos e, por isso, corro o risco de ter uma distensão. O alongamento para valer deve ser feito depois da atividade física.

Quando dou por mim, já estamos correndo. Na calçada. Feito duas pessoas que correm. Sinto-me como uma atleta profissional.

Percorrida a distância de dois quarteirões, as coisas começam a piorar. Sinto uma câibra no lado da perna e um incômodo no pé esquerdo.

— Estou sentindo câibra — aviso. — E tem algo de estranho em meu tênis.

— Simplesmente ignore — Sandra me aconselha.

— Como é que se pode ignorar uma câibra?

— Continue correndo.

— Você está tentando me matar?

— Não, estou tentando salvar sua vida.

Isso me faz ficar calada durante mais uns dez quarteirões.

Estou sem fôlego. Sinto como se meus pulmões fossem explodir. Já Sandra é a mesma de sempre. Nem mesmo a respiração dela está alterada.

— Quanto tempo... a gente... vai correr? — digo, bufando.

— Pensei num percurso de 3 quilômetros. Até você se acostumar.

— Três quilômetros? — Mal consigo percorrer o quilômetro e meio que temos de correr na aula de Educação Física! Caraca, de que jeito vou conseguir correr três?

Não consigo respirar.

— Tem água? — pergunto.

— Você trouxe água?

— Não.

— Então acho que não tem.

Lembrete para mim mesma em futuras corridas: trazer água.

Ao chegar em casa, estou praticamente engatinhando. A subida das escadas acaba comigo. Desabo na cama.

— Ótimo trabalho! — Sandra diz. — Quer tomar banho primeiro?

— Não, vai você — resmungo. Só de pensar em me arrastar até o chuveiro, me sinto exausta.

Mas tenho que ficar pronta. Daqui a pouco, Nash passará para me pegar. Tem um drive-in antigo que passou por uma reforma completa, e hoje vai ser a reinauguração. Todos que sabem como o lugar é bacana estarão lá.

Era para irmos Nash, eu, Sterling e Jordan, mas Sterling não está passando bem e Jordan está participando de um torneio de paintball. Tenho um pressentimento ruim de que o verdadeiro motivo pelo qual Sterling não veio é que ela preferiu ficar em casa trocando mensagens com aquele tal de Chris. É por isso que eu quis que ela saísse conosco. É óbvio que Jordan gosta de

Sterling, e, se ela desse a ele uma chance, poderia ter um relacionamento real.

Estão passando o filme *Atração Mortal*. Deste, só assisti uns pedaços, uma vez, durante uma maratona dos filmes de Christian Slater na TV. Claro que Nash já assistiu bilhões de vezes. Inclusive decorou vários dos diálogos. Não tem nada mais irritante do que assistir a um filme ao lado de alguém que fica falando junto com os personagens os melhores diálogos.

— Dá pra você calar a boca, por favor? — digo.

— O que foi?

— Dá pra parar de repetir todos os diálogos?

— Qual é o problema em fazer isso?

— Estou tentando ouvir os diálogos originais!

— Estes são os diálogos originais. Eu sei o que estou dizendo.

— OK, esquece.

Só que, cinco minutos depois, ele recomeça:

— Não, Heather, é a vez da Heather!

Minha irritação não vai passar tão cedo.

— Dá pra você parar?

— Achei que você tinha me dito "esquece".

— Nem todo mundo assistiu a esse filme, sabia?

— Eu sei. A vida de algumas pessoas pode ser de uma privação incrível, às vezes.

— Do mesmo jeito que estou privada agora, que não consigo ouvir.

— Nunca imaginei que você fosse assim.

— Assim como?

— Quando é que você começou a dar uma de mandona?

— Agora mesmo.

Saindo de lá, vamos até o Deque. Só que não estou a fim de jogar boliche. Decidimos, então, comer *crumble* de mirtilo no Shake Shack. Birgitte está lá, sentada numa mesa barulhenta, mas Tabitha não está junto. As duas eram as melhores amigas uma da outra, mas deixaram de ser desde que tiveram uma briga feia. Isso faz com que eu me dê conta, uma vez mais, do quanto as coisas mudaram desde o ano passado.

— Aqui está bom? — Nash aponta para a única mesa vazia.

— Está, mas... a gente pode ir para outro lugar, se você quiser.

— Mas eu pensei que você estivesse a fim de comer *crumble* de mirtilo.

Dou uma espiada em Birgitte. Tenho certeza de que ela nos viu, mas está fingindo que não.

— OK, então — diz Nash. — Tudo bem.

Escolhemos uma dessas mesas que são mais altas que as demais, com cadeiras bem altas. São os melhores lugares, já que ficam ao lado da janela e dali você pode ver todos os que passam. Não que haja muito movimento por aqui, mas a vista do rio é bonita. Nesta noite, o rio está escuro e sereno.

A dor nas minhas pernas está me matando. Mas pelo menos a cãibra passou.

Nash retira o sachê de sua caneca de chá. Até poucas semanas atrás, ele nem mesmo admitia que gostasse de chá. Agora bebe chá na minha frente o tempo todo. Ele tem tomado uns tipos meio esquisitos, por exemplo, o de rooibos, um tipo de chá vermelho que é ótimo para o sistema imunológico. Eu realmente deveria começar a tomar isso, já que larguei o café.

— Não bebe mais café?

— Parei.

— Desde quando?

— Faz cinco horas. Estou desintoxicando meu corpo.

— Legal.

Um barco cruza o rio, deixando um rastro brilhante de luzes atrás de si.

— Então... — diz Nash. — Você se sente melhor?

— Total. E isso ajuda muito.

— O quê? O *crumble* de mirtilo?

— Não... O fato de estar aqui. Com você.

Tem tanta coisa que quero dizer a ele! Seria bom se eu tivesse sentido estas coisas no último outono, antes do incidente do "não-beijo", antes do desastre Derek, antes de eu entrar na espiral descendente. Tem uma força que me puxa na direção dele, que não existia antes. Não sei bem de onde veio isso, nem quando este sentimento apareceu, mas ele está presente. Só que, enquanto sinto algo que me impulsiona na direção de Nash, parece que ele se distancia de mim. Do mesmo modo como me distanciei dele antes.

Obviamente, ele não gosta mais de mim. Tive minha oportunidade e a joguei fora.

Nash tosse.

— Então... estou fazendo planos para o verão. Talvez eu participe daquele acampamento com o grupo de Robótica. Ou então vá a Aruba. Poderia aproveitar a viagem para recarregar as baterias.

— Como Dirk.

— Ahn?

— Dirty Dirk. Numa noite dessas, ele disse que estava a fim de ir a Aruba e tomar um destes coquetéis tropicais para turistas. Sabe, tipo aquele com coco, e aqueles com uns miniguarda-chuvas espetados?

— Ah! Acho que perdi este programa.

Na mesa de Birgitte, as pessoas acabam de cair na gargalhada. Tento imaginar como deve ser estar no meio de um grupo grande como aquele. Isso me lembra de como eu estava obcecada em me tornar mais social e ter muitos amigos. Por que eu era daquele jeito? Ter um monte de amigos não significa nada. O que conta, na verdade, são aqueles que sempre estão a seu lado. Tenho sorte de ter dois bons amigos que eu amo. Isso é infinitamente mais especial do que ter dez amigos quaisquer.

— Preciso ir ao banheiro — digo.

— Vou avisar a mídia, então.

— Esta fala é de um dos seus filmes retrô?

— Ganha um *crumble* de mirtilo de bônus se adivinhar qual.

— Nada disso. Eu volto já. — Passo pela mesa de Birgitte e vejo Sierra sentada ao lado dela. Quando estou no banheiro, lavando as mãos, Birgitte entra.

— Oi — diz ela.

Olho para ela pelo espelho. Isso pode ser algum tipo de armadilha.

— Tem uma coisa que eu quero te contar — ela continua.

Isso provavelmente tem a ver com Derek e Sierra, e eu não estou nem um pouco a fim de ouvir, seja lá o que for. Não quero ser engolida por um dramalhão e ficar sabendo que os dois estão mesmo namorando de novo.

Mas claro que preciso saber do que se trata. Então digo:

— O que é?

— Fico supermal por ter dado risada na frente de Jordan. Você lembra... quando ele me entregou a carta enviada pelo Nash. Eu vi que você estava observando.

Ela está mesmo falando sério? Mesmo?

— É que eu estava nervosa — ela explica. — Tenho este tipo de reação: rir quando fico nervosa. É tão constrangedor! Sempre me sinto mal depois que passa a cena. Não foi por causa da carta, por causa do Nash, nem nada disso.

— Não me interprete mal, mas por que você está me contando isso?

Birgitte olha para seus dentes no espelho.

— Eu sei que você e Nash são amigos, e eu não quis que você achasse que tinha alguma coisa contra você nisso tudo. Você pode dizer a ele que peço desculpas. Se quiser.

— Bem... obrigada por me dizer isso — digo.

— OK. Até mais.

Foi estranho, isso, mas me deu esperanças. Isso prova que as pessoas podem realmente mudar, se estiverem mesmo muito a fim. Isso significa que tudo é possível.

51

Quando Nash entra no Cosmic Bowling, não consigo distinguir seu rosto, a princípio, pois um raio de luz do sol me bloqueia a visão. Ele se aproxima e, então, o vejo de um modo completamente diferente, como se fosse a primeira vez.

O que vejo não é o Nash típico, vestindo uma camisa toda amarrotada, descabelado e usando óculos de aro grosso. Ele está com um *look* novo e aperfeiçoado. É o Nash estiloso. Tem um novo corte de cabelo, roupas novas e... aquilo ali é um produto para cabelos, que ele está usando? Está usando uma calça jeans sensual que lhe dá uma ótima aparência. Ele até, tipo, caminha de modo diferente. Algo assim.

É como se ele tivesse passado por uma renovação completa de verão durante o fim de semana.

— Ei! — diz Nash.

Digo algo como:

— E aí?!

— Cadê Sterling?

— Ah, ela está... no banheiro? — Preferia estar agora no nosso píer, curtindo o Nash que eu conheço! Este novo Nash está me deixando meio apavorada.

Duas meninas passam por nós e olham para ele. Elas, tipo, olham mesmo para ele.

Pegamos os calçados próprios para boliche e reservamos uma pista, mas Jordan ainda não chegou. Decidimos, então, começar uma das melhores brincadeiras tradicionais, enquanto esperamos.

— OK — anuncia Sterling —, eu tenho um.

— Eu tenho o melhor de todos — Nash rebate.

— Vai desculpar, mano. Mas não é tão bom quanto o meu.

— Nesse caso, vou deixar você começar.

O que acontece quando jogamos "o episódio mais constrangedor" é que cada um de nós pensa que o seu é o mais constrangedor. As pessoas, em geral, ficam embaraçadas demais para dizer o que, de fato, é constrangedor, então o elemento chocante fica por conta do aspecto negativo da coisa. Mas ainda assim é divertido.

Sterling me olha:

— Lembra-se daquela vez, no ano passado, quando eu quis pegar seu casaco emprestado?

— Não lembro direito — digo.

— Então, tipo... você estava no grupo da orquestra, e eu cochichei algo pra você de lá da porta, e você...

— Ah, é!

— Sabe por que é que eu queria tanto o casaco emprestado?

— Não...

— Lembra-se da calça que eu estava usando?

— Não... ah!

— A branca.

— Uuuuuh.

— Então.

— Então — diz Nash —, isso é uma coisa de menina?

— Pode-se dizer que sim — diz Sterling.

— Entendi. É a minha vez. O meu é pior.

Sterling diz:

— Eu desafio você. — Isso significa que, se o episódio dele for mesmo pior do que o dela, ele ganha.

— Desafio aceito — responde Nash. — Só uma palavra para vocês: Birgitte.

Uma parte do "episódio mais constrangedor" consiste em ter que contar o que aconteceu em detalhes minuciosos. Só o fato de ouvir isso em alto e bom som já é metade do constrangimento.

— Precisamos de informações detalhadas — pede Sterling. — Explique!

— Vocês querem mesmo que eu diga?

— São as regras do jogo — eu o lembro.

— Tá bem, tá bem. Eu gostava da Birgitte. Então escrevi uma carta para ela e, quando Jordan a entregou, ela riu na minha cara. É isso.

— Mas você estava no fim do corredor — digo.

— Foi metaforicamente que ela riu na minha cara. E é só mais um detalhe técnico o Jordan ter ficado com a cara no chão.

— Hum... — Sterling diz. — O que é mais constrangedor: usar uma calça branca toda manchada, à mostra para o resto da humanidade, ou gostar de uma menina que não gosta de você?

— Espera — Nash diz para mim —, como é que você sabe onde eu estava?

— Quando?

— Quando Jordan entregou a carta para Birgitte.

— Ah. Eu estava lá.

— Você estava lá?

— Estava.

— Então você viu tudo?

— Vi.

— Você nunca me disse.

— Não disse? Ahn. Bom, eu estava... não lembro muito bem... eu estava... por perto.

Nash me encara.

— Você está escondendo alguma coisa de mim.

— Não estou, não.

— Está sim. Sempre percebo quando você está escondendo alguma coisa.

— E como?

— Se eu te disser, você me diz por que estava lá?

— Não preciso saber, então.

— Ahá! Então você admite que está escondendo algo!

— Precisamos nos lembrar da regra mais importante do "episódio mais constrangedor?" — Sterling pergunta. — Acho que sim, e aqui vai ela: em hipótese nenhuma, você pode mentir ou...

— Eu não menti!

Sterling levanta a mão com a palma voltada para o meu rosto.

— Posso terminar?

— Pode.

— Em hipótese nenhuma, você pode mentir ou omitir informações essenciais.

— Isso não é essencial.

— É vital! — diz Nash.

— E qual é a diferença? — Sterling pergunta. — Essencial, vital, é tudo a mesma coisa.

— Obrigada, sr. Sinônimo! — digo.

Nash diz:

— É vital, porque ela está fazendo de tudo para encobrir os fatos. Se não fosse importante, já teria dito.

— Dito o quê? — pergunta Sterling. — Como é que você sabe que ela está escondendo alguma coisa?

— Eu sempre consigo pressentir — responde Nash.

— Você não pode omitir informações — insiste Sterling. — Isso é violar as regras do jogo.

Desisto.

— OK, tudo bem. Você venceu. Eu estava lá porque achei que a carta era endereçada a mim. Está contente, agora?

— E por que achou isso?

— Lembra quando você quis um conselho meu sobre uma garota de que gostava? Só que eu não sabia que era Birgitte, porque você não me disse!

— Sim...

— Pensei que era eu a pessoa de quem você gostava.

— OK...

— Então, achei que a carta era endereçada a mim, já que aconselhei você a escrever algo para ela. Daí vi Jordan caminhando pelo corredor com a carta, e pensei que ele estava me procurando. Aliás, sabe o que mais? Na verdade, Birgitte não estava rindo de você. Ela só estava nervosa, e ela ri quando fica nervosa.

— Você achou que a carta era para você?

— Tenho certeza absoluta de que eu já te disse isso.

— Mas se fosse você a pessoa de quem eu gostava, por que é que ia pedir conselhos sobre o que fazer?

— Achei que você estava tentando me dizer alguma coisa. Tipo, como se quisesse que eu sacasse alguma coisa.

— Ah.

— Por que será que fez tanto calor, hoje? — Sterling pergunta.

Não respondemos. Simplesmente ficamos olhando um para o outro. Agora Nash está sabendo. E, se ele é um cara inteligente — o que é o caso — ele já se deu conta de que eu não estava, de fato, odiando a ideia de que a carta fosse endereçada a mim.

— Deve ser o aquecimento global — diz Sterling.

Apesar de geralmente ser um cara sossegado, Nash não resiste à tentação de corrigir alguém que está absurdamente errado.

— O aquecimento global não tem a ver com o fato de um dia ser mais quente do que o normal — ele explica. — Nem mesmo de uma estação ter uma temperatura acima da média. Esta é uma tendência que abrange um período de milhares de anos.

— Mas o aquecimento global já não é um fato real?

— Sim, mas não porque a temperatura esteja hoje mais alta. É preciso considerar a Terra como um sistema em grande escala, em que tudo está conectado.

Espero que Nash diga mais alguma coisa sobre o incidente com a carta, mas ele nada diz. Então ficamos só observando o cara desengonçado na pista ao lado jogar uma bola que cai direto na canaleta.

Jordan finalmente aparece. Fico esperando a hora em que vão começar a sair faíscas entre ele e Sterling. Só que as faíscas só vêm da direção dele. Ela se mostra totalmente indiferente. E o pior de tudo é que dá para sentir que ela preferiria estar aqui com o Chris. Ou, pelo menos, trocando mensagens com ele, em vez de jogar boliche conosco.

Nós nos dividimos em duas equipes. Eu e Nash contra Sterling e Jordan. Até o momento, eles estão nos dando uma surra.

— Sua vez — diz Nash.

Ergo a bola de néon laranja que sempre uso. Não que eu jogue com tanta frequência assim. Isso fica evidente pelas minhas habilidades patéticas no boliche. Nash está sendo supermeigo em aceitar formar dupla comigo. Ele é muito melhor que eu.

Jogo a bola e derrubo dois pinos.

— Você está arrasando! — Nash grita. Uma piada, já que minha última bola acabou na canaleta.

— Estou melhorando — digo.

— Com certeza.

É a vez de Nash, e ele se levanta para jogar. Cara, a aparência dele está ótima! Ele parece uma pessoa totalmente diferente. Mas não é só sua aparência que está diferente. Suas atitudes também. Tenho notado que ele está mais extrovertido e parece mais à vontade no meio das pessoas. É como se fosse um Nash novo e melhorado. Um Nash versão 4.0.

— Ei... então, Jordan perguntou se eu queria fazer alguma coisa neste fim de semana — Sterling sussurra, apesar de Jordan estar conversando com uma pessoa que está jogando na pista ao lado.

— Fala sério!

— Não é demais?

— E o que você disse?

— Disse que eu estava saindo com alguém.

— Por quê?

Sterling me lança um olhar como quem diz "para com isso". Acho que vou ter que aceitar que nada vai acontecer entre ela e Jordan.

Ela pergunta:

— Nash está tentando entrar para a lista dos homens mais sexies da *People*?

— Hum...

— Na boa, ele está... um gato.

Sei que isso é verdade. Eu tinha acabado de pensar justamente isso quando Sterling fez a observação. Mas eu ficaria constrangida em admitir isso em público. Especialmente porque Jordan e Nash estão fazendo uma dancinha idiota porque Nash acabou de fazer um *strike*.

— Ele está no time da Marisa, está lembrado? — Sterling berra para Jordan.

— É, mas o espírito da coisa é meninas contra rapazes — responde Jordan.

Nash se aproxima e se senta perto de mim. Sterling se levanta para jogar.

— Bela jogada, não? — ele se gaba todo.

— Sim, sim, você é o campeão.

O braço de Nash toca o meu. Ele está sentado desse jeito de propósito? Quer que eu pressione meu braço contra o dele? Será que se deu conta de que estamos nos tocando? Rola uma atração entre a gente de novo, só que a sensação é que ela está rolando apenas numa direção.

— Calça bonita essa — digo. — É nova?

— É. Acabei de comprar algumas coisas.

— Percebi.

Nash, então, me lança um olhar. E, pela primeira vez num longo espaço de tempo, consigo ver, por detrás do olhar dele, o que aconteceu entre a gente. Não sei o que dizer. Ficamos naquela posição algum tempo. Dizendo tudo sem dizer nada.

O braço dele, junto do meu, está quente como brasa.

Nash é incrível! É como se ele tivesse decidido sobre a pessoa que queria ser e então se transformasse na versão suprema de si mesmo.

Agora é a minha vez.

52

Eis a boa notícia: Sterling não vai mais a Nova York encontrar Chris.

Agora, a má notícia: em vez disso, ele está vindo para cá.

Isso quer dizer que ele sabe onde Sterling mora. Que sabe em qual escola ela estuda e como encontrá-la no momento em que quiser. Então, quando Sterling se der conta de que ele é um sinistro molestador de adolescentes, não terá como escapar dele.

Estou vendo um grande problema se aproximando no horizonte. Sterling não consegue enxergar nada além de arco-íris cintilantes e corações apaixonados. Ela ficou tão animada quando soube que Chris viria para cá, que mal conseguia conter a respiração ao me dar a notícia.

— Ele está chegando amanhã! — ela gritou.

— Quando é que vocês vão se encontrar?

— Por quê?

— Só pra saber. Só para o caso de...

— O caso de quê?

— O caso de alguma coisa acontecer.

Dá para perceber que Sterling estava desconfiada de que eu apareceria, dando uma de penetra na cena, mas prometi a ela que não faria isso. Mas é claro que vou a esse encontro. Só que ela não vai saber que eu estarei por perto.

— A gente vai se encontrar no parque — ela diz.

— A que horas?

— Que diferença faz?

— Só pra eu saber.

— No caso de alguma coisa acontecer? — pergunta Sterling. Mas dá para ver que seu tom é de brincadeira. Ela está visivelmente nas nuvens com essa paixão cega e não está disposta a deixar que ninguém a traga de volta para a Terra. — Às 16 horas.

Quando chego ao parque, trato de encontrar um lugar em que Sterling não possa me ver. Achei um canto, atrás de um conjunto de árvores, a certa distância. Sterling está sentada no carrossel, à espera de um cara qualquer que (segundo as expectativas dela) causará uma reviravolta em seu mundo. Verifico o relógio. São quase 16 horas, mas Chris ainda não chegou. Você pode achar que eu a segui até o parque só para irritá-la, mas não. Estou mesmo preocupada. Por isso, pedi a Nash que viesse comigo.

— Como é a aparência deste cara? — Nash pergunta.

— Não sei. Sei que é mais velho.

— Tipo, 30 anos?

— Ahn, não, ele tem 21.

— E o que é que a gente vai fazer se ele a atacar ou coisa do tipo?

— Ele não vai fazer isso. Por isso é que ela marcou o encontro com ele num lugar público.

— Então, o que é que a gente está fazendo aqui?

— Só no caso...

— No caso de quê?

— Quer levar outro soco?

— Não, isso é *bullying*.

— No caso de alguma coisa acontecer. No caso de ela precisar de nós.

— OK, mas não sou chegado em violência física. Eu é que não vou sair dando bordoada no cara, nem nada do gênero.

Esperamos. Mesmo da distância em que estamos, dá para ver que Sterling está ficando impaciente. Fica olhando o tempo todo para o relógio, cruzando e descruzando as pernas. É óbvio que ela tem vontade de olhar para os lados, mas está tentando não fazer isso. Seja como for, não tem ninguém se aproximando de onde ela está.

— E se ele não aparecer? — diz Nash.

— Aí, Sterling finalmente vai perceber que encontrar uma pessoa on-line é uma roubada.

Um cara se senta no carrossel, meio perto de onde Sterling está sentada. Ela olha para ele, incomodada. A seguir, olha para os lados, procurando Chris.

— Ali está ele! — diz Nash.

Não vejo ninguém.

— Onde?

— Bem ali. Sentado no carrossel.

— Não é ele. Chris é muito mais velho.

— Estou te dizendo — insiste Nash. — É ele.

Semicerro os olhos para olhar para o rapaz. Queria ter um binóculo nessa hora. Por que não trouxe meu binóculo? Nos filmes, eles sempre carregam um binóculo para vigiar os passos de alguém.

Tem algo neste cara que me parece familiar. Tenho a impressão de que já o vi antes, mas não me lembro onde.

— Não é ele — digo. — Ele é novo demais. Deve ser do primeiro ano, algo assim.

— Ele não está na nossa escola?

Meu Deus! É isso. Sim, ele está na mesma escola que a gente. É aquele cara do primeiro ano, que toca triângulo!

— Eu o conheço. Quer dizer, mais ou menos. Tipo, ele faz parte da banda.

Observamos enquanto ele se levanta e se aproxima de Sterling. Ela olha para ele como quem diz "eu não te conheço?". Ele diz algo. A coisa parece séria.

— Precisamos ouvir o que estão dizendo — digo. — Vamos chegar mais perto?

— Só se você quiser que Sterling veja a gente. — Entre o conjunto de árvores onde estamos e o carrossel, não tem nada além de gramado. Ou seja, não vai dar para ouvirmos coisa alguma. Não vai valer a pena escutar a conversa se Sterling souber que eu estive aqui. Se ela descobrir, nunca mais vai confiar em mim.

Ouvimos Sterling gritar.

— O quê? — A seguir, o cara do triângulo diz mais alguma coisa. Ele parece desesperado. Ela parece furiosa. Ela se levanta zangada e sai de cena. Por sorte, não está vindo em nossa direção. O cara do triângulo não vai atrás dela.

— Por que ela está indo embora? — digo. — Ela vai sentir falta do Chris.

— Cara, eu estou te dizendo. Este era o Chris.

— Sem chance! O nome do cara é...

Acho que meu cérebro está se recusando a acreditar nisso. Apesar de eu ter suspeitado do Chris o tempo todo, nunca imaginei que fosse ele o tal cara do primeiro ano que toca triângulo. Que coisa mais bizarra! Fico mal por Sterling, mas me sinto aliviada, pois agora posso parar de me preocupar.

Ao chegar em casa, tenho vontade de ligar para Sterling e saber se ela está bem. Mas claro que não posso fazer isso. Não quero que ela saiba que eu vi tudo. Pego, então, minha nova lata de tinta e alguns pincéis. Minhas paredes já foram pintadas, e tia Katie está vindo me ajudar a dar o acabamento. Usei o mostruário de cores dela, que contém todas as opções possíveis de cores, para escolher uma para as paredes e outra para o acabamento. Para as paredes, escolhi um azul-claro chamado Cascata Zen. A cor produz um efeito tranquilizante. E um tom lavanda-claro para o acabamento. Tia Katie veio aqui, dias atrás, me ajudar a pintar as paredes. Elas ficaram incríveis!

Foi uma surpresa enorme que Sandra não tivesse ficado me azucrinando em relação à pintura do quarto. Em parte, porque usei meu dinheiro para comprar a tinta. Mas acho que também é porque ela é, agora, ao mesmo tempo, minha nutricionista e minha *personal trainer*. Então nossa relação está mais profissional.

Depois que pintei as paredes de meu quarto, decidi não voltar a escrever nelas. Nem pendurar nada, em forma de colagens. Quero ter, a partir de agora, um espaço mais tranquilo, então meu quarto tem uma temática simples. Tenho apenas quatro fotos na parede principal. Escolhi a melhor foto que tirei do rio em cada uma das estações, desde o último verão até esta primavera. Agora, elas estão todas em molduras idênticas, penduradas em minha parede, em sequência. Juntas, contam a história de um ano de minha vida.

Ouço o motor de um carro parando na entrada e desço correndo as escadas. Mal posso esperar para começar a pintar o acabamento.

É tia Katie, mas este não é o carro dela. E não é ela quem está no volante. Um cara veio trazê-la! Não sabia que ela estava namorando sério alguém, a ponto de ele vir trazê-la à casa de sua sobrinha. Mal posso esperar para saber mais detalhes sobre o que está rolando.

— Quem é aquele? — pergunto, ao abrir a porta.

— Não me diz nem oi?

— Oi. Quem é aquele?

— Não reconheceu?

— Não deu pra ver direito.

— É o Campbell — diz tia Katie, subindo a escada, como se isso não tivesse qualquer importância.

— Espera! O Campbell Campbell?

— Conhece algum outro? — Ela deixa a bolsa sobre minha cama e pega o pincel. — Esta cor é a lavanda? — pergunta, apontando para a lata de tinta.

— É. Vocês dois estão... tipo... juntos, de novo?

— É, parece que sim.

Estou doida de curiosidade para saber o que aconteceu, de fato. Achei que ela não gostasse mais do Campbell. O que leva uma pessoa a querer reatar com alguém que decidira, há um tempo, que não queria mais como companhia?

Tia Katie não diz nada. Então, começamos a pintura e tudo o que se ouve é o leve ruído "ffffwut-fffwut" de nossos rolos. Isso faz com que eu sinta saudade de lixar madeira ao lado de papai. Ele não trabalha mais na garagem de casa. Acho que agora faz sentido que ele tenha se mudado em definitivo e tirado todas as coisas de casa. Isso não quer dizer que me deixou, mas que deixou um tipo de vida que não estava mais dando certo.

Estou morta de curiosidade.

— Então... como é que vocês dois voltaram a ficar juntos? — pergunto.

— Bom... — responde tia Katie — é uma história complicada.

— Eu tenho tempo de sobra.

Ela ri.

— Por que é que você está tão interessada nisso?

— Simplesmente acho que vocês eram perfeitos um para o outro. E você mesma disse que foi o melhor relacionamento que já teve. Não consegui acreditar quando vocês terminaram.

— É...

— Por que terminaram, então?

— Foi uma estupidez. Tomei a decisão estúpida de terminar com ele porque achei que ia conseguir encontrar alguém melhor.

— Mas você o amava!

— Eu sei disso. Mas, quando digo "melhor", não é em termos de personalidade, mas... fisicamente.

— Ah.

— Um tanto quanto superficial da minha parte, não?

Aí está uma grande revelação. Tia Katie estava num ótimo relacionamento e colocou tudo a perder achando que ia encontrar um cara mais gato. Imagino que esse tipo de coisa realmente aconteça.

— Não acho que você estivesse sendo superficial — digo. Tento escolher as palavras com muito cuidado. — Você simplesmente... não sabia.

— Não acredito que pude ser tão estúpida!

— Não acho que é estúpido querer ficar com um cara que é gato. Não é isso que todas querem?

— É, mas depois você se dá conta de que este "kit completo" que todos buscam é uma coisa inalcançável. Não existe ninguém que tenha tudo o que você espera.

Nunca imaginei que ouviria tia Katie dizer uma coisa dessas. Desde que começou a conversar comigo sobre seus namoros, sempre esteve em busca do "kit completo": o cara que tem tudo que ela estava procurando. Ela preparou uma lista de qualidades que ele tinha de ter: ser inteligente, divertido, bonito, interessante. E agora ela admitia que tudo isso não passava de fantasia?

— É tão complicada, essa história de namoro — diz ela. — Nos primeiros meses, todos só mostram o que há de melhor em seu comportamento, então você nunca sabe quem o outro realmente é. No início, talvez sinta que tem uma conexão total com ele e fica toda eufórica — esta é a ciência da coisa. Mas, passado este período inicial, você normalmente se decepciona. É por isso que tantas pessoas — bem, a maioria é de mulheres, na verdade — se surpreendem quando descobrem que encontraram a pessoa ideal naquela pessoa que elas não imaginavam, mas, então, os caras já as abandonaram.

— Espera um pouco — digo. — Então você acha que o "kit completo" não existe? — Isso é justamente o que estou procurando, também, e não quero acabar descobrindo que estou buscando uma coisa que não existe.

— Talvez. Mas talvez o kit apareça num formato diferente do que a gente pensava. A coisa mais importante, sabe o que é? Estar com alguém que realmente se importa com você.

Talvez seja mesmo isso. Talvez seja simplesmente difícil enxergar o que está bem debaixo de seu nariz, ao mesmo tempo que você busca isso de modo frenético. E talvez eu finalmente tenha encontrado o que estou procurando.

53

Dirk colocou para tocar uma música que já escutei, mas não lembro quando, nem o nome dela. Pouco antes, ele fez um longo discurso sobre como nossa escola foi criticada por não ter uma política de reciclagem. Diz que tem nas mãos uma carta de uma autoridade qualquer de Connecticut, em que são mencionadas as práticas que devemos aprender. Dirk lê a carta, que afirma que, se a escola não iniciar suas práticas de reciclagem, como já deveria estar fazendo há tempos, será multada. E a história será relatada à imprensa.

Antes de o programa de Dirk começar a ser transmitido, nunca sabíamos dos escândalos, constantemente omitidos de nós. Não temos o direito de saber o que está se passando com nossa escola? Não somos cidadãos, também?

Dirk leu uma porção de memorandos e cartas enviadas entre instituições, sobre professores e alunos, incluindo uma carta com um conteúdo ridiculamente injusto, escrita pelo diretor, sobre um aluno que foi formalmente encaminhado a um hospital psiquiátrico. Só que Dirk não revelou o nome do aluno. Ele só revela a identidade da pessoa quando ela é uma perfeita idiota.

Dirk volta ao ar e diz:

— Esta foi "Treasure". O som do The Cure é intenso, não? Normalmente escuto esta banda quando estou num baixo astral total.

Aquele papo de a tristeza gostar de companhia. — A seguir, ele passa a ler mensagens enviadas pelos ouvintes. Enquanto está lendo, ouço um ruído de metal, que me soa muito familiar. Ele diz: — Desculpem, amigos! Acabei de derrubar um objeto que, aposto, você nunca imaginaria que tenho em minha escrivaninha.

De repente, tenho um clique.

Já sei quem é Dirk.

Desço as escadas e saio de fininho pela porta de trás.

Se estivéssemos num seriado de TV, este quarto estaria no andar de baixo e eu poderia simplesmente passar através da janela dele e, facilmente, entrar no seu quarto. Mas já que isso aqui é a vida real, preciso destrancar a porta da frente para poder entrar. Então, quando já estou dentro da casa, procuro a tartaruga de cerâmica onde ele esconde a chave. Eu o vi pegando a chave ali, dia desses, quando fui a sua casa depois das aulas.

Estou tensa e tremo inteira. É a primeira vez que entro na casa de alguém assim. Consigo abrir a porta e caminhar em silêncio até o quarto dele, sem ninguém perceber.

A porta está fechada. Encosto o ouvido na porta e ouço. Descubro, então, que tenho razão.

Ele está lendo as mensagens dos ouvintes.

Giro a maçaneta. Assim como no meu quarto, a porta dele não tem tranca. Empurro a porta.

Nash está sentado em sua escrivaninha, com os fones no ouvido. O sino de vaca está caído no chão.

Ele para de falar.

— Vamos tocar um som mais tradicional, que tal? — pergunta. — Vou tocar pra vocês uma música de Mac Dre, o cara que sabe das coisas.

Ele retira os fones dos ouvidos.

— O que você está fazendo aqui?

— Sabia que era você.

— Mas como?

— Lembra-se daquela vez, no almoço, quando você estava ouvindo música no iPod?

— Ahn...

— E que a gente estava deprimido e mal conseguia comer...

— Mais ou menos...

— Naquela hora, a música que estava ouvindo era "Treasure". E você comentou como ela faz você se sentir melhor, e que a tristeza gosta de companhia.

— Você se lembra de tudo isso?

— Aparentemente.

— Bom. — Nash se levanta. — E o que vai acontecer, agora?

— Não vou contar a ninguém. Prometo.

— Sei disso.

— Você pode... simplesmente continuar com o programa. Todos adoram.

— Hum... — Ele pensa a respeito. — Mais cedo ou mais tarde, o programa tem que acabar, não?

— Por quê?

— Eles estão tentando descobrir quem eu sou. É só uma questão de tempo até que isso aconteça. Seja como for, nunca imaginei que o programa ficaria no ar por tanto tempo.

É incrível, a maneira como ele reúne nós todos, apenas falando de coisas reais que são importantes para todos. Ainda não consigo crer que Dirk é mesmo Nash. E eu não quero ser o motivo para ele parar com o programa.

— Confie em mim, eu não vou contar...

— Eu sei que não vai. Não é esta a questão.

— Como é que você...?

— ... como descobri todas aquelas coisas sobre a escola?

— É.

— Trabalho na secretaria, está lembrada?

Esqueci completamente de que, na segunda aula, ele faz trabalhos para obter créditos. Ele chegou até a me dizer como é fácil conseguir informações por ali. Ele tem acesso a todos os arquivos confidenciais. Além disso, os professores e secretárias conversam sobre assuntos privados bem na frente dele, como se ele não fosse capaz de ouvi-los ou algo assim.

— Como é que você teve esta ideia? — pergunto.

— Vamos fazer uma coisa? — Nash vai até sua escrivaninha e recoloca os fones de ouvido. — Deixa eu só terminar aqui e então a gente conversa a respeito. Beleza?

Tudo que consigo fazer é concordar com a cabeça. Dirk é Nash. Nash é Dirk.

Que demais!

— OK, pessoal — Nash fala no microfone de seu micro. — Chegou o momento de eu me despedir. E não falo só do programa de hoje. Chegamos ao fim. Não vou mais voltar. Mas não se preocupem: nada a ver com vocês, mas comigo. Vocês todos foram sensacionais, e eu gostaria que isso durasse pra sempre. Mas tudo tem que chegar ao fim, certo?

Não tem explicação para o que estou prestes a fazer. É como se ele tivesse me enfeitiçado ou algo do tipo. A atração é mais forte do que nunca. Talvez eu esteja colocando nossa amizade em risco, mas vale a pena tentar.

Eu me aproximo de Nash e o beijo, exatamente do jeito que sempre imaginei.

Se você estivesse ouvindo o programa, conseguiria ouvir, total, que acabei de dar um beijo nele. Então Nash diz:

— Cara, acabo de ganhar um beijo da menina mais linda que já existiu. *All Talk, No Action* termina aqui. A ação, agora, ao que parece, é por minha conta.

Os sinais de e-mails e mensagens que chegam começam a pipocar na tela do computador dele, de pessoas querendo saber quem é a menina. Claro que ele não pode dizer. Se fizer isso, todos saberão que ele é Dirk. Já posso dizer que este é o início de uma coisa real.

Sento-me na cama dele, observando Nash na pele de Dirk pela última vez. Ainda não acredito no que estou vendo.

— Aqui vão as últimas palavras de sabedoria. Se seus pais fizeram merda, não siga o exemplo deles. Use os dois como um exemplo de quem você não quer ser — seja você mesmo. Você é capaz de superar os próprios medos, pode mudar, pode fazer da sua vida aquilo que sempre quis. Talvez isso não aconteça amanhã, mas vai acontecer em breve. Então, aguente firme!

Uma brisa suave entra pela janela, balançando as cortinas. Consigo ouvir o rio murmurando ali perto. Alguns sinos pendurados perto da janela começam a tilintar de leve.

— O fracasso não é uma opção — Nash diz aos ouvintes. — Se sua vida está uma droga hoje, daqui pra frente ela só pode melhorar. Todos nós nos sentimos sozinhos. Todos nós ficamos desesperados. Lembre-se de que estamos no mesmo barco. Não importa o que acontecer, você não está sozinho. Lembre-se disso!

Ele põe uma última música para tocar.

— A janela está aberta — digo.

— Eu sei. Deixo-a aberta o tempo todo agora.

— Sério?

— É muito melhor a sensação aqui dentro com a entrada de ar fresco. Não sabia disso?

Até o final da música, Nash tem o olhar fixo em mim, do outro lado do quarto. Não desvia o olhar um segundo.

54

As pessoas sempre dizem que uma alimentação saudável faz com que você se sinta melhor, mas só agora me dei conta de que isso faz mesmo diferença. Tenho mais energia e me sinto mais feliz. Não sei até que ponto isso é resultado direto da dieta de Sandra ou de ter encontrado meu caminho na direção da luz, depois de ter percorrido esta escuridão toda, mas sei que estou adorando. Até minha pele está com uma aparência melhor. Sem contar que engordei mais de 4 quilos quando estava deprimida e, agora, estou perdendo esse peso. Mas não estou correndo ao lado de Sandra. Aquela vez foi mais que suficiente, obrigada! Simplesmente tenho que aceitar que não consigo correr. Então, estou fazendo yogalates na academia que mamãe frequenta.

O problema com o distúrbio de ansiedade é que ele vai sempre fazer parte de minha vida. Mas não tenho medo de pedir ajuda quando for necessário, porque sei que meus amigos e minha família realmente se preocupam comigo. Eles me ajudam a ter forças para enfrentar isso.

Eu deveria estar na casa de Sterling há cinco minutos, mas estou atrasada. Serviço de cabeleireiros de emergência.

Alguém bate à porta.

— Não posso ajudá-la agora! — grito. Prometi a Sandra que a

ajudaria com seu projeto final de Ciências. É exatamente o mesmo projeto que eu tive de fazer quando cursei esta matéria, já que o sr. Zinn passa sempre os mesmos trabalhos, ano após ano. Foi por isso que joguei fora meu caderno de Ciências no final do 9º ano. Sem chance que vou fazer todo o trabalho e deixar que Sandra simplesmente pegue uma carona nele.

— Quando eu voltar da casa de Sterling, talvez... — abro a porta e dou de cara com mamãe. — Ah! Pensei que fosse a Sandra.

— Oiê.

— Oi.

Se tem algo que aprendi no tempo em que passei com Derek é que os relacionamentos nunca são simples como parecem. E que é difícil mantê-los por um tempo longo. No mínimo, as coisas estão em constante mudança, e você precisa se adaptar a reviravoltas inesperadas. Mas tem uma coisa que todos temos em comum: todos queremos ser felizes. Isso nunca vai mudar.

— Jack está convidando você e Sandra para jantar fora hoje à noite — diz mamãe. — Eu gostaria que vocês fossem.

Meu relacionamento com mamãe está melhorando, e estou tentando fazê-lo voltar a ser como era antes. Nunca disse a ela, oficialmente, que eu a perdoo, porque não sei ainda se isso é completamente verdadeiro. Mas me sinto bem em relação a como as coisas têm melhorado entre a gente. O problema é que fazer coisas ao lado de Jack... isso já é um pouco demais. Já é estranho o suficiente o fato de mamãe ter um namorado (com quem ela enganava papai), sem precisar passar um tempo ao lado dele.

Então digo:

— Hum... eu vou ao calçadão com Sterling.

— Até que horas você vai ficar lá?

— Não sei. Mas vou ficar até mais tarde.

— Marisa, dê uma oportunidade a ele, por favor! — diz ela. — Ele quer muito conhecer melhor você e Sandra.

— Sandra pode fazer o que ela quiser.

Os olhos da mamãe se enchem de lágrimas.

— Por favor!

Ela começa a chorar. Percebo que preciso aceitar o fato de que Jack agora faz parte da vida dela. Portanto, ele faz parte da minha. Esteja eu pronta para lidar com isso ou não. Abraço-a.

— Desculpa, mãe! Eu vou com vocês.

Quando chego ao calçadão e encontro Sterling, conto a ela tudo que aconteceu entre mamãe e mim. Ela diz:

— Já estava mais do que na hora, caraca!

— Ahn... você está lembrada do que Jack fez, não?

— Ah, o episódio em que ele teve um caso com sua mãe, e o do divórcio dos seus pais? Sim, lembro. Mas você se lembra de que, pelo menos, você tem pais que se preocupam de verdade com você, em vez de um pai "perdido em combate" e uma mãe que nunca está em casa?

Agora, sim, me sinto uma idiota. Sterling é a última pessoa para quem eu deveria estar reclamando sobre meus pais. Na verdade, a maioria dos adolescentes está passando por coisas muito piores em casa. Eu deveria estar relativamente grata pelo que tenho.

Naquela noite, depois de ter encontrado o "Chris", Sterling me ligou e me contou tudo. Eu não estava certa de que seria tranquilo para ela falar sobre o que aconteceu, mas ela me contou a verdade, e a respeito muito por causa disso. Eu também não tinha certeza se ela ficaria zangada comigo por eu ter assistido à cena toda. Quando disse a ela que eu estava ali, Sterling teve uma reação tranquila. Não sei como é que eu vou conseguir ficar com uma cara séria, no ensaio geral da orquestra, daqui em diante. O cara do triângulo é simplesmente demais para minha cabeça. Na boa, será que ele pensou, mesmo, que a mentira funcionaria? Seja como for, Sterling me prometeu que seus dias de relacionamento on-line chegaram ao fim. Pedi para que ela me jurasse que só ia colocar o foco em caras da vida real agora.

— Agora quem tem novidade sou eu — diz Sterling.

— Diga lá.

— Surgiu um cara novo.

— Por favor, me diga que não é outro encontro on-line!

— Sem chance. Ele participa do novo curso de culinária que estou fazendo. Bem, tecnicamente não é isso. Ele ajuda na preparação do local, esse tipo de coisa.

— Que idade ele tem?

— Dezessete.

— Estou impressionada!

— Decidi dar uma oportunidade aos caras da minha idade. Não é possível que sejam todos uns inúteis. Veja o exemplo de Nash!

A brisa que sopra é uma delícia. Adoro esta época do ano. Resolvi que vou ficar por aqui no verão. O acampamento foi demais, mas tem muita coisa acontecendo aqui para eu sair da cidade.

Continuamos caminhando pelo calçadão e, na barraca das argolas, eu ganho um pinguim.

— Este é pra você — digo. — E empurro o pinguim na direção dela.

— Mas você adora estes bichinhos!

— Você também.

Por fim, eles chegam para se encontrar com a gente. Mamãe e Sandra.

E também Jack.

— Oi, Sterling — cumprimenta mamãe.

— Gostei do seu pinguim — comenta Sandra.

Sterling diz:

— Obrigada! Foi Marisa que ganhou e me deu.

Mamãe diz:

— Você se lembra de Jack, né, Marisa?

Eis aqui uma pessoa que eu jamais pensei que teria de conhecer, quanto mais gostar. Só que ele também parece estar nervoso.

E se mamãe gosta dele — ou melhor, o ama — então não deve ser uma pessoa tão desagradável assim.

Cumprimento:

— Oi, Jack.

— Oi, Marisa. Oi, Sterling. Obrigado por terem vindo jantar com a gente.

— Sterling pode ir com a gente? — digo, num impulso. Espero que ele não queira me matar. É que, de repente, senti necessidade de tê-la por perto.

— É claro que pode! — responde mamãe. — Não quer telefonar para sua mãe, pra avisar?

— Ela está viajando — diz Sterling. — E a minha avó só chega às 21 horas.

— Então podemos ir — diz Jack.

Nós cinco caminhamos pelo calçadão. Isso também é meio que uma família ampliada para Sterling. É um pouco estranho, mas todos nós estamos tentando fazer com que as coisas melhorem. Mal posso esperar para ver o que vai acontecer na sequência.

55

Encontro com ele no píer. De algum modo, sabia que ele estaria aqui.

Já dava para saber que o pôr do sol ia ser incrível, então trouxe a câmera. Caminho até onde ele está sentado. Está encostado no gradil, balançando os pés sobre a água.

— Oi — digo.

Nash olha para cima e dá um sorriso.

— Ei!

Sento ao lado dele e observo o sol começando a se pôr. Este verão vai ser o melhor de todos. Estar com Nash, nadar no rio, compartilhar o píer com ele desta maneira totalmente diferente. É meio assustador pensar no modo como as coisas mudam. Mas não dá para chegar ao lugar onde você quer estar sem se arriscar. Finalmente encontrei quem estava procurando e não vou perdê-lo novamente.

Ficamos sentados juntos, sem dizer nada. Lembro-me da vez em que me sentei ao lado dele, aqui mesmo, e que ele não queria papo comigo. Tudo o que eu queria, então, era que ele soubesse que eu estava por perto.

Nash sorri para mim.

— Isso é pra você. — E me estende uma caixinha de joias.

Quando retiro a tampa, tem um bilhete dentro, escrito:

"Quer ir ao baile comigo?"

— Você quer dizer o baile da graduação?

— É.

— Mas por que o convite com tanta antecedência?

— Pra que ninguém chegue na frente.

— Eu adoraria! — digo.

— Mesmo?

— Total.

— Legal. Eu sei que fazia, tipo, uma eternidade que você estava a fim de ir, então...

— Como é que você sabe disso?

— Ouvi você dizendo para Sterling.

— Quando foi isso?

— Ahn... no 9º ano . Eu me sentava atrás de você na aula de Ciências, não se lembra?

Já naquela época, enquanto eu falava com Sterling sobre a aparência do meu vestido e sobre o tipo de flores que colocaria no corpete do meu vestido, Nash prestava atenção nessas coisas. Não consigo acreditar que ele se lembre de tudo isso.

— Eu me lembro — digo —, mas não acredito que você se lembra.

— Eu me lembro de tudo — diz Nash.

O céu fica todo cor-de-rosa e vermelho com o pôr do sol. Sinto vontade de tirar fotos, neste momento o *timing* é tudo. Dentro de um minuto, as cores vão estar diferentes e, então, tudo isso não vai passar de uma lembrança. Mas não pego minha câmera. Quero manter isso dentro do meu coração e me lembrar deste momento para sempre, deste jeito. É como John Mayer diz na música "3x5", certas experiências não podem ser vivenciadas através de uma lente.

Tenho pensado muito sobre o que aconteceu comigo e Derek. Acho que me dei conta de qual era o problema. Nós nunca fomos amigos de verdade. Não do jeito que Nash e eu somos. Derek representava a imagem do namorado que eu queria ter, em vez de ser a pessoa certa para mim. É como se Derek fosse a foto perfeita e Nash fosse a experiência real.

— Espera — digo —, você nunca me disse como é que você sabe que estou escondendo alguma coisa.

— O quê?

— Não tá lembrado?

— Ah, é. Eu ia, sim, dizer.

— Então diga.

Nash passa o dedo de leve, logo abaixo do meu olho.

— O seu olho tremelica, aqui.

— Ai, que graça!

— Não é nada exagerado. É um tremelique leve.

Ele não retira o dedo do meu rosto.

Sei, agora, que ele quer que eu, finalmente, lhe dê uma oportunidade, que eu pare de ficar esperando por algo que já tenho. Bem aqui, sob o céu alaranjado, no píer em que já estivemos milhões de vezes, tudo está diferente.

Nada pode garantir que um relacionamento irá durar para sempre, mas me sinto bem em estar aqui, no "agora", deixando que o futuro tome conta de si mesmo.

Então, deste modo simples, deixo a vida que estava vivendo. E entro na vida que eu estava buscando.

Agradecimentos

Regina Hayes e Kendra Levin formam uma dupla editorial incrível. Os seus *insights* e genialidade transformaram este livro em algo que me dá muito orgulho. Trabalhar com vocês foi o sonho de uma escritora virando realidade. Um enorme agradecimento a vocês duas por terem feito com que o processo de revisão das provas se transformasse numa aventura estimulante.

Claire Evans me deu um retorno repleto de *insights* e Sam Kim é o responsável por mais uma capa maravilhosa. Meu agradecimento especial à equipe de marketing da Viking Children's Books, pelo entusiasmo demonstrado na promoção de meus livros. Karen Chaplin tem feito um trabalho incrível como editora, na Puffin. E sou grata a Gillian MacKenzie pela supervisão deste trabalho, certificando-se da qualidade do produto final.

Jodi Picoult causou um enorme impacto em mim com seu livro *O pacto*. Aprecio muito seu carinho e a disponibilidade para me receber. O livro *A corrente do bem*, de Catherine Ryan Hyde, transformou o modo como enxergamos o mundo. Muito obrigada por sua incrível mensagem de paz.

Agradeço à dra. Laila Dadvand por ter compartilhado comigo seu vasto conhecimento sobre a ansiedade e a depressão. O NYU

Child Study Center também forneceu informações relevantes que ajudaram a dar mais precisão a esta história.

Todo o meu carinho para aqueles que trabalham com adolescentes estimulando-os a se transformarem em eternos leitores. Professores e bibliotecários são pessoas incríveis.

Ben Ruby, da Barnes & Noble, acreditou em mim desde o início; e sou imensamente grata por isso.

Sinto uma enorme gratidão a John Mayer, por apresentar as respostas às minhas perguntas mais urgentes. E obrigada a Renee Combs, por ter encontrado um caminho supermeigo para que o Nash pudesse ser como é.

Pierre, que não aceita que eu subestime a minha própria capacidade, e por isso eu lhe agradeço todos os dias. Desejo as vibrações de energia mais intensas a você. Agradeço também a meus amigos, a melhor família que uma garota poderia ter.

Por fim, agradeço à energia da cidade de Nova York pela inspiração que me dá dia após dia. Não existe qualquer outro lugar em que eu deseje estar, hoje e sempre.